프랑켄슈타인

휴머니스트 세계문학 001

프랑켄슈타인
FRANKENSTEIN

메리 셸리 | 박아람 옮김

차례

일러두기

1. 번역 대본으로는 Mary Shelley, *Frankenstein: or 'The Modern Prometheus': The 1818 Text*(Oxford University Press, 2019)를 사용했다.
2. '원주'를 제외한 나머지 주석은 모두 옮긴이 주다.
3. 본문 중 굵은 글씨는 원서에서 이탤릭체로 강조한 부분이다.

창조주여, 제가 흙으로 저를 빚어 인간으로 만들어달라고 청하더이까?
제가 어둠에서 일으켜달라고 애원하더이까?

—《실낙원》 중에서

많이 내린 탓에 우리는 저녁마다 모닥불 주위로 모여들었고, 그때마다 마침 우리 손에 들어온 독일의 괴담들로 이야기꽃을 피우기도 했다. 두 친구(그중 한 명은 이야기를 쓰기만 하면 나로선 꿈도 꿀 수 없을 만큼 굉장한 인기를 누릴 수 있는 사람이다)와 나는 저마다 초자연적인 사건을 소재로 이야기를 한 편씩 쓰기로 했다.

그러다 느닷없이 날씨가 좋아지자 그들은 나를 두고 알프스 산맥으로 여행을 떠났고 웅장한 그곳 풍경에 매료돼 괴담을 쓰자는 약속을 까맣게 잊었다. 결국 이 작품만이 유일하게 완성됐다.

제1부

첫 번째 편지

잉글랜드, 새빌 부인 앞

17××년 12월 11일, 상트페테르부르크에서

누님께서 그토록 불길해하셨던 모험을 별 탈 없이 시작했다는 기쁜 소식을 전합니다. 어제 도착했는데, 제가 무사히 잘 있다고, 계획한 일도 성공하리라는 확신이 든다고 사랑하는 누님께 가장 먼저 전해드리고 싶었어요.

상트페테르부르크는 런던보다 한참 북쪽이라 거리를 걸을 때면 뺨을 간질이는 차가운 북풍에 정신이 번쩍 들면서 기분이 좋아지네요. 누님이 이런 기분을 이해하실까요? 제가 가려는 곳에서 불어온 바람이 그곳의 얼음 같은 기후를 맛보게 해준답니다. 예고를 담은 바람을 맞으면 더욱 강렬하고 생생한 공상에 빠지게 되죠. 북극은 꽁꽁 얼어붙은 황량한 땅이라고 아무리 되뇌어도 소용이 없네요. 제 머릿속에서는 언제나 아름답고 즐거운 곳으로 그려지거든요. 마거릿 누님, 그곳에선 해가 지지 않아요. 크고 둥근 태양이 수평선에 걸려 눈부신 광채를 한없이 퍼뜨린답니다. 누님이 허락하신다면 먼저 그곳을 탐험한 항해가들의 말에 희망을 걸어볼까 합니다. 눈과 얼음은 찾아볼 수 없고, 잔잔한 바다를 항해하다보면 지금껏 발견된 어느 곳보다도 아름답고 경이로운 육지에 닿을 거라고 말예요. 아무도 본 적 없는 산물과 지형을 간직한 곳. 그 미지의 땅에는 아무도 본 적 없는 신비로운 천체 현상이 펼쳐질 테니까요. 빛이 사그라지지 않는 곳에서는 무엇이든 기대할 수 있지 않을까요? 어쩌면 바늘을 끌어당기는 경이로운 힘을 발견하게 될지도 모르죠. 기괴해 보이는 사건들의 원리를 밝혀줄 수백 가지 천체 현상을 항해 중에 관측하게 될지도 모르고요. 아무도 본 적 없는 곳을 목격하며 왕성한 호기심을 채우게 될 테고, 인간의 발길이 닿지 않은 땅을 처음으로 밟게 될지도 모릅니다. 이런 가능성이 한없이 나를 유혹하며 위험이나 죽음의 공포마저도 잠재워주네요. 그 덕분에 저는 친구들과 함께 동네 강을 탐험하려고 작은 배에 올라타는 어린아이처럼 한껏 들뜬 마음으로 고된 항해를 준비하고 있답니다. 설사 저의 추측이 전부 허황된 꿈이었더라도 북극 인근의 항로를 개척해서 몇 달씩 걸리는 곳에 더 빨리 닿을 수 있게 된다면, 혹은 이런 항해를 통해서만 알아낼 수 있는 자기력의 비밀을 파헤치게 된다면 인류의 역사에 길이 남을 엄청난 공헌이 되리라는 것을 누구도 부인할 수 없겠죠.

편지를 시작할 때는 초조한 마음이었는데, 상상하다보니 어느새 가슴이 열정으로 부풀어 올라 하늘로 두둥실 떠오를 것만 같습니다. 마음을 다스리는 데는 확고한 목적의식을 갖는 것만큼 좋은 방법이 없죠. 그래야 모든 지성을 하나의 초점에 집중할 수 있으니까요. 저는 어릴 때부터 이런 탐험을 꿈꿨답니다. 북극의 바다를 지나 북태평양에 도달하겠다는 포부로 떠난 항해의 기록들을 얼마나 열심히 읽었는지 몰라요. 누님도 기억하시겠지만 수많은 탐사 항해의 역사가 우리 토머스 숙부님의 서가에 가득했잖아요. 저는 제대로 교육받지 못했지만 책은 열심히 읽었죠. 서가에 있던 항해의 기록을 공부 삼아 밤낮으로 읽었고, 그 책들과 친해질수록 어릴 때 아버지가 남긴 유언 때문에 숙부님이 나를 항해에 데려갈 수 없다는 사실을 알고 얼마나 속이 상했는지 모릅니다.

그러다가 기막힌 표현으로 마음을 홀리고 영혼을 한껏 고양해주는 시인들을 접하면서 이런 항해의 꿈이 시들해졌죠. 직접 시를 쓰면서 1년 동안 창작의 낙원에서 살기도 했고요. 호메로스와 셰익스피어의 이름이 올라간 전당의 한구석을 비집고 들어가는 꿈을 꾸기도 했어요. 결국 뜻대로 되지 않아서 얼마나 낙담했는지 누님도 잘 아시잖아요. 그런데 때마침 친척의 유산을 물려받게 되면서 어린 시절 품었던 공상으로 다시 생각을 돌렸죠.

이번 탐험을 결심한 건 6년 전이었어요. 이 굉장한 모험을 결심한 순간을 지금도 기억한답니다. 먼저 저는 고된 일을 견디도록 몸을 단련하기로 했죠. 북해로 가는 고래잡이배에 여러 번 승선해서 일부러 추위와 배고픔, 갈증, 수면 부족을 견뎌보기도 했어요. 낮에는 어지간한 선원보다 더 열심히 일했고, 밤에는 수학과 의학 이론을 비롯해 항해에 나서는 모험가에게 도움이 될 만한 여러 자연과학 분야를 공부했어요. 그린란드 고래잡이배에 차석 항해사로 임용돼 칭찬받은 적도 두 번이나 되고요. 선장이 저를 이인자로 승급해줄 테니 부디 배에 남아달라고 간곡히 부탁할 때는 꼭 필요한 사람이 된 것 같아서 솔직히 조금 뿌듯했답니다.

사랑하는 마거릿 누님, 이 정도면 원대한 목적을 이룰 자격이 충분하지 않을까요? 지금까지 편하고 호화로운 삶을 누리긴 했지만, 결국 눈앞에 보이는 부유한 삶의 유혹을 뿌리치고 명예를 택했으니까요. 누군가가 제 생각이 맞는다고 격려해준다면 얼마나 좋을까요! 제 용기와 결심은 확고하지만 가끔 희망이 흔들리며 기운이 빠질 때가 있답니다. 코앞에 닥친 길고 험난한 항해에서 위급한 상황이 생기면 불굴의 의지를 발휘해야 할 텐데 큰일입니다. 선원들의 사기를 북돋워야 할 뿐아니라 모두가 좌절할 때에도 저는 기운을 잃어선 안 되겠죠.

지금은 러시아를 여행하기에 가장 좋은 시기랍니다. 사람들이 썰매를 타고 눈밭을 쌩쌩 달리는 모습이 얼마나 유쾌한지 몰라요. 제 생각엔 잉글랜드의 역마차보다 훨씬 더 유용한 것 같네요. 모피를 입으면 추위도 견딜 만하답니다. 저도 모피를 하나 장만했어요. 갑판을 걸을 때와 몇 시간 동안 움직이지 않고 앉아 있을 때가 확연히 다르거든요. 아무리 운동을 해도 혈관의 피가 얼어붙을 만큼 추운 곳이니까요. 상트페테르부르크와 아르한겔스크를 잇는 역로에서 생을 마감할 생각은 눈곱만큼도 없답니다.

이삼 주 뒤에 아르한겔스크로 떠날 예정이에요. 그곳에서는 선주의 보험금을 대신 지불하면 쉽게 배를 빌릴 수 있거든요. 배 한 척을 빌리고 고래잡이로 단련된 선원들을 필요한 만큼 모집하려고 해요. 항해는 6월이 돼야 시작할 거예요. 언제 돌아오냐고요? 아, 사랑하는 누님, 뭐라고 대답해야 할까요? 항해에 성공한다면 몇 달, 어쩌면 몇 년이 지나서야 우리가 만나게 되겠죠. 실패한다면 조만간 만나거나 영영 못 만날 테고요.

이만 줄일게요, 소중한 마거릿 누님. 하늘이 누님에게 축복을 듬뿍 내려주기를, 그리고 나를 보호하시어 누님의 깊은 사랑과 호의에 끝없이 보답할 수 있기를 바랍니다.

사랑하는 동생,
로버트 월턴

두 번째 편지

잉글랜드, 새빌 부인 앞

17××년 3월 28일, 아르한겔스크에서

사방에 눈과 얼음이 가득한 곳에선 시간이 어쩌나 더디게 가는지요! 그래도 벌써 탐험 준비의 두 번째 단계를 밟고 있어요. 배는 이미 빌렸고 열심히 선원을 모으고 있답니다. 지금까지 고용한 선원들은 확실히 용감무쌍하고 든든한 사람들 같아요.

하지만 한 가지 부족한 점을 아직 메우지 못했고, 지금은 이 결핍이 무엇보다도 제 가슴을 저미네요. 누님, 제게는 친구가 없습니다. 성공을 향한 열정으로 가슴이 벅차올라도 함께 기뻐해줄 사람이 없고 절망에 빠져도 위로해줄 이가 없다는 뜻이죠. 물론 머릿속의 생각을 종이에 적긴 하겠지만 감정을 나누기에 그리 좋은 방법은 아닐 겁니다. 저와 눈을 맞추고 공감해줄 사람이 곁에 있다면 좋겠네요. 제가 너무 허황되다고 생각하시겠지만 친구 하나 없다는 현실이 무척 가슴에 사무칩니다. 다정하면서도 기개가 넘치고 저와 취향이 비슷하며 교양과 아량을 겸비해 저의 계획을 인정해주면서도 잘못된 부분을 바로잡아줄 수 있는 사람이 단 한 명도 없다니요. 그런 친구가 있다면 이 가엾은 동생의 부족한 점을 메워줄 수 있을 텐데요! 저는 의욕만 앞설 뿐 어려운 일이 닥치면 차분히 해결하지 못하죠. 더 애석한 점은 제가 독학을 했다는 사실입니다. 열네 살이 될 때까지 들판을 뛰어다니며 토머스 숙부님의 서가에 있는 항해 책들 말고는 아무것도 읽지 않았죠. 그러다 결국 고국의 유명한 시인들을 접하긴 했지만, 모국어가 아닌 다른 언어도 배워야 한다는 사실을 깨달았을 때에는 이미 그런 교육에서 가장 중요한 혜택을 끌어내기에 적합한 시기를 놓친 뒤였죠. 지금 저는 스물여덟 살이지만 열다섯 살 학생들보다도 무식하답니다. 물론 열다섯 살짜리보다 생각을 더 많이 했고, 그들보다 더 원대하고 거창한 포부를 품긴 했지만 (화가들이 말하는) **구도**가 부족하다고나 할까요? 제가 너무 감상적이라고 비웃지 않을 현명한 친구, 제가 어떤 상황에서든 흔들리지 않도록 애정을 갖고 도와줄 친구가 있다면 참 좋을 텐데요.

어차피 부질없는 넋두리죠. 망망대해에서 친구가 나타날

리 만무하고, 이곳 아르한겔스크의 상인이나 뱃사람 가운데서 마땅한 친구를 찾을 수도 없을 테니까요. 하지만 그들의 우락부락한 가슴에도 속물근성 따위에 물들지 않은 감정이 고동치고 있답니다. 예를 들어 제 부관은 굉장히 용감하고 진취적인 사람이에요. 명예욕도 엄청나고요. 잉글랜드 출신으로, 소양이 부족해서 출신국과 직업에 따른 아집을 꺾지 못하는 게 흠이긴 하지만 놀랍도록 고결한 성품을 지녔답니다. 고래잡이배에서 알게 된 사람인데, 이곳에서 일자리를 구하지 못했다는 소식을 듣고 제 탐험의 지원군으로 얼른 영입했어요.

갑판장도 인품이 뛰어난 사람이랍니다. 선원들에게도 엄격하지 않고 온화하기로 유명하죠. 천성이 워낙 유순해서 사냥도 마다할 것 같아요(여기서 사냥은 누구나 좋아하는 유일한 오락이거든요). 피를 보면 못 견딜 게 분명하답니다. 마음은 또 얼마나 넓은지 몰라요. 몇 년 전에 꽤 부유한 러시아 집안의 아가씨를 사랑하게 됐는데, 포획 상금을 모아놓은 덕분에 여자의 아버지에게 쉽게 결혼 승낙을 받았답니다. 하지만 결혼식 전에 여자를 한 번 만났는데, 여자가 눈물을 펑펑 흘리며 그의 발밑에 풀썩 엎드려 자기를 놓아달라고 애원하더라는 겁니다. 사랑하는 사람이 따로 있다면서요. 그런데 그 사람이 가난해서 아버지가 혼인을 허락하지 않을 거라고 털어놓았다는군요. 이 마음 넓은 친구는 애원하는 여인을 다독여주고 그녀가 사랑하는 남자의 이름을 알아낸 뒤 바로 마음을 접었답니다. 결혼해서 정착하려고 미리 사놓은 농장을 통째로 자기 연적에게 내주고, 그것도 모자라서 가축을 사라며 남은 상금까지 얹어준 뒤 여자의 아버지를 찾아가 딸이 사랑하는 사람과 결혼하게 해달라고 부탁했다죠. 여자의 아버지는 도리가 아니라며 단호히 거절했고요. 노인이 뜻을 굽히지 않자 갑판장은 결국 조국을 떠났고, 사랑하는 여인이 원하는 사람과 결혼했다는 소식을 듣기 전에는 돌아가지 않았답니다. '참으로 고결한 사람이네!' 누님은 이렇게 감탄하시겠죠. 정말 그렇다니까요. 다만 평생 배를 탄 사람이라 밧줄과 돛줄임줄 말고는 딱히 아는 게 없어요.

고된 여정에 위로가 돼줄 친구를 꿈꾸며 푸념을 조금 늘어놓았다고 제 결심이 흔들린다고 오해하지는 마세요. 저의 결심은 이미 정해진 운명처럼 확고하답니다. 출항하기에 적당한 날씨가 올 때까지 잠시 기다리고 있는 것뿐이에요. 겨울은 지독하게 추웠지만 곧 봄이 올 테니까요. 올해는 봄이 유난히 빨리 온다고들 하니 어쩌면 예상보다 일찍 출발할지도 모르겠어요. 그래도 절대 서두르진 않을 거예요. 누님은 저를 잘 아시니까 제가 타인의 안전이 달린 상황에서는 신중하고 사려 깊게 처신하리라고 믿으시겠죠.

코앞으로 다가온 모험을 생각하면 기분이 묘하답니다. 어떻게 설명해야 할지 모르겠네요. 출항을 준비하는 이 떨리는 기분, 설렘과 두려움이 섞인 이 기분을 말로 표현할 수 있을까요? 저는 곧 미지의 땅, '안개와 눈의 땅'●으로 갑니다. 하지만 앨버트로스를 죽이지는 않을 테니까 제 안전은 걱정하지 마세요.

드넓은 바다를 건너 아메리카 대륙이나 아프리카 최남단의 곶을 돌아 누님을 다시 만나게 될 날이 올까요? 감히 그런 성공을 기대할 수는 없지만 반대의 상황을 생각할 용기도 나지 않네요. 기회가 될 때마다 계속 편지를 보내주세요. 깊은 절망 속에서 누님의 편지를 간절히 원할 때 받게 될지도(그럴 가능성은 희박하지만) 모르잖아요. 온 마음을 다해 사랑을 전합니다. 혹시 제 소식을 다시 듣지 못하게 된다면 애정으로 저를 기억해주세요.

사랑하는 동생,

로버트 월턴

● 영국의 시인인 새뮤얼 테일러 콜리지(1772~1834)의 시 〈늙은 선원의 노래〉에서 인용한 구절. 여기서 늙은 선원은 앨버트로스를 죽인 죄로 저주에 시달린다.

세 번째 편지

사랑하는 누님에게,

무사히 항해를 시작했다는 소식을 전하려고 급하게 몇 자 적습니다. 아르한겔스크에서 배를 타고 고국으로 돌아가는 잉글랜드 상인 편에 보내려고 해요. 저보다 운이 좋은 사내죠. 저는 어쩌면 앞으로 여러 해 동안 고국 땅을 밟지 못할 테니까요. 그래도 기운이 넘칩니다. 우리 선원들은 대담하고 목적의식이 확고해 보여요. 바다 위를 떠다니는 얼음덩어리들이 끊임없이 옆을 지나가며 우리가 가는 곳이 얼마나 위험한지 일깨워주지만 눈도 깜짝하지 않거든요. 위도상으로 꽤 높이 올라왔어요. 잉글랜드처럼 따뜻하진 않아도 한여름이라서 제가 닿으려 하는 해안으로 우리를 빠르게 밀어주는 남풍이 뜻밖의 온기로 활력을 주네요.

지금까지 편지에 쓸 만한 사고는 없었어요. 한두 차례 거센 바람을 만나거나 돛대가 부러지는 일 따위는 노련한 항해자에겐 딱히 기록할 만큼 특별한 사고가 아니죠. 그보다 더한 일을 겪지 않고 항해를 마칠 수 있다면 좋겠네요.

안녕히 계세요, 사랑하는 마거릿 누님. 누님을 위해서나 저 자신을 위해서나 무모하게 위험에 뛰어들지는 않을 테니 걱정하지 마세요. 침착하게, 조심스럽게, 신중하게 항해를 이어갈게요.

제 고향 친구들에게 안부 전해주세요.

깊은 사랑을 담아,

로버트 월턴

네 번째 편지

잉글랜드, 새빌 부인 앞

17××년 8월 5일

이 편지가 누님의 손에 들어가기 전에 우리가 만날 가능성이 크지만 워낙 이상한 사건을 겪은 터라 기록으로 남겨야겠어요.

지난 월요일(7월 31일), 얼음이 우리를 에워쌌답니다. 사방이 얼음으로 뒤덮여 우리 배가 떠 있을 자리도 없을 정도였어요. 주위엔 온통 짙은 안개가 깔려 꽤 위험한 상황이었죠. 우리는 별수 없이 배를 세우고 기상이 나아지기를 기다렸답니다.

2시쯤 안개가 걷히면서 다시 주변 상황이 눈에 들어왔어요. 광활하고 울퉁불퉁한 얼음 벌판이 사방으로 끝없이 펼쳐져 있더군요. 동료들은 탄식했고 저도 불안한 마음에 바짝 긴장했죠. 그런데 그때 괴상한 광경이 눈길을 사로잡는 바람에 우리가 처한 상황을 까맣게 잊었지 뭡니까. 1킬로미터쯤 떨어진 곳에서 개들이 야트막한 운반대를 얹은 썰매를 끌며 북쪽으로 달려가고 있는 겁니다. 인간처럼 보이는 거대한 형체가 썰매 위에 앉아 개들을 몰고 있었죠. 우리는 빠르게 멀어지는 나그네를 망원경으로 지켜보았어요. 얼마 후 그는 저 멀리 울퉁불퉁한 얼음 벌판 속으로 자취를 감췄답니다.

그 광경을 보고 우리가 얼마나 놀랐는지 몰라요. 육지에서 수백 킬로미터 떨어져 있다고 믿었는데, 사람의 형체를 보고 나니 사실은 짐작했던 만큼 육지가 멀지 않을지도 모른다는 생각이 들었죠. 하지만 썰매가 사라진 곳을 망연히 보고만 있을 뿐 얼음에 갇혀 따라갈 수는 없었답니다.

두 시간쯤 지나자 요란한 파도 소리가 들렸고, 밤이 오기 전에 얼음이 깨져 배가 풀려났어요. 하지만 어둠 속에서 움직였다가 주위를 떠다니는 얼음덩어리에 부딪칠 수도 있으니 아침까지 정박해 있기로 했답니다. 그 덕분에 저도 몇 시간 쉴 수 있었고요.

그런데 아침에 동이 트자마자 갑판으로 나가보니 선원들이 배 한쪽에 모여서 부산을 떨고 있었습니다. 바다에 있는 누군가와 얘기를 하는 것 같더라고요. 알고 보니 전날 본 것과 비슷한 썰매가 밤사이 커다란 얼음 조각을 타고 우리 쪽으로 떠밀려 왔어요. 썰매를 끌던 개들 가운데 살아남은 녀석은 한 마리뿐이었지만 썰매에 사람이 타고 있었죠. 선원들이 그 사람을 우리 배에 태우려 했던 겁니다. 전날 본 나그네는 미지의 섬에 사는 야만인 같았는데, 이 사내는 유럽인이었어요. 제가 갑판으로 나가자 갑판장이 말했습니다. "선장님이 나오셨네요. 우리 선장님은 그쪽이 망망대해에서 죽게 내버려두지 않을 겁니다."

사내는 저를 보더니 외국 억양이 섞인 영어로 말하더군요. "그리로 옮겨 타기 전에 목적지가 어디인지 알려주실 수 있을까요?"

금방 죽을 것 같은 사람이 이렇게 묻다니 제가 얼마나 기가 막혔을지 상상되시죠? 사내에게 우리 배는 지상에서 가장 값진 물건을 주어도 얻을까 말까 한 귀한 자원이었을 텐데 말입니다. 어쨌든 저는 북극을 향해 탐사 항해를 하고 있다고 대답해주었어요.

제 말을 듣고 사내는 만족한 듯 배에 타겠다고 하더군요. 아! 누님, 그렇게 목숨을 협상한 사내의 몰골을 직접 보셨더라면 경악을 금치 못했을 겁니다. 팔다리는 꽁꽁 얼었고 얼마나 고생했는지 몸은 보기 사나울 정도로 여위었더라고요. 그렇게 참혹한 몰골은 어디서도 본 적이 없어요. 우리는 사내를 선실로 옮겼는데, 사내는 공기가 통하지 않자 바로 기절해버리더군요. 그래서 다시 갑판으로 옮겨 브랜디로 몸을 닦아주고 그것을 억지로 조금 삼키게 했더니 정신을 차렸어요. 살아날 조짐이 보이자 우리는 그를 담요로 감싸고 부엌의 화덕 굴뚝 옆에 눕혔죠. 서서히 회복하는가 싶더니 수프를 조금 먹고는 놀라울 정도로 기력을 되찾더군요.

그렇게 이틀이 지나서야 사내는 말을 할 수 있게 되었답니다. 그사이 저는 사내가 고생을 심하게 한 탓에 인지력이 떨어진 건 아닐까 걱정했어요. 그가 어느 정도 기운을 회복하자 저는 그를 제 선실로 데려와 일하는 틈틈이 돌봐주었죠. 아주 흥미로운 사람이더군요. 평소에는 눈이 몹시 거칠어 보이고 이따금 광기가 엿보이기도 하지만 누군가가 호의를 베풀거나 아주 사소한 시중이라도 들어주면 금세 얼굴이 환하게 빛나며 더없이 자애롭고 다정한 표정을 짓는 겁니다. 하지만 대개는 울적하고 실의에 빠진 모습이에요. 때로는 자신을 내리누르는 고뇌의 무게를 견딜 수 없다는 듯 부득부득 이를 갈기도 하고요.

제 손님이 기력을 조금 회복하자 이것저것 물어보고 싶어서 달려드는 선원들 때문에 골치가 아팠습니다. 사내가 푹 쉬어야 몸과 마음을 회복할 수 있을 테니 저는 선원들이 쓸데없는 호기심으로 그를 괴롭히지 못하게 했죠. 그런데도 한번은 제 부관이 대체 무슨 사연으로 그렇게 괴이한 기구를 타고 얼음 위를 달려 이 먼 곳까지 오게 되었냐고 물었어요.

그는 금세 침울한 얼굴이 되어 이렇게 대꾸했습니다. "내게서 도망친 놈을 찾기 위해서입니다."

"혹시 그자도 선생님과 똑같은 방법으로 이동하고 있습니까?"

"그렇습니다."

"그렇다면 우리가 그자를 본 것 같은데요. 선생님을 배에 태우기 전날 개들이 끄는 썰매가 얼음 위로 달려가는 것을 보았는데 그 썰매에 웬 사내가 타고 있었거든요."

손님은 흥미를 보이더니 그자를 악마라고 부르며 악마가 어느 쪽으로 갔는지 꼬치꼬치 캐묻기 시작했어요. 그러다 나와 단둘이 남게 되자 이렇게 말하더군요. "선장님도 저 선량한 사람들처럼 궁금한 게 많으실 텐데, 저를 생각해서 아무것도 묻지 않으시는군요."

"맞습니다. 궁금하다고 이것저것 성가시게 물어보는 건 무례하고 경솔한 짓이죠."

"그래도 저를 기이한 위험에서 구해주셨지요. 그 덕분에 이렇게 기운을 차리게 됐고요."

그런 뒤 그는 얼음이 깨질 때 먼저 간 썰매가 파손되지는 않았을지 묻더라고요. 저는 확실하게 대답할 수 없다고 말했어요. 얼음이 깨진 건 자정이 다 돼서였으니 그때쯤 앞서간 자는 이미 안전한 곳에 도달했을지 모른다고, 하지만 섣불리 판단할 수는 없다고 덧붙였죠.

그러자 이방인 사내는 갑판으로 나가려고 기를 쓰더군요.

앞서간 썰매를 찾아보려는 눈치였지만 저는 아직 험한 날씨를 견딜 상태가 아니니 선실에 있으라고 말렸답니다. 그러곤 선원들에게 그자를 찾아보라 하겠다고, 새로운 무언가가 나타나면 즉시 알려주겠다고 약속했어요.

여기까지가 지금껏 겪은 이상한 사건의 전말입니다. 사내는 차츰 건강을 회복하고 있지만 좀처럼 말을 하지 않는 데다 저 말고 다른 사람이 선실에 들어오면 불편해하더군요. 그래도 성품이 워낙 온화하고 점잖아서인지 선원들은 제대로 얘기도 나눠보지 못한 그에게 관심을 보이네요. 저도 그에게 형제애를 느끼기 시작했어요. 늘 깊은 슬픔에 빠진 모습을 보면 안타깝고 측은하기도 하고요. 처절한 상황에서도 저토록 다정하고 매력적인 사람이라면 그전에는 틀림없이 더 고귀한 인물이었을 겁니다.

마거릿 누님, 지난번 편지에 망망대해에서는 친구를 찾을 수 없다고 투덜거렸었는데, 아무래도 아닌 것 같네요. 이 사내를 불행과 절망에서 허우적거리기 전에 만났더라면 틀림없이 의형제로 삼았을 겁니다.

이방인 사내에 관해 기록할 만한 사건이 또 생기면 다시 펜을 들게요.

제 손님에게 나날이 정들고 있어요. 그는 깊은 감탄과 함께 깊은 연민을 자아내는 사람입니다. 그렇게 고결한 사람이 비참하게 무너진 모습에 가슴 저미는 슬픔을 느끼지 않을 사람이 있을까요? 그는 매우 점잖고 현명하답니다. 학식이 뛰어나고 말할 때는 신중하게 고른 어휘를 막힘없이 유려하게 풀어내죠.

이제 건강이 많이 회복돼 늘 갑판에 나와 있어요. 앞서간 썰매가 나타나기를 기다리는 것 같아요. 항상 울적한 모습이지만 자신의 비참한 상황에만 빠져 있기보다는 다른 사람의 일에도 깊은 관심을 보인답니다. 저의 계획에 대해서도 이것저것 물어보기에 제 시시한 이야기를 솔직하게 들려주었어요. 제가 속내를 털어놓자 좋아하는 눈치더라고요. 제 계획에서 이러저러한 점을 바꿔보라고 제안했는데 아주 유용할 듯해요. 그렇다고 잘난 체하는 사람은 아니에요. 그저 본능적으로 주변 사람들의 안위에 관심을 갖다보니 자연스레 그런 행동이 나오는 거죠. 침울한 기운에 빠질 때도 많은데 그럴 땐 혼자 앉아서 부루퉁한 기분을 이겨내려 애쓰더라고요. 우울한 기운은 떠나지 않지만 이따금 발작처럼 찾아오는 침통한 기분은 해를 가린 구름처럼 금세 지나간답니다. 그동안 그의 신뢰를 얻으려고 노력했는데 아무래도 성공한 것 같습니다.

한번은 제가 오래전부터 나를 잘 이해해주고 이끌어줄 친구를 간절히 원했다고 털어놓았어요. 누가 조언을 해줘도 언짢아하는 사람이 아니라고도 했죠. "저는 독학을 했기 때문에 제 능력을 충분히 믿지 못한답니다. 그래서 저보다 경험이 많고 지혜로운 친구가 자신감을 불어넣어주고 응원해주면 좋겠어요. 진정한 친구를 찾는 게 불가능한 일은 아니라고 생각하거든요."

그는 이렇게 답하더군요. "저도 같은 생각입니다. 우정을 쌓는 건 좋은 일이고 충분히 가능하죠. 저에게도 친구가 있었습니다. 아주 고결한 친구였어요. 그러니 우정에 관해 한두 마디 할 자격은 있겠지요. 선장님에게는 희망이 있습니다. 아직 앞길이 창창하니 낙담할 이유가 없어요. 하지만 저는······ 저는 모든 걸 잃었고 새 출발을 할 수도 없습니다."

이 말을 하는 그의 얼굴에 깊이 뿌리내린 잔잔한 슬픔이 다시 떠올랐고 그 모습을 보니 가슴이 뭉클했습니다. 하지만 그는 침묵하며 선실로 들어가버렸답니다.

깊은 절망에 빠진 상황에서 자연의 아름다움을 그토록 절절하게 음미할 수 있는 사람이 또 있을까요? 그는 여전히 별이 빛나는 하늘과 바다, 이 경이로운 지역이 품은 풍경 하나하나에 가슴이 부풀어 오르는 것 같거든요. 그런 사람들은 두 개의 자아를 갖고 있겠죠. 불행한 상황 때문에 절망에 빠져 있지만 내면 깊숙한 곳은 마치 천상의 영혼처럼 슬픔이나 절망도 뚫을 수 없는 빛으로 에워싸여 있을 거예요.

이 아름다운 방랑자를 이렇게 치켜세우다니 우습다고 생각하시나요? 그렇다면 한때 누님의 특별한 매력이었던 소박함을 잃은 탓입니다. 낯 뜨거운 표현에 얼마든지 웃으셔도 좋아요. 저는 그래도 매일 그를 치켜세울 새로운 이유를 찾을 거랍니다.

17××년 8월 19일

어제 이방인 사내가 저에게 이렇게 말하더군요. "월턴 선장님, 제가 말할 수 없이 불행한 일을 겪었다는 건 이미 짐작하셨겠지요. 나쁜 기억이 저와 함께 죽어야 한다고 생각했는데 선장님 때문에 마음이 바뀌었습니다. 선장님은 지식과 지혜를 갈구하고 있지요. 저도 한때는 그랬습니다. 마침내 소망을 이루었지만 그것이 독사처럼 저를 물더군요. 부디 선장님은 그런 일을 겪지 않았으면 합니다. 제 불행한 이야기가 도움이 될지는 모르겠지만 그래도 내킨다면 들어보세요. 제가 겪은 기묘한 사건들로 융통성과 이해력을 넓히는 새로운 시각을 얻게 될 겁니다. 대개는 불가능하다고 믿는 기이한 힘과 현상이 등장하는데, 이야기를 듣다보면 틀림없이 실제로 일어난 사건이라는 사실이 절로 증명될 겁니다."

누님은 이야기를 들려주겠다는 그의 제안에 제가 마냥 좋아했으리라 생각하시겠죠. 하지만 불행한 이야기를 들려주면서 그가 다시 슬픔에 빠지지 않을까 생각하니 견딜 수 없었어요. 그래도 꼭 듣고 싶었답니다. 궁금해서이기도 했지만 한편으로는 힘닿는 데까지 그의 운명을 바꿔주고 싶다는 열망이 들었거든요. 저는 이런 마음을 솔직하게 털어놓았어요.

"마음은 고맙지만 소용없을 겁니다. 제 운명은 이제 거의 끝나가거든요. 남은 한 가지 일만 끝내고 나면 평화롭게 쉬려고 합니다." 제가 끼어들려고 하자 그가 얼른 다시 덧붙였습니다. "선장님 마음은 잘 압니다. 하지만 아직 몰라서 그래요, 친구. 이렇게 불러도 될까요? 어쨌든 제 운명은 무엇으로도 바꿀 수 없습니다. 제 이야기를 들어보면 어째서 제 운명이 확고하게 정해졌다고 하는지 이해할 겁니다."

그러고는 다음 날 제가 한가할 때 이야기를 시작하겠다고 했어요. 저는 진심으로 고마워했죠. 그리고 밤마다 바쁜 일이 없으면 그가 낮에 들려준 이야기를 되도록 토씨 하나까지 그대로 적어두기로 결심했어요. 바쁠 때는 간단하게 메모라도 해두려고요. 누님에게는 이 기록이 대단히 재미있을 테지만 그를 알고 그의 입으로 모든 이야기를 직접 들은 저는 나중에 이 기록을 읽게 되면 흥미와 함께 안타까움을 느끼겠죠!

제1장

　나는 제네바에서 태어났고, 우리 집안은 제네바 공화국에서 아주 명망 높은 가문입니다. 선조들은 대대로 참사관과 행정 장관을 지냈고, 아버지는 여러 공직을 역임하며 명예와 명성을 쌓으셨지요. 청렴하고 성실하게 공무를 수행하며 많은 이의 존경을 받았습니다. 나랏일에만 파묻혀 젊은 시절을 보낸 탓에 인생의 절정이 지날 때까지 결혼하겠다거나 자신의 덕망과 이름을 길이 물려줄 자식을 조국에 남겨야겠다는 생각도 하지 못하셨어요.

　아버지의 혼인에 얽힌 사연은 그분의 성품을 여과 없이 보여준답니다. 아버지의 절친한 친구 가운데 유복한 삶을 누리다가 여러 불행이 겹쳐 빈털터리가 된 상인이 있었습니다. 보포르라는 이름의 그 친구는 자존심이 강하고 완고한 성격 탓에 부와 명예를 누리던 곳에서 미천하고 가난하게 사는 것을 견디지 못했지요. 그래서 결국 명예롭게 빚을 청산한 뒤 딸을 데리고 루체른이라는 도시로 가서 조용히 비참한 삶을 살았습니다. 아버지는 참된 우정을 나누며 무척 아꼈던 친구가 불행한 처지가 되어 떠나자 깊은 슬픔에 빠졌어요. 친구가 연락을 끊어버린 것도 속상했던지라 그를 찾아서 자신이 도와줄 테니 새로 시작하라며 설득해보기로 했지요.

보포르라는 친구가 어찌나 철저히 숨었던지 아버지는 열 달이 걸려서야 그가 사는 곳을 알아냈답니다. 그러곤 기쁨에 겨워 한달음에 그의 집으로 달려갔지요. 그는 로이스강 유역의 빈민가에서 살고 있었습니다. 집 안으로 들어간 아버지는 비참하고 절망적인 상황을 마주했어요. 보포르는 재산을 거의 다 잃었지만 남은 돈으로 몇 달을 버틸 수 있었고, 그사이 무역상 밑에서 그럭저럭 괜찮은 일을 하게 될 거라고 기대했지요. 하지만 결국 일자리를 구하지 못했답니다. 남는 시간에 지난날을 곱씹다보니 서글픔은 점점 깊어졌지요. 슬픔이 삽시간에 마음을 잠식했고 석 달이 지나자 몸져누워 아무것도 할 수 없게 됐습니다.

딸이 아버지를 극진히 보살폈지만 얼마 안 되는 돈은 순식간에 바닥났고 달리 도움을 청할 데도 없었답니다. 하지만 남달리 정신력이 강했던 이 소녀 카롤린 보포르는 배짱 있게 역경에 맞섰어요. 삯바느질하거나 짚을 엮고, 그 밖에도 여러 수단으로 푼돈을 벌어 근근이 생활을 꾸린 겁니다.

그렇게 여러 달이 흘렀어요. 보포르의 상태는 더욱 나빠졌고 카롤린은 아버지를 간호하는 일에 더 열심히 매달려야 했지요. 결국 열 달 만에 아버지가 카롤린의 품에서 숨을 거두자 그녀는 빈털터리 고아가 됐답니다. 카롤린이 이 마지막 일격에 무너져 보포르의 관 옆에 무릎을 꿇고 서럽게 울고 있을 때 나의 아버지가 찾아간 겁니다. 가엾은 소녀는 수호신처럼 찾아온 아버지를 믿고 의지했어요. 아버지는 친구를 땅에 묻고 카롤린을 제네바로 데려와 한 친척에게 맡겼습니다. 그로부터 2년 뒤에 카롤린은 아버지의 아내가 됐지요.

결혼하고 자식을 얻으면서 새로운 의무에 많은 시간을 빼앗기게 된 아버지는 여러 공직을 내려놓고 자식 교육에 매진했습니다. 장남인 나는 아버지의 모든 일과 역할의 후계자였어요. 두 분은 더없이 인자한 부모였답니다. 더군다나 몇 년 동안 자식이 나 하나뿐이었기 때문에 늘 나의 교육과 건강에 무척 신경을 쓰셨지요. 이쯤에서 내가 네 살 때 일어난 일을 얘기해야 할 것 같네요.

아버지에게는 몹시 아끼던 여동생이 하나 있었습니다. 하지만 어린 나이에 이탈리아 남자와 결혼하고 바로 남편을 따라 이탈리아로 떠난 탓에 아버지는 오랫동안 여동생과 거의 교류하지 못했어요. 그런데 내가 네 살 때 고모가 세상을 떠난 겁니다. 몇 달 뒤 아버지는 고모의 남편에게 편지 한 통을 받았습니다. 이탈리아 여자와 재혼하려고 하니 죽은 여동생의 하나뿐인 자식인 젖먹이 엘리자베트를 맡아달라는 내용이었어요. "친딸처럼 여기시고 교육해주셨으면 합니다. 아이 엄마의 재산은 아이의 몫으로 돌리고 관련 서류를 보내겠습니다. 조카를 직접 키우고 교육하실지 아니면 계모의 손에 맡기실지 잘 생각해보고 결정해주십시오."

아버지는 조금도 망설이지 않고 곧장 이탈리아로 가서 엘리자베트를 데려오셨어요. 어머니는 그렇게 예쁜 아이는 본 적이 없었다고, 어릴 때부터 온화하고 다정한 성격이 보였다고 입버릇처럼 말씀하셨지요. 이런 점과 더불어 집안이 사랑의 유대로 끈끈하게 결합하기를 바라는 마음으로 어머니는 엘리자베트를 내 미래의 아내로 삼기로 하셨고, 그 결심을 한 번도 후회하신 적이 없습니다.

그때부터 엘리자베트 라벤차와 나는 소꿉친구가 됐고, 함께 크면서 우정을 나누었습니다. 엘리자베트는 온순하고 착하면서도 여름의 풀벌레처럼 쾌활하고 장난기가 많았어요. 생기와 활력이 넘치는 동시에 감정이 풍부하고 유난히 정이 많았답니다. 한없이 자유분방하면서도 제약이나 변화를 그 누구보다 우아하게 받아들였고, 상상력이 풍부하면서도 무언가에 몰두하는 힘이 대단했어요. 이러한 내면이 외모에도 반영되는 듯했지요. 적갈색의 눈은 마치 새의 그것처럼 생기 넘치면서도 감미롭고 매혹적이었고, 가볍고 가뿐한 몸집은 굉장한 체력을 자랑하면서도 세상에서 가장 연약한 존재처럼 보였답니다. 나는 엘리자베트의 지성과 상상력에 혀를 내두르면서도 늘 연약한 동물을 보호하듯 그녀를 지켜주고 싶었어요. 겉모습과 내면이 모두 그토록 가식 없이 우아한 사람은 지금껏 본 적이 없습니다.

엘리자베트는 모두에게 사랑받았어요. 하인들은 부탁할 것이 있으면 엘리자베트를 거치곤 했지요. 불화와 다툼은 우리에게 딴 세상 얘기였어요. 우리는 성격이 매우 달랐지만 그런 차이 때문에 오히려 더 조화를 이뤘답니다. 나는 엘리자베트보다 차분하고 냉철했지만 그녀만큼 유연하지 않았어요. 오래 집중할 수 있었지만 엘리자베트만큼 집중력이 강하지는 않았고요. 내가 현실 세계의 갖가지 현상을 연구하는 데서 재미를 느꼈다면 그녀는 시인들이 만들어내는 허상을 좇는 데 몰두했지요. 내게 세상은 파헤칠 비밀이 가득한 곳이지만 그녀에게 세상은 자신의 상상력으로 메워야 할 공백이었어요.

내 동생들은 나와 터울이 많이 졌지만 내게는 형제의 빈자리를 메워주는 학교 친구가 하나 있었습니다. 이름은 앙리 클레르발, 아버지의 절친한 친구인 제네바 상인의 아들이었어요. 그는 남다른 재능과 상상력을 가진 친구였지요. 기억하기로는 아홉 살 때 동화를 써서 우리 모두에게 놀라움과 즐거움을 안겨주었답니다. 중세 기사들과 모험을 다룬 책을 즐겨 읽었는데, 아주 어릴 때 앙리가 좋아하는 책들로 함께 연극을 하며 놀던 기억도 납니다. 주로 오를란도●와 로빈 후드, 아마

디스,●● 성(聖) 조지●●● 따위를 연기하며 놀았지요.

나처럼 행복한 어린 시절을 보낸 사람은 없을 겁니다. 부모님은 관대했고 친구들은 다정했어요. 아무도 공부를 강요하지 않았지만 우리는 늘 열의를 갖고 어떤 목표에 매진했답니다. 경쟁하기보다는 늘 이런 방식으로 몰두했지요. 엘리자베트는 그림 그리기에 열심이었는데, 친구들보다 잘 그리기 위해서가 아니라 좋아하는 풍경을 자기 손으로 직접 그려 외숙모를 기쁘게 해주기 위해서였어요. 라틴어와 영어도 그 언어로 된 책을 읽기 위해 자발적으로 공부했지요. 우리는 벌을 받아가며 억지로 공부하지 않았기 때문에 늘 공부하기를 좋아했어요. 다른 아이들은 고역으로 여겼던 일이 우리에게는 즐거운 놀이였지요. 보통의 방식으로 공부한 아이들만큼 책을 많이 읽거나 언어를 빠르게 익히지는 못했을 테지만 자진해서 익힌 지식은 기억에 더 깊이 남았답니다.

우리 가족 이야기에서 앙리 클레르발을 빼놓을 수 없는 건 그가 항상 우리와 함께 있었기 때문입니다. 늘 나와 함께 학교에 갔고, 오후 시간은 주로 우리 집에서 보냈어요. 앙리에

● 이탈리아의 시인 루도비코 아리오스토(1474~1533)가 지은 장편 서사시 《광란의 오를란도》의 주인공.

●● 기사 모험담을 담은 스페인의 작품 《갈리아의 아마디스》(1508)의 주인공.

●●● 영국의 수호성인.

겐 형제자매가 없었고 집에 함께 있을 사람도 마땅치 않아서 그의 아버지는 그가 우리 식구들과 함께 어울리는 것을 몹시 반겼답니다. 우리도 클레르발이 없으면 왠지 허전했고요.

어린 시절을 회상하면 기분이 좋아진답니다. 불행이 내 정신을 좀먹기 전, 세상에 널리 이바지하겠다는 꿈이 어둡고 옹색한 자기반성으로 바뀌기 전이었으니까요. 하지만 유년 시절을 이야기하면서 부지불식간에 나를 미래의 비참한 삶으로 조금씩 이끌고 간 사건들을 빼놓을 수는 없습니다. 훗날 나의 운명을 뒤흔든 열정이 어떻게 탄생했을까 생각해보면 강줄기의 흐름과도 비슷하더군요. 산에서 발원한 가느다란 물줄기가 점점 불어나서 급류를 이루듯 잘 기억나지도 않는 하찮은 사건이 점점 불어나 나의 희망과 기쁨을 모조리 쓸어갔거든요.

내 운명을 좌지우지한 범인은 바로 자연과학입니다. 이쯤에서 내가 자연과학에 빠지게 된 몇 가지 계기를 짚고 넘어가야 할 것 같네요. 내가 열세 살 때 가족이 함께 토농• 근처의 온천으로 여행을 갔는데, 험악한 날씨 탓에 온종일 숙소에 틀어박혀 있었습니다. 그곳에서 우연히 코르넬리우스 아그리파••의 저작 한 권을 발견했어요. 무심코 책을 펼친 나는 그

● 제네바호 연안의 도시.
●● 코르넬리우스 아그리파(1486~1535). 독일의 신학자이자 신비주의 철학자.

가 입증하려는 이론과 그가 주장하는 여러 가지 놀라운 사실에 열광하게 됐지요. 새로운 빛이 머릿속을 비추는 느낌이었습니다. 나는 기뻐하며 껑충껑충 아버지에게 달려가 내가 무엇을 발견했는지 떠들어댔어요. 스승들이 엉뚱한 지식에 탐닉하는 제자를 충분히 말릴 수 있는데도 이런 기회를 무심코 놓치는 경우가 얼마나 많은지 아십니까? 아버지는 내가 들고 있는 책을 흘끗 보고는 이렇게 말씀하셨지요. "아! 코르넬리우스 아그리파! 빅토르, 이런 데 시간을 낭비하지 마라. 이건 한심한 쓰레기란다."

그때 아버지가 그렇게 흘려버리지 않고 좀 더 세심하게 설명해주었더라면 어떻게 됐을까요? 아그리파의 이론은 완전히 파기됐으며 고대 과학보다 훨씬 더 설득력 있는 현대 과학 체계가 도입됐다고, 현대 과학은 허황한 고대 과학보다 더 실질적이고 실용적이라고 차근차근 설명해주었더라면? 그랬다면 나는 아그리파 따위는 제쳐놓고 현대의 새로운 발견으로 정립된 합리적인 화학 이론으로 한껏 달아오른 상상력을 해소했을 테지요. 그랬더라면 나를 파멸로 이끈 숙명적인 충동을 유도한 생각도 애초에 하지 않았을 테고요. 하지만 아버지는 그 책을 흘끗 보고 말았지요. 그 모습에 나는 아버지가 책의 내용을 충분히 이해하지 못한다고 생각했고, 그래서 그 책을 계속 탐독한 겁니다.

집에 돌아오자마자 나는 아그리파의 저작을 모두 구한 뒤

파라셀수스*와 알베르투스 마그누스**의 책도 구했습니다. 그들의 터무니없는 이론을 읽고 공부하면서 희열을 느꼈지요. 아무도 모르는 보석을 발견한 기분이었어요. 이 은밀한 지식의 보고를 아버지에게도 알려드리고 싶었지만 내가 가장 좋아하던 아그리파를 특별한 이유 없이 비난한 일이 걸려서 그만두기로 했습니다. 엘리자베트에게 비밀을 지키겠다는 다짐을 받고 내가 발견한 것을 털어놓긴 했지만 그녀는 그 분야에 딱히 관심이 없어서 나 혼자 연구를 이어갔어요.

18세기에 알베르투스 마그누스를 신봉하다니 무척 이상하게 보이겠지만 우리 집안은 과학과 거리가 멀었고 나는 제네바의 학교에서 과학 수업을 들은 적이 없습니다. 그 덕분에 현실이 꿈을 방해하지 않았지요. 그렇게 나는 현자의 돌과 불로의 영약***을 부지런히 찾기 시작했습니다. 특히 불로의 영약에 집중했어요. 물질적인 부를 노린 건 아니었어요. 그보다는 인간의 몸을 공격하는 모든 질병을 퇴치해 비명횡사가 아니고는 무엇도 인간을 쓰러뜨릴 수 없게 만드는 묘약을 발견한다면 얼마나 큰 영광인가 하는 생각을 품었지요.

● 아우레올루스 파라셀수스(1493~1541). 스위스의 화학자이자 의학자, 신비학자.

●● 알베르투스 마그누스(1200?~1280). 독일의 스콜라 철학자이자 신학자. 도미니크회 수도사이기도 했다.

●●● 연금술의 주요 목표는 비금속을 금으로 바꿔내는 '현자의 돌'과 '불로의 영약'을 찾는 일이었다.

내 꿈은 거기서 그치지 않았습니다. 내가 추종하는 저자들은 유령과 악령을 깨울 수도 있다고 넌지시 암시했는데, 그것도 실현해보려고 열심히 매달린 겁니다. 내 주술은 한 번도 성공하지 못했지만 스승들을 탓하진 않았어요. 그들이 틀렸다거나 올바른 방법을 제시하지 못했다고 생각하기보다는 나의 경험 부족과 실수를 탓했지요.

한편 일상에서 우리 눈앞에 흔히 펼쳐지는 자연현상을 살피는 일도 소홀히 하지 않았습니다. 내가 추종하는 저자들이 알지 못했던 현상, 이를테면 증류나 증기의 놀라운 효과 등이 나의 흥미를 자극했어요. 당시 우리가 자주 찾아갔던 신사분이 보여준 공기 펌프 실험은 얼마나 신기했는지 모릅니다.

옛 학자들이 그런 현상을 몰랐다는 점과 다른 여러 이유로 그들에게 신뢰를 잃기 시작했지만 내 마음속에서 그들의 자리를 대신할 다른 체계를 발견하기 전까지 아주 내칠 수는 없었습니다.

내가 열다섯 살 무렵, 우리 가족은 벨리브● 인근의 별장에서 지내던 중 아주 격렬하고 무시무시한 뇌우를 보게 되었습니다. 쥐라산맥●● 너머에서 시작된 뇌우가 하늘 곳곳에서 무시무시한 굉음을 내며 한꺼번에 폭발했지요. 폭풍우가 몰아

● 제네바의 교외 지역.

●● 스위스와 프랑스의 국경을 이루는 산맥.

치는 내내 나는 문 앞에 서서 호기심과 흥미를 갖고 그 과정을 지켜보았어요. 그러다 집에서 20미터쯤 떨어진 아름다운 참나무 고목에서 갑자기 불길이 일더니 이내 눈부신 빛이 사라지고 나무는 그슬린 그루터기로 변했습니다. 다음 날 아침에 나가보니 나무는 기괴하게 상해 있더군요. 벼락을 맞고 쪼개진 것이 아니라 가늘게 쪼그라진 겁니다. 그렇게 철저하게 파괴된 모습은 어디서도 본 적이 없었지요.

나는 나무의 참변에 몹시 놀라 아버지에게 천둥과 번개의 원리와 속성에 대해 이것저것 물었습니다. 아버지는 '전기'가 원인이라며 전기의 여러 효과를 설명해주셨어요. 간단한 전기기구를 만들어 몇 가지 실험을 보여주었고 철사와 실로 연을 만들어 구름에서 번개를 끌어내기도 했지요.

이 일을 계기로 나는 오랫동안 내 상상력을 지배한 코르넬리우스 아그리파와 알베르투스 마그누스, 파라셀수스를 완전히 손에서 놓았습니다. 하지만 어떤 숙명 때문인지 선뜻 현대 과학을 공부할 마음이 들지 않더군요. 여기에 영향을 미친 일이 있기는 했어요.

아버지께서 내가 자연과학 강의를 들으면 좋겠다는 의사를 내비치셔서 나는 흔쾌히 그러겠다고 했습니다. 그런데 사정이 생겨 한동안 강의를 듣지 못한 겁니다. 강좌가 다 끝나갈 무렵에야 강의에 참석했으니 내용을 전혀 따라갈 수 없었지요. 교수님이 칼륨과 붕소, 황산염, 산화물 따위를 들먹이며 유창하게 떠들어댔지만 나는 전혀 알아듣지 못했고 결국 자연과학에 싫증이 났습니다. 그래도 플리니우스●와 뷔퐁●●의 책은 즐겁게 읽었어요. 두 사람 모두 비슷하게 흥미롭고 유용했지요.

그 무렵 나는 주로 수학과 관련한 분야에 몰두했습니다. 언어도 열심히 익혔고요. 라틴어는 꽤 익숙해져서 쉬운 그리스 책들은 사전의 도움 없이도 읽을 수 있었어요. 영어와 독일어도 완벽하게 이해했지요. 열일곱 살에 이만한 실력을 갖췄다면 다양한 분야의 지식을 배우고 유지하는 데만 전념했다고 생각할지도 모르겠군요.

하지만 내겐 다른 임무가 있었습니다. 동생들을 가르치는 일이었지요. 당시에는 주로 여섯 살 아래의 에르네스트를 가르쳤어요. 에르네스트는 어릴 때부터 병약해서 엘리자베트와 내가 줄곧 보살펴주었답니다. 성격은 온순했지만 집중력이 부족했지요. 아직 젖먹이였던 우리 막내 윌리엄은 세상에서 가장 예쁜 아기였답니다. 생기 넘치는 파란 눈과 보조개가 들어가는 뺨, 사랑스러운 행동이 얼마나 귀여웠는지 모릅니다.

이렇듯 우리 집엔 언제까지고 걱정이나 고통이 없을 것 같

● 가이우스 플리니우스(23~79). 로마 제정기의 장군이자 정치가, 학자. 대백과전서인《박물지》를 저술했다.

●● 조르주루이 르클레르 드 뷔퐁(1707~1788). 프랑스의 철학자이자 박물학자. 진화 사상의 선구로 평가받는《박물지》를 저술했다.

았어요. 아버지는 우리의 공부를 지도했고 어머니는 우리와 즐거움을 나누셨지요. 누구도 서로 우열을 가리지 않았고 집 안에서 명령하는 소리를 들어본 적도 없답니다. 사랑하는 마음으로 서로를 존중하고 배려할 뿐이었지요.

제2장

 내가 열일곱 살이 되자 우리 부모님은 나를 잉골슈타트[•] 대학에 보내기로 했습니다. 그때까지 나는 줄곧 제네바에서 학교를 다녔는데, 아버지는 고국뿐 아니라 외국의 풍습과 문화도 함께 익혀야 교육이 완성된다고 생각하셨어요. 가까운 시일로 떠나는 날이 정해졌지만 그사이 내 인생의 첫 불행이 일어났습니다. 어찌 보면 비참한 미래를 암시하는 전조였지요.

 먼저 엘리자베트가 성홍열에 걸렸습니다. 하지만 병세가 심각하지 않았고 금방 회복했어요. 전염병이라 격리해야 했는데, 어머니가 엘리자베트를 간호하겠다고 고집을 부리신 겁니다. 결국 우리의 만류에 체념하셨지만, 무척 아끼던 엘리

[•] 독일 남부 바이에른주의 도시.

자베트가 나아지고 있다는 소식을 듣자 한시라도 빨리 만나고 싶어 감염의 위험을 무릅쓰고 엘리자베트의 방에 들어가셨지요. 성급한 행동은 치명적인 결과를 가져왔습니다. 사흘째되던 날 어머니는 몸져누우셨어요. 열이 떨어지지 않았고 간병인들의 표정을 보고 우리는 마음의 준비를 했답니다. 임종의 순간에도 이 훌륭한 여인은 강인함과 다정함을 잃지 않았어요. 어머니는 엘리자베트와 내가 손을 맞잡게 하고는 이렇게 말씀하셨지요. "애들아, 나는 너희의 결혼을 기대하며 미래의 행복을 꿈꿨단다. 이제는 그것이 네 아버지에게 위안이 되겠지. 우리 엘리자베트, 네가 어린 사촌들에게 내 몫을 해줘야 한다. 아! 너희를 두고 떠나야 한다니. 이토록 사랑받으며 행복하게 살았던 내가 어찌 모두와 쉽게 헤어질 수 있겠니? 그래도 이런 생각은 나답지 않지. 나는 기꺼이 죽음을 받아들이련다. 다음 세상에서 너희를 다시 만나기를 바라며."

어머니는 조용히 숨을 거두셨어요. 죽은 얼굴에도 사랑이 넘쳤답니다. 세상에서 가장 소중한 인연을 돌이킬 수 없이 빼앗긴 심정을 굳이 설명할 필요가 있을까요? 마음은 공허하고 절망의 표정을 감출 수 없습니다. 매일 마주하던 사람, 자신의 일부와도 같았던 사람이 영원히 사라지다니, 사랑스러운 눈이 빛을 잃고 익숙하고 정겨운 목소리도 영원히 짓밟혀 더는 들을 수 없게 되다니 도무지 믿기지 않지요. 한동안은 이런 생각에 빠져 있다가 시간이 지나면서 불행한 현실이 뼈저리게 와닿으며 슬픔의 쓰라린 고통이 시작됩니다. 하지만 무자비한 죽음의 손에 소중한 사람을 빼앗겨보지 않은 이가 어디 있겠습니까? 누구나 한 번쯤 느껴봤거나 언젠가 느끼게 될 슬픔을 굳이 설명할 필요는 없겠지요. 시간이 가면 어느새 애도조차도 지나친 감정의 사치가 되는 때가 옵니다. 불경하다고 생각하면서도 입가에 미소가 떠오르는 날이 오게 마련이지요. 어머니는 세상에 없어도 우리에게는 할 일이 남았으니까요. 그래도 세월에 낡이지 않고 남은 가족이 있으니 다행이라 여기며 그들과 함께 삶을 이어가야 하지요.

그 일로 미뤄두었던 나의 잉골슈타트행이 다시 결정됐습니다. 나는 아버지에게 떠나기 전에 몇 주 쉬어도 좋다는 허락을 받았어요. 그 시간은 슬픔 속에서 흘러갔지요. 어머니의 죽음과 내가 곧 떠난다는 사실에 모두가 의기소침했거든요. 하지만 엘리자베트가 다시 집안의 기운을 북돋우려 노력했답니다. 외숙모가 세상을 떠난 뒤 엘리자베트는 마음을 더 굳게 먹었어요. 자신의 의무를 철저히 지키기로 결심했고, 그중 가장 중요한 의무는 외숙부와 사촌들을 행복하게 만드는 것이라고 생각했습니다. 그래서 나를 위로하고 외숙부를 즐겁게 해주며 동생들을 가르치기도 했지요. 내게는 엘리자베트가 어느 때보다도 매혹적으로 보였습니다. 자기가 어떻게 되든 늘 다른 사람의 행복을 위해 끊임없이 노력했으니까요.

마침내 내가 떠나는 날이 왔습니다. 다른 친구들과는 미리 작별 인사를 했고 클레르발은 마지막 날 저녁을 우리와 함께 보냈어요. 그는 나와 함께 갈 수 없다는 사실에 속상해했지요. 아버지를 설득해보려 했지만, 그의 아버지는 아들이 자신과 함께 사업을 하길 바랐고 쓸데없이 공부를 하지 않아도 일상생활을 하는 데는 전혀 지장이 없다며 반대했답니다. 앙리는 생각이 깨어 있는 친구였어요. 빈둥거리기를 싫어했고 아버지와 함께 일하는 것도 꺼리지 않았지만, 수완 좋은 사업가도 학식을 쌓아서 나쁠 것은 없다고 생각했지요.

우리는 밤늦게까지 앉아서 그의 넋두리를 들어주고 이런저런 미래의 계획을 세웠습니다. 나는 다음 날 아침 일찍 집을 나섰어요. 엘리자베트는 하염없이 눈물을 흘리더군요. 나와 헤어지는 일이 슬프기도 했지만, 석 달 전만 해도 어머니의 축복을 받으며 떠났을 텐데 하는 안타까운 마음도 들었을 겁니다.

나를 태워 갈 작은 마차에 몸을 싣자 우울한 생각이 밀려들었어요. 그동안 다정한 사람들에게 둘러싸여 서로 돕고 잘 어울리며 살아왔는데 이제는 혼자가 되겠구나 싶었지요. 대학에 가면 친구도 새로 사귀어야 하고 모든 걸 혼자 헤쳐나가야 할 테니까요. 그때까지 가정의 울타리 안에서 식구들과 함께 살아온 내게는 새로운 사람을 만나는 일이 익숙하지 않았습니다. 나는 동생들과 엘리자베트, 클레르발을 사랑했지요. 그들은 '친숙한 얼굴'이었고, 낯선 사람들 속에서는 제대로 적응하지 못할 것 같았어요. 출발할 때만 해도 이런 생각에 사로잡혀 있었지만 갈수록 마음이 들뜨고 희망이 샘솟더군요. 나는 지식을 갈구했지요. 집에서 지낼 때는 한곳에만 틀어박혀 청춘을 허비해선 안 된다고 생각하며 넓은 세상에 나가 사람들 속에서 내가 어느 정도의 위치인지 가늠해보고 싶었답니다. 이제 그 꿈을 이루게 되었는데 한탄이나 하고 있다니 어리석은 짓이었지요.

잉골슈타트로 가는 여정은 길고 지루했지만, 그 덕분에 느긋하게 이런저런 생각에 빠져들 수 있었어요. 그러다 마침내 잉골슈타트의 높고 하얀 첨탑이 시야에 들어오자 어찌나 반갑던지요. 나는 혼자 쓰는 숙소로 안내를 받아 느긋하게 저녁 시간을 보냈습니다.

이튿날이 밝자 소개장을 들고 중요한 교수들을 찾아갔어요. 자연과학을 가르치는 크렘페 교수는 예의를 갖춰 나를 맞아준 뒤 내가 자연과학의 여러 분야를 얼마나 공부했는지 알아보려고 이것저것 물어보더군요. 나는 한편으로 걱정이 됐지만 떨리는 마음으로 내가 유일하게 알고 있는 자연과학 분야의 저자들을 나열했습니다. 교수는 나를 빤히 바라보며 이렇게 묻더군요. "정말로 시간을 들여 그런 터무니없는 이론을 공부했단 말인가?"

나는 그렇다고 대꾸했어요. 크렘페 교수는 잔뜩 흥분한 목소리로 말하더군요. "그런 책들을 읽으며 보낸 시간은 모두

허투루 낭비된 셈이네. 폐기된 이론과 쓸모없는 이름만 머릿속에 잔뜩 집어넣었군. 아이고! 대체 어떤 황무지에서 살았기에 아무도 자네가 탐독한 터무니없는 망상이 1000년 전의 것이라고, 고대 이론만큼이나 퀴퀴한 것이라고 알려주지 않았지? 이렇게 학문과 과학이 발달한 시대에 알베르투스 마그누스와 파라켈수스의 신봉자를 만나게 될 줄이야. 공부를 처음부터 다시 시작해야겠군."

이렇게 말하면서 그는 자연과학 도서 몇 권을 적어주며 준비해두라고 하더군요. 그러곤 다음 주부터 자연과학 일반 강좌를 시작할 예정이고 자기 강의가 없는 날에는 동료인 발트만 교수가 화학을 강의할 거라고 일러준 뒤 그만 가보라고 했습니다.

숙소로 돌아온 나는 딱히 낙담하지 않았어요. 크렘페 교수가 독설을 퍼부은 저자들의 이론은 이미 오래전부터 쓸모없는 것이라고 여겼으니까요. 교수가 추천해준 책들을 구해 오긴 했지만 들춰볼 마음이 들지 않더군요. 몸집이 땅딸막하고 목소리가 걸걸한 데다 인상까지 험악한 크렘페 교수의 지시를 따르고 싶지 않았습니다. 게다가 현대 자연과학의 쓰임새에도 넌더리가 났어요. 과학의 거장들이 불멸이나 특별한 힘을 탐구하던 시절과는 너무도 달랐으니까요. 그 시절의 이론은 허황하기는 해도 거창한 맛이 있었는데 이제 과학이 완전히 바뀌었더군요. 현대 연구자들의 주요 목표는 기껏해야 내가 처음 과학에 흥미를 갖도록 해준 원대한 포부를 부정하는 것인 듯했지요. 한없이 웅장했던 이상을 시시한 현실과 맞바꾸게 생긴 겁니다.

처음 이삼일 동안 거의 혼자 틀어박혀서 이런 생각에 골몰했습니다. 그러나 다음 주가 시작되자 크렘페 교수가 일러준 강좌 정보가 떠올랐어요. 그 오만한 교수가 연단에서 떠들어대는 이야기는 듣고 싶지 않았지만 그가 얘기한 발트만 교수가 생각났지요. 발트만 교수는 그동안 외지에 나가 있어서 아직 만나보지 못했거든요.

궁금하기도 하고 달리 할 일도 없어서 일단 강의실로 들어갔어요. 발트만 교수가 바로 뒤따라 들어왔는데, 자기 동료와는 딴판이었습니다. 나이는 쉰 살쯤 돼 보였고 더없이 자애로운 인상에, 옆머리는 희끗희끗했지만 뒷머리는 대체로 검은색이었어요. 키는 작았지만 자세가 꼿꼿했고 목소리는 아주 나긋나긋했습니다. 그는 먼저 화학의 역사와 여러 학자가 이룬 다양한 발전을 간략하게 설명했어요. 특히 중요한 발견의 주역들을 열거할 때는 열의가 느껴지더군요. 그런 다음 과학의 현주소를 짧게 언급한 뒤 중요한 용어들을 설명했습니다. 예비 실험 몇 가지를 선보이고는 현대 화학에 찬사를 보내며 강의를 마무리했는데, 그 찬사는 영원히 잊지 못할 겁니다.

"고대 화학의 거장들은 불가능한 일을 약속해놓고 아무것도 이루지 못했습니다. 현대의 거장들은 함부로 약속하지 않습니다. 금속의 성질은 바꿀 수 없고 불로의 묘약도 허황한 꿈에 불과하다는 것을 알기 때문이지요. 얼핏 보면 그저 흙을 만지작거리고 현미경이나 도가니만 들여다보는 것 같지만 사실 그들은 진짜 기적을 이뤘습니다. 자연을 구석구석 들여다보고 보이지 않는 곳에서 자연이 어떻게 작용하는지도 밝혀냈지요. 하늘의 영역에도 손을 뻗고 있습니다. 피가 어떻게 순환하는지, 우리가 마시는 공기의 성질은 어떠한지도 알아냈고요. 그들은 한계를 모르는 새로운 힘을 얻고 있습니다. 하늘의 천둥을 호령하고 지진을 흉내 내며 심지어는 보이지 않는 세계를 그림자로 모방하기도 합니다."

　나는 발트만 교수와 그의 강의에 대단히 만족하며 강의실을 나왔습니다. 그리고 그날 저녁 그를 찾아갔지요. 개인적으로 만나보니 공식적인 자리에서 볼 때보다 더 온화하고 매력적인 사람이더군요. 강연할 때는 다소 근엄한 얼굴이었지만 집에서 만나니 더없이 온화하고 자상한 인상이었어요. 그는 내가 그동안 어떤 공부를 했는지 귀 기울여 들어주었고, 코르넬리우스 아그리파와 파라셀수스의 이름을 듣고 빙긋 웃긴 했지만 크렘페 교수처럼 경악하지는 않았습니다. 그는 이렇게 말했습니다. "그들의 끈질긴 열정이 발판이 되어 오늘날의 과학자들이 지금처럼 지식을 얻을 수 있었던 거라네. 새로이 밝혀진 사실들도 어느 정도는 그들이 빛을 드리운 덕이었고, 우리는 그 사실들을 적절한 이름으로 분류하는 좀 더 쉬운 과업을 맡게 됐지. 천재들의 노고는 방향이 잘못됐더라도 어떤 식으로든 인류에게 확실한 이익을 안겨주게 마련이야." 나는 오만이나 가식이라곤 찾아볼 수 없는 그의 의견을 경청한 뒤, 그날 강연을 듣고 현대 화학자들에게 품었던 편견을 떨쳐냈다고 덧붙였습니다. 그러곤 도움이 될 만한 책을 추천해달라고 청했지요.

발트만 교수는 이렇게 대꾸했습니다. "제자가 생겨서 기쁘군. 재능이 있는 만큼 노력하기만 하면 틀림없이 성공할 거야. 화학은 자연과학에서도 가장 발전한 분야이고 앞으로도 발전의 여지가 아주 많다네. 나도 그런 이유로 화학을 택했지만 다른 과학 분야도 소홀히 하지 않았지. 한 분야의 지식에만 몰두하는 화학자는 발전할 수 없거든. 한낱 실험가를 넘어 진정한 과학자가 되고 싶다면 수학을 포함해 자연과학의 모든 분야를 공부하라고 조언하고 싶네."

그러더니 그는 나를 자신의 실험실로 데려가 다양한 장치의 용도를 설명해주고 무엇을 구비해야 하는지 알려주었습니다. 내가 장치를 망가뜨리지 않을 만큼 실력을 쌓게 되면 자기 장비를 사용하게 해주겠다고 약속하기도 했고요. 나는 부탁한 추천서의 목록을 받아 들고 그 집을 나왔습니다.

내게는 잊지 못할 하루였지요. 내 미래의 운명이 결정된 날이었으니까요.

제3장

그날부터 나는 자연과학, 특히 화학 전반에 몰두했습니다. 천재적인 지식과 통찰력이 가득한 현대 화학자들의 저작을 탐독했지요. 잉골슈타트 대학 과학자들의 강의를 듣고 그들과 친분을 쌓기도 했고요. 크렘페 교수도 풍부한 양식과 실질적인 학식을 갖췄더군요. 물론 험악한 인상과 태도는 변하지 않았지만, 그렇다고 그가 지닌 학식의 가치가 떨어지는 건 아니었으니까요. 발트만 교수와는 참된 우정을 나누었습니다. 그의 온화한 태도에서는 독단을 찾아볼 수 없었고, 지식을 전수할 때에도 과시하기는커녕 선량하고 솔직한 태도를 보였어요. 어쩌면 나는 화학이라는 자연과학 분야 자체를 좋아했다기보다는 그것을 가르치는 사람의 인자한 성품에 끌렸던 것인지도 모르지요. 하지만 그런 마음은 첫걸음을 떼는 데 도움이 됐을 뿐이고, 깊이 들어갈수록 순수하게 학문 자체를 탐구하게 됐어요. 처음에는 의무감과 오기로 몰두했지만 시간이 갈수록 열의와 갈망이 깊어지면서 하늘의 별이 여명에 빛을 잃을 때까지 실험실에 붙어 있는 날이 많아졌습니다.

그렇게 몰두하다보니 실력이 빠르게 늘었지요. 학생들은 내 열의에 혀를 내둘렀고 교수들은 나날이 늘어가는 실력에 놀랐습니다. 크렘페 교수는 가끔 교활하게 웃으며 코르넬리우스 아그리파는 어떻게 지내냐고 물었지만, 발트만 교수는 나의 발전을 진심으로 기뻐해주었어요. 그렇게 2년이 흘렀습니다. 나는 2년 동안 제네바에도 가지 않고 혼신의 노력을 다해 몇 가지 발견에 매달렸어요. 새로운 무언가를 발견해보지 않은 사람은 과학의 매력을 알 수 없습니다. 다른 학문은 선배들이 연구한 것을 배우고 나면 더 알아낼 것이 없지만 과학은 새롭고 경이로운 발견을 할 기회가 끝없이 존재하지요. 기본 소양을 갖춘 사람이 한 가지 공부를 열심히 파고들면 결국 그 학문에 통달하게 되는 법입니다. 나 역시 한 가지를 끊임없이 파헤치다보니 금세 지식이 늘었고, 2년 뒤에는 몇 가지 발견을 통해 화학 기구의 개선 방안을 마련한 공로로 대학에서 좋은 평가와 찬사를 받았습니다. 이제 잉골슈타트 대학의 교수들이 가르치는 자연과학의 이론과 실제는 모두 통달한 상태였지요. 더 있어봐야 배울 것이 없었습니다. 그래서 친구와 가족이 있는 고향으로 돌아갈까 고민하던 차에 내 발목을 잡는 일이 있었습니다.

내가 특히 관심을 가졌던 한 가지 주제는 바로 인체의 구조였어요. 사실 종을 막론하고 생명을 가진 모든 존재의 구조에 흥미를 느꼈지요. 생명의 원천은 무엇일까? 이런 의문을 떨쳐낼 수 없었습니다. 참으로 담대한 질문이었지요. 그때까지 그것은 알 수 없는 신비로 여겨졌으니까요. 하지만 소심하거나 무심한 태도가 우리의 탐구를 방해하지만 않는다면 새로 발견할 수 있는 것이 얼마나 많겠습니까? 한동안 그런 생각에 골몰하다가 이번에는 생리학과 연관된 자연과학 분야를 공부해보기로 했습니다. 그런 공부는 가히 초자연적인 열정에 사로잡히지 않고는 진저리가 나고 견디기 힘든 일입니다. 생명의 원천을 탐구하려면 먼저 죽음을 살펴봐야 하니까요. 해부학을 공부했지만 그것만으로는 충분하지 않았습니다. 인체가 자연적으로 부패하고 분해되는 과정을 관찰해야 했지요. 아버지는 나를 교육할 때 초자연적인 공포에 휘둘리지 않도록 각별히 신경을 쓰셨어요. 나는 미신 이야기에 떨거나 유령을 두려워해본 기억이 없습니다. 어둠은 나의 공상에 아무런 영향을 미치지 않았고 교회의 묘지는 그저 생명을 빼앗긴 육신들, 아름다움과 힘을 가진 존재에서 벌레의 양식으로 전락한 육신들을 품은 곳이었지요. 그런 부패의 원인과 과정을 탐구하고픈 열정에 사로잡히자 이제 나는 밤낮없이 지하 묘지와 봉안당에서 시간을 보냈습니다. 심신이 미약한 사람은 도저히 견딜 수 없는 대상에 골몰했지요. 나는 멀쩡하던 인간의 육신이 훼손되고 분해되는 과정을 지켜보았습니다. 생기가 돌던 뺨이 죽음으로 부패하는 것을 보았고, 경이로운 눈과 뇌를 구더기들이 헤집는 광경도 보았어요. 삶에서 죽음으로, 죽음에서 삶으로 변천하는 과정에서 드러나는 수많은 인과관계를 상세히 들여다보고 분석하던 어느 날, 불현듯 어둠 속에서 한 줄기 광명이 보였습니다. 한없이 단순하면서도 밝고 경이로운 그 빛이 제시하는 굉장한 가능성에 현기증이 나더군요. 한편으로는 이전에도 수많은 천재가 같은 학문을 탐구했는데 이 놀라운 비밀의 발견이 내 몫으로 남아 있었다는 사실에 기가 막히기도 했고요.

어떤 광인의 꿈을 얘기하는 게 아닙니다. 저 하늘에서 태양이 빛나는 것만큼 확실하게 일어난 일입니다. 어떤 기적이 개입했을지도 모르지만 어쨌든 뚜렷하고 개연성 높은 단계들을 거쳐 발견한 것이었어요. 밤낮없이 극심한 노고와 피로로 몸을 혹사한 끝에 마침내 발생과 생명의 근원을 밝혀냈지요. 그뿐만이 아닙니다. 나는 생명이 없는 물질을 움직이게 하는 능력을 갖게 됐습니다.

처음에는 엄청난 발견을 했다는 사실이 그저 놀라웠지만 곧 희열이 밀려들었습니다. 오랜 고생 끝에 마침내 갈망의 절정에 이르니 어찌나 뿌듯하던지요. 하지만 너무나 굉장하고 압도적인 성과라 차츰차츰 밟아온 단계들은 모조리 잊어버리고 오직 결과만 보게 되더군요. 천지가 창조된 이래 가장 뛰어난 석학들이 연구하고 갈구해온 것이 내 손안에 있었지요. 그렇다고 마법을 부린 듯 모든 일이 단숨에 이뤄진 것은 아닙니다. 내가 얻은 정보는 최종 목표를 이루도록 방향을 잡아줄 뿐 그 자체로 목적은 아니었습니다. 죽은 자와 함께 묻혔다가 멀리서 희미하게 가물거리는 빛을 보고 다시 살길을 찾은 아라비아인•처럼 나 역시 그 빛을 따라가야 했지요.

친구여, 그렇게 놀라움과 희망이 가득한 눈으로 열심히 듣는 모습을 보니 내가 알아낸 비밀을 털어놓길 기대하나보군요. 그럴 수는 없습니다. 내 이야기를 끝까지 들어보면 내가 왜 섣불리 비밀을 얘기하지 않았는지 이해할 겁니다. 그 시절의 나처럼 대책 없이 열정에 휩싸인 친구가 자신을 파괴하고 비참한 상황에 이르게 할 수는 없으니까요. 내 훈계가 듣기 싫다면 적어도 나를 본보기 삼아 지식의 습득이 얼마나 위험한 일인지 깨닫길 바랍니다. 자연을 거스를 만큼 지나친 포부를 품은 사람보다는 자기가 나고 자란 곳이 세상의 전부라고 믿는 사람이 더 행복한 법입니다.

나는 내가 굉장한 힘을 얻었다는 사실을 깨닫고 그것을 어떻게 사용할지 오랫동안 고심했습니다. 무생물을 움직일 수 있었지만 그것을 적용할 만한 틀, 그러니까 복잡한 섬유와 근

• 《천일야화》에서 신드바드는 죽은 아내와 함께 매장됐다가 희미한 빛을 좇아 무덤에서 도망쳐 나온다.

육, 혈관 따위를 갖춘 몸체를 만드는 일이 얼마나 어렵고 고될지 상상조차 할 수 없었지요. 처음에는 나 같은 존재를 만들지 아니면 더 단순한 몸체를 만들지 고민했지만, 첫 번째 성공에 상상력이 한껏 부풀어 오른 터라 인간처럼 복잡하고 경이로운 육신을 만들지 못할 이유가 없다고 생각했어요. 그 어려운 일을 완성하는 데 필요한 재료가 마땅치 않았지만 결국 성공하리라는 것을 의심하지 않았습니다. 물론 여러 실패를 각오했어요. 끊임없이 난관에 부딪힐 테고 결국 완전한 결과물을 얻지 못할 수도 있었지요. 하지만 과학과 기술이 나날이 진보하고 있으니 적어도 나의 시도가 미래의 성공을 이끄는 밑거름이 될지도 모른다는 희망을 품었습니다. 대담하고 복잡한 계획이라고 해서 무조건 실현할 수 없다는 근거도 없었고요. 이런 생각으로 인간을 만드는 일에 착수했습니다. 너무 작으면 각 부위를 만드는 데 시간이 더 오래 걸릴 것 같아서 처음 의도와는 달리 키가 2미터 40센티미터쯤 되고 체구도 그에 걸맞은 거대한 형체를 만들기로 했지요. 결정하고 나서도 몇 달에 걸쳐 재료를 모으고 분류한 뒤에야 작업을 시작했습니다.

첫 성공에 들뜬 나를 광풍처럼 밀어붙인 다양한 감정은 누구도 상상할 수 없을 겁니다. 삶과 죽음은 그저 관념적인 경계로 보였습니다. 내가 그 경계를 부수고 우리의 어두운 세계에 눈부신 광명을 비춰주어야 한다고 생각했지요. 새로 탄생한 종족은 나를 창조자이자 근원으로 축복할 것이고 나로 말미암아 행복하고 탁월한 존재들이 수없이 생겨나리라고 상상했어요. 나는 자식을 낳은 아버지와는 비교도 할 수 없을 만큼 완벽한 보람을 느낄 테고요. 상상이 꼬리에 꼬리를 물고 이어지면서 결국 생명이 없는 존재에게 활력을 부여할 수 있다면 언젠가는(지금은 불가능하다는 것을 깨달았지만) 죽어서 부패한 육신도 되살릴 수 있지 않을까 하는 생각에 이르렀습니다.

　끈질긴 열정으로 작업을 이어가는 동안 이런 생각이 나를 버티게 해주었지요. 연구를 할수록 뺨은 창백해졌고 안에만 틀어박혀 있다보니 몸은 점점 여위었습니다. 때로는 코앞까지 온 확신을 놓치기도 했지요. 하지만 하루만 더 연구하면, 아니 한 시간만 더 연구하면 희망이 실현될 것 같았어요. 오직 나만이 알고 있는 비밀, 그 희망에 모든 것을 걸었습니다. 달이 한밤의 노고를 지켜보는 가운데 나는 숨 막히는 열정의 끈을 바짝 쥐고 자연의 숨겨진 부분을 파헤쳤습니다. 축축한 무덤을 파헤치거나 생명이 없는 진흙을 움직이게 하려고 살아 있는 동물을 괴롭히는 내 은밀한 행동이 얼마나 끔찍했는지 아무도 상상할 수 없을 겁니다. 지금도 그때를 회상하면 팔다리가 떨리고 눈앞이 캄캄해지거든요. 하지만 당시에는 광기에 가까운, 저항할 수 없는 충동이 나를 끊임없이 밀어붙였어요. 목표를 이뤄야 한다는 생각뿐 다른 모든 감정과 감각은 잃어버린 듯했지요. 일시적인 최면 상태에 빠졌던 셈입니다. 초자연적인 충동이 사라지고 평소 습관으로 돌아가면 그제야 최면에 빠졌다는 것을 깨닫곤 했어요. 나는 봉안당에서 뼈를 가져왔고 인체의 엄청난 비밀을 불경한 손으로 헤집었습니다. 긴 통로와 계단으로 다른 사람들의 숙소와는 분리된 꼭대기 층의 감옥 같은 방을 불결한 창조의 작업실로 썼어요. 세밀한 작업을 하느라 눈알이 튀어나올 것 같았지요. 재료는 주로 해부실과 도축장에서 구해 왔어요. 나도 인간인지라 혐오스러운 일을 피하고 싶은 적도 많았지만 한없이 깊어가는 열정에 이끌려 결국 마무리 단계에 이르렀습니다.

여름 내내 혼신의 노력을 다해 목표를 이루는 데만 몰두했어요. 여름은 가장 아름다운 계절이었지요. 들에서는 어느 때보다도 풍성한 수확물이 나왔고 포도 농사도 더할 나위 없이 풍년이었지만 그런 자연의 아름다움이 눈에 들어오지 않았습니다. 주변 풍경에 무심했을 뿐 아니라 멀리 떨어져 오랫동안 만나지 못한 식구들도 까맣게 잊었어요. 내게서 소식이 없으면 그들이 얼마나 불안해할지 잘 알면서도 말입니다. 아버지가 이렇게 말씀하신 것도 생생히 기억하고 있었지요. "네가 잘 지낸다면 사랑하는 우리를 잊지 않고 자주 소식을 전해줄 거라 믿는다. 소식이 뜸해지면 네가 다른 의무도 제대로 돌보지 않는다는 뜻으로 여길 테니 서운해하지 마라."

아버지가 어떤 심정일지 알았지만 저항할 수 없는 힘으로 내 머릿속을 점령하고 있는 역겨운 작업을 도저히 놓을 수 없었습니다. 나의 습관을 모두 잠식해버린 엄청난 목표를 이룰 때까지는 애정 같은 사사로운 감정을 모두 제쳐놓고 싶었답니다.

그때는 아버지가 나의 소홀함을 괘씸하게 여기는 것이 부당하다고 생각했어요. 하지만 지금 돌아보면 내가 비난을 면할 수 없다는 아버지의 말씀이 옳았지요. 온전한 인간이라면 늘 차분하고 평온하게 마음을 다스리며 한때의 열정이나 지나가는 욕망에 휩쓸리지 말아야 합니다. 지식을 향한 열정도 예외는 아니지요. 연구에 빠져 소중한 이들을 소홀히 하고, 무엇도 방해할 수 없는 단순하고 소소한 즐거움마저 누릴 수 없다면 정상적인 연구라고 할 수 없습니다. 인간이 추구해서는 안 되는 지식이라는 뜻이지요. 이런 규칙이 철저하게 지켜졌다면, 즉 사랑하는 가족의 평화를 깨뜨리는 일은 무엇도 허락되지 않았다면 그리스는 속국이 되지 않았을 테고 카이사르는 조국을 구했을 것이며 아메리카 대륙도 그렇게 성급하게 발견되지 않았을 겁니다. 그랬더라면 멕시코와 페루의 제국들이 무너지지도 않았겠지요.

한창 재밌는 부분에서 설교를 늘어놓았군요. 친구의 표정을 보니 이야기를 계속 이어가야겠습니다.

아버지는 편지에서 질책을 하진 않았지만 내가 무엇을 하는지 전보다 더 구체적으로 물어보시며 소식이 뜸해진 것을 걱정하셨어요. 그 일에 매달리는 동안 겨울이 가고 봄이 가고 또 여름이 갔습니다. 너무 깊이 몰두한 나머지 꽃이 피고 나뭇잎이 무성해지는 광경도 보지 못했지요. 예전에는 그런 풍경에서 큰 기쁨을 얻었는데 말입니다. 나뭇잎이 시든 뒤에야 나의 작업은 막바지에 이르렀어요. 그동안 이룬 성과가 하루하루 여실히 드러났지요. 하지만 활활 타오르던 열의에 불안감이 섞여 들었습니다. 게다가 어느새 나는 좋아하는 일에 심취한 예술가보다는 탄광 노역 같은 고된 일을 하는 노예의 몰골을 하고 있었어요. 매일 밤 미열에 시달렸고 신경이 극도로 예민해져 괴로울 지경이었지요. 누구보다도 건강에 자신이 있었고 강인한 정신력을 자랑하던 터라 그런 상황이 더욱 견디기 힘들었답니다. 하지만 다시 운동을 하고 즐기다보면 이런 증상이 금세 사라질 거라고 믿었습니다. 일이 마무리되는 대로 두 가지를 모두 하겠노라고 다짐했지요.

제4장

고된 노력의 결실을 보게 된 것은 11월의 어느 을씨년스러운 밤이었습니다. 나는 고문처럼 극심한 불안에 떨며 발밑에 누워 있는 생명 없는 존재에게 생의 불꽃을 넣어줄 기구를 주위에 늘어놓았어요. 벌써 새벽 1시였답니다. 추적추적 내리는 비가 유리창을 때렸고 초는 거의 다 타들었어요. 바로 그때, 꺼질락 말락 하는 어둑한 불빛 속에서 나의 창조물이 누런 눈을 뜨더니 거칠게 숨을 쉬며 팔다리를 꿈틀거렸습니다.

이 참사를 마주한 순간 내 심정이 어땠는지, 무한한 공을 들여 힘겹게 만들어낸 그 흉물은 또 어떻게 묘사해야 할지 모르겠네요. 팔다리의 비율이 적절했고 이목구비도 아름다운 것으로 골라 넣었습니다. 아름답다니! 아, 세상에! 노란 피부 속에 근육과 핏줄이 비쳤고 검은 머리칼은 매끈하게 흘러내렸으며 이는 진주처럼 희었습니다. 그런데 이런 화려한 특징들이 희끄무레한 눈두덩과 역시 희끄무레하고 흐리멍덩한 눈, 쪼글쪼글한 얼굴, 일직선의 거무스름한 입술과 대비돼 더 오싹하게 느껴지더군요.

인간이 살면서 겪는 다양한 경험 가운데 사람의 감정만큼 변덕스러운 것이 있을까요? 나는 생명이 없는 육신에 생을 불어넣겠다는 한 가지 목표에 2년 가까이 매달렸습니다. 제대로 쉬지도 못하고 건강을 돌보지도 않았지요. 그렇게 지나치리만치 갈망하던 일이었는데, 막상 완성하고 나니 내가 꿈꾸었던 아름다움은 온데간데없고 숨 막히는 공포와 혐오감에 가슴이 답답했습니다. 내 피조물의 몰골을 더는 볼 수 없어서 얼른 그 방을 뛰쳐나와 한동안 침실을 서성거렸어요. 심란해서 잠을 이룰 수 없었지요. 한참 속을 끓이다보니 피로가 밀려왔고 결국 옷을 입은 채로 침대에 누워 잠깐이나마 모든 것을 잊어보려 했습니다. 소용없었지요. 잠들긴 했지만 뒤숭숭한 꿈에 시달렸어요. 엘리자베트가 아주 건강한 모습으로 잉골슈타트의 거리를 걷고 있는 모습이 보이더군요. 나는 놀라고 반가운 마음에 그녀를 껴안았지만 첫 입맞춤을 하는 순간 그녀의 입술이 검푸른 죽음의 색을 띠는 겁니다. 그녀의 얼굴이 변하기 시작하더니 어느새 나는 어머니의 시신을 안고 있었습니다. 수의가 입혀진 채였지만 구겨진 옷감의 틈새마다 구더기가 기어 다녔지요. 나는 소스라치게 놀라며 잠에서 깼습니다. 이마에는 식은땀이 흘렀고 이가 덜덜 떨리며 팔다리가 후들거렸어요. 그때였습니다. 창문의 덧문 틈을 비집고 들어오는 어슴푸레한 노란 달빛에 그 흉물, 내가 만든 그 끔찍한 괴물이 보이는 겁니다. 그는 내 침대의 커튼을 들추고 나에게 눈을 고정하고 있었어요. 그걸 눈이라고 할 수 있다면 말입니다. 그러고는 입을 벌리더니 히죽 웃으면서 뺨을 일그러뜨리며 알아들을 수 없는 소리로 웅얼거리더군요. 말을 했는지는 모르겠지만 어쨌든 나에게는 들리지 않았습니다. 그가 나를 붙잡으려는 듯 한 손을 뻗는 순간, 나는 얼른 방에서 나와 후다닥 계단을 내려갔습니다. 숙소의 안뜰에 숨어 밤새도록 안절부절못하며 귀를 쫑긋 세우고 서성거렸지요. 아주 작은 소리에도 내가 한심하게 생명을 부여한 악마 같은 송장이 다가오는 게 아닐까 싶어 두려움에 떨었습니다.

아! 그 섬뜩한 얼굴을 누가 견딜 수 있을까요. 송장이 살아나서 움직인다고 해도 그렇게 오싹하지는 않을 겁니다. 완성하기 전에 바라볼 때에도 추한 몰골이었지만 근육과 관절을 움직이자 단테조차도 상상하지 못할 흉물이 됐더군요.

나는 괴로운 심정으로 밤을 보냈습니다. 가끔은 동맥 하나하나까지 느껴질 만큼 맥박이 빠르고 격렬하게 뛰었어요. 그러다 기진맥진해서 쓰러지다시피 하기도 했지요. 공포와 함께 뼈아픈 절망이 밀려왔어요. 오랫동안 나의 양식이자 기분 좋은 휴식이 돼준 꿈이 지옥으로 변해버린 겁니다. 그렇게 순식간에 상황이 완전히 뒤집어지다니요!

마침내 날이 밝았습니다. 비가 내리는 우울한 아침이었어요. 잠을 못 자서 아픈 눈에도 잉골슈타트 교회의 하얀 첨탑과 시계가 들어오더군요. 새벽 6시였어요. 문지기가 대문을 열자 나는 밤새 은신처가 돼준 안뜰에서 거리로 나가 흉물에게서 도망치려는 듯 걸음을 재촉했습니다. 모퉁이를 돌 때마다 놈이 나타나진 않을까 조마조마했어요. 숙소로 돌아갈 엄두가 나지 않았지요. 시커멓고 쓸쓸한 하늘에서 비가 쏟아져 흠뻑 젖었지만 계속해서 서둘러 걸음을 옮겼습니다.

몸을 움직여서라도 마음의 짐을 덜어보려고 한동안 그렇게 걸었습니다. 내가 어디에 있는지, 무얼 하는지도 모르는 채 정처 없이 발을 움직였지요. 진저리 나는 두려움에 가슴이 마구 뛰었지만 차마 주위를 둘러보지 못하고 휘청거리는 다리를 재촉했답니다.

> 아무도 없는 길을
> 겁에 질려 걸어가는 사람처럼
> 한번 주위를 둘러본 뒤 다시 걸음을 옮기며
> 더는 돌아보지 않았지.
> 왜냐하면 그는 무서운 악마가
> 바짝 쫓아온다는 것을 알았으니까. ●

● 〈늙은 선원의 노래〉 중에서(원주).

한참 걷다보니 승합마차와 다른 마차들이 자주 정차하는 여관 앞에 이르렀어요. 어째서인지 그곳에서 잠시 걸음을 멈추고 저편에서 나를 향해 다가오는 마차를 한참 바라보았답니다. 가까이 오자 스위스 승합마차인 걸 알겠더군요. 그런데 그 마차가 내 앞에 멈춰 서고 문이 열리더니 앙리 클레르발이 나타난 겁니다. 나를 본 그는 얼른 마차에서 뛰어내리며 소리쳤어요. "이야, 프랑켄슈타인. 이렇게 만나다니! 정말 반갑다! 기막히게 운이 좋네. 내가 내리려는 순간에 네가 여기서 있다니!"

　나 역시 클레르발을 보고 얼마나 기뻤는지 모릅니다. 그가 나타난 순간 아버지와 엘리자베트, 그리고 고향의 소중한 추억들이 떠올랐습니다. 나는 클레르발의 손을 덥석 잡고 잠시나마 두려움과 비참한 기분을 내려놓았어요. 아주 오랜만에 마음이 편안해지고 잔잔한 기쁨이 밀려들었지요. 더없이 반갑게 친구를 환영해준 뒤 그를 데리고 내가 다니는 대학으로 걸어갔습니다. 클레르발은 고향 친구들의 소식을 한참 전해주고는 기쁘게도 아버지의 허락을 받아 잉골슈타트로 오게 된 이야기를 들려주었어요. "상인도 장부 정리 말고 다른 공부를 해야 한다고 아버지를 설득하느라 얼마나 애먹었을지 짐작하지? 아마 아버지는 지금도 회의적이시겠지. 내가 끈질기게 애원하는데도 시종일관 《웨이크필드의 목사》에 나오는 네덜란드 교장처럼 대꾸하시더라고. '나는 그리스어를 몰라도 1년에

1만 플로린*을 벌고 그리스어를 몰라도 배불리 먹는다.'** 하지만 아무리 공부가 못마땅해도 자식은 못 이기지. 결국 지식의 땅으로 탐사 항해를 떠나도 좋다고 허락하셨어."

"이렇게 널 만나다니 날아갈 것 같은 기분이야. 그런데 네가 떠날 때 우리 아버지와 동생들, 엘리자베트는 어땠어?"

"아주 행복하게 잘 지내고 있어. 하지만 딱 한 가지, 네 소식이 너무 뜸해서 걱정하시지. 어쨌든 네 가족을 대신해서 내가 훈계 좀 해야겠다. 그나저나 프랑켄슈타인." 그는 잠시 멈추고 나를 한참 뜯어보더니 다시 말했습니다. "아까부터 묻고 싶었는데, 왜 이렇게 병자 같은 몰골이 됐어? 비썩 마르고 안색도 나쁘잖아. 꼭 며칠 못 잔 사람처럼."

"잘도 맞췄네. 며칠 연구에 몰두하느라 제대로 쉬지도 못했거든. 하지만 이제 다 끝났으니까 드디어 자유를 만끽할 수 있어."

몸이 부들부들 떨렸습니다. 간밤에 일어난 일은 생각만 해도 견딜 수 없었고 입 밖으로 꺼낸다는 건 상상도 할 수 없었지요. 나는 걸음을 재촉했습니다. 우리는 곧 대학에 도착했어요. 그러자 문득 내 방에 두고 온 괴물이 아직도 살아서 돌

● 네덜란드의 옛 화폐단위.

●● 영국의 작가 올리버 골드스미스(1730~1774)의 소설 《웨이크필드의 목사》에 등장하는 네덜란드인 교장은 자신의 무지를 떠벌린 뒤 '나는 그리스어를 모르기 때문에 그것을 알아봐야 좋을 게 없다고 믿는다'고 결론짓는다.

아다니고 있을지도 모른다는 생각에 몸서리가 났습니다. 놈을 다시 보기는 두려웠지만 그것이 앙리의 눈에 띄면 더 큰 문제였지요. 나는 앙리에게 잠깐 밑에서 기다리라고 하곤 내 방으로 뛰어 올라갔어요. 문손잡이를 덜컥 잡은 뒤에야 마음을 가다듬었습니다. 잠깐 숨을 돌리면서도 몸이 떨리더군요. 그러곤 방 안에 유령이 있다고 믿는 어린아이처럼 벌컥 문을 열었는데, 아무것도 보이지 않는 겁니다. 조심스레 발을 들였지만 아무도 없었어요. 침실에도 괴이한 손님은 없었습니다. 굉장한 행운이 믿기지 않았지만 적이 도망갔다는 확신이 들자 너무 기쁜 나머지 손뼉을 치며 클레르발에게 달려 내려갔습니다.

우리가 방으로 올라오자 하인이 아침 식사를 가져다주었어요. 하지만 도무지 진정할 수 없었지요. 단순히 기쁨에 사로잡힌 건 아니었습니다. 신경이 극도로 예민해져 살갗이 저릿저릿하고 맥박이 빨라졌어요. 한순간도 몸을 가만히 둘 수 없었어요. 의자를 뛰어넘고 손뼉을 치며 요란하게 웃어댔지요. 클레르발은 자신을 보고 기뻐서 한껏 들뜬 모양이라고 생각했지만 나를 좀 더 찬찬히 살펴보고는 내 눈에서 설명할 수 없는 광기를 발견해냈습니다. 내가 공허하고 요란한 웃음을 참지 못하자 몹시 놀라며 겁을 먹더군요.

"빅토르, 대체 왜 그러는 거야? 그렇게 웃지 마. 너 정말 많이 안 좋은 모양이구나! 어쩌다 이렇게 됐어?"

"나한테 묻지 마." 나는 손으로 눈을 가리며 소리쳤어요. 그 끔찍한 괴물이 방 안으로 스르르 들어오는 것 같았거든요. **"저놈**이 말해줄 거야. 아! 살려줘! 나 좀 도와줘!" 나는 괴물이 나를 붙잡았다는 망상에 사로잡혀 미친 듯이 발버둥 치다가 쓰러지고 말았습니다.

가엾은 클레르발! 그의 심정은 어땠을까요? 한껏 들떠서 나를 만나러 왔는데 그렇게 괴이하고 쓸쓸한 광경을 마주하다니요. 하지만 나는 그가 슬퍼하는 모습을 보지 못했습니다. 그대로 의식을 잃은 뒤 아주 오랫동안 정신을 차리지 못했거든요.

그때부터 나는 몇 달 동안 신경성 열병에 시달렸습니다. 앙리가 유일한 간병인으로 곁에 있어주었어요. 나중에 알게 된 사실이지만 앙리는 고령의 아버지가 먼 길을 오기 어렵고 엘리자베트도 속상해할까봐 두 사람에게 내 병이 얼마나 심각한지 숨겼습니다. 자기만큼 나를 세심하고 정성스럽게 돌봐줄 사람은 없다고 생각했지요. 그리고 내가 회복될 거라고 굳게 믿었기에 내 병세를 숨기는 것이 그들을 속이는 일이 아니라 오히려 배려하는 일이라고 여긴 겁니다.

하지만 나는 아주 위중한 상태였어요. 친구가 한시도 쉬지 않고 정성스레 간호하지 않았더라면 끝내 회복하지 못했을 겁니다. 내가 생명을 부여한 괴물의 모습이 자꾸 눈앞에 아른거려서 끊임없이 헛소리를 지껄였습니다. 당연히 앙리는 그런 소리를 들을 때마다 놀랐지요. 처음에는 내 망상이 빚어낸 헛소리라고 여겼지만 내가 끈질기게 같은 얘기를 되풀이하자 실제로 나의 병이 기이하고 끔찍한 사건에서 비롯됐다고 믿게 됐어요.

그렇게 친구에게 걱정과 슬픔을 안겨줄 때도 많았지만, 그래도 아주 서서히 회복됐습니다. 처음으로 바깥세상을 내다보며 조금이나마 즐거움을 느낀 순간이 기억납니다. 낙엽이 사라지고 창밖으로 보이는 나뭇가지에 새순이 돋아나 있더군요. 아름다운 봄이었어요. 그 계절은 내가 건강을 회복하는 데 큰 도움이 됐지요. 가슴에서 기쁨과 사랑의 감정이 다시 피어나는 것을 느꼈습니다. 우울한 기운이 사라지고 곧 치명적인 열정이 엄습하기 전의 활기를 되찾았지요.

나는 이렇게 소리쳤습니다. "정말 고마워, 클레르발. 나한테 이렇게 헌신하다니. 공부하러 여기까지 와서 겨우내 병시중만 들었네. 내가 어떻게 갚아야 할까? 너한테 실망을 안겨줘서 정말 미안해. 그래도 너는 나를 용서하겠지."

"네가 다시 무너지지 않고 최대한 빨리 회복하면 그걸로 빚은 다 갚는 거야. 오늘은 기분이 좋아 보이는데, 내가 한 가지 얘기해도 될까?"

나는 몹시 떨렸습니다. 무슨 얘기일까? 대체 무슨 얘기를 하려는 거지? 혹시 내가 생각하기도 싫은 그 일을 꺼내려는 걸까?

클레르발은 내 얼굴색이 변하는 것을 보고 얼른 덧붙였습니다. "진정해. 네가 힘들다면 얘기하지 않을게. 하지만 네 아버지와 사촌은 네가 직접 쓴 편지를 받으면 아주 기뻐할 거야. 네가 이렇게 많이 아팠던 줄도 모르고 오랫동안 소식이 없어서 서운해하고 있거든."

"그 얘기였어, 앙리? 내가 사랑하는 소중한 친구들, 내가 사랑을 전해야 하는 식구들을 당연히 가장 먼저 떠올리지 않았을까봐?"

"지금 네 기분이 그렇다면 친구, 며칠 동안 여기서 너를 기다리고 있던 편지를 보면 아주 기뻐하겠다. 네 사촌이 보낸 것 같은데."

제5장

클레르발은 내 손에 편지를 쥐여주었습니다.

빅토르 프랑켄슈타인 앞

나의 사촌에게,

우리 모두 네 건강을 얼마나 걱정하는지 몰라. 아무래도 클레르발이 병세를 숨기고 있는 것 같아. 벌써 몇 달 동안 네가 직접 편지를 쓰지 않고 앙리에게 받아 적게 했잖아. 네가 많이 아픈 것 같아서 우리 모두 몹시 괴로워하고 있어. 외숙모가 돌아가셨을 때만큼이나 가슴이 아파. 외숙부는 네가 위독한 모양이라며 잉골슈타트로 직접 찾아가려고 하셨어. 클레르발은 매번 나아지고 있다고 하지만 하루빨리 네가 직접 편지를 써서 그 말이 사실이라는 것을 확인해주면 좋겠어. 빅토르, 정말이지 우리 모두 노심초사하고 있거든. 이 걱정만 해결된다면 우리는 더없이 행복할 거야. 네 아버지는 얼마나 건강하신지 지난겨울보다 10년쯤 더 젊어지신 것 같아. 에르네스트도 많이 건강해져서 못 알아볼 정도라니까. 곧 열여섯 살이 되는데 예전의 병약한 모습은 온데간데없고 이제는 아주 건강하고 활기찬 소년이 됐어.

어젯밤에는 외숙부와 에르네스트의 장래에 대해 한참 이야기를 나눴어. 그 애는 어릴 때 자주 아팠던 탓에 끈기가 부족하잖아. 이제는 건강해져서 매일 밖에 나가 등산을 하거나 호수에서 배를 타곤 해. 그래서 나는 농사를 짓는 것도 좋겠다고 말씀드렸어. 너도 알다시피 그건 내가 꿈꾸는 삶이잖아. 농부의 삶은 행복하고 건강할 뿐 아니라 아무에게도 해를 입히지 않고 오히려 이로움을 주지. 외숙부는 변호사 공부를 하면 어떻겠냐고 하시더라. 그러다 자기가 원하면 판사가 될 수도 있다면서. 하지만 에르네스트에게는 그런 직업이 어울리지 않아. 그리고 나쁜 사람들의 이야기를 들어주거나 심지어 그들의 공모자가 돼야 하는 변호사보다는 땅을 경작해서 사람들에게 양식을 제공하는 농부가 더 떳떳한 직업이기도 하고. 그래서 농부로 성공하면 판사라는 직업보다 명예롭지는 않아도 더 행복하게 살 수 있다고 말씀드렸어. 판사는 늘 인간의 어두운 면을 다뤄야 하니까 딱히 행복하다고 할 수 없잖아. 외숙부는 빙긋 웃으시면서 내가 변호사가 돼야겠다고 하시더라. 그 대화는 그렇게 끝났지.

　이제 재미있는 이야기를 들려줄까 해. 혹시 쥐스틴 모리츠를 기억해? 아마 기억 못 하겠지. 누구인지 간단하게 설명해 줄게. 쥐스틴의 엄마 모리츠 부인은 자식이 넷 딸린 과부인데 쥐스틴은 그중 셋째야. 쥐스틴은 아버지의 사랑을 가장 많이 받았지만 무슨 심통에서인지 엄마는 그 애를 미워했고, 모리츠 씨가 세상을 떠나자 아이를 구박하기 시작했어. 그 사실을 알게 된 외숙모께서는 쥐스틴이 열두 살 때 그 애 엄마를 설득해 우리 집으로 데려오셨지. 우리 공화국은 주변의 큰 군주국들에 비해 단순하고 실용적인 제도를 갖췄잖아. 그 덕분에 계층 간의 차이가 크지 않지. 하층민도 너무 가난하거나 멸시받지 않을 뿐 아니라 비교적 세련되고 도덕적인 태도를 지녔고. 제네바의 하인은 프랑스나 잉글랜드의 하인과는 달라. 우리 집에 오게 된 쥐스틴도 하인의 도리를 배우긴 했지만 축복받은 이 나라에서는 하인이라고 해서 무시당하거나 인간의 존엄성을 희생당하는 일이 없지.

　여기까지 읽었다면 이제 내 이야기의 주인공이 기억나지 않을까? 쥐스틴은 네가 가장 아끼던 하녀였잖아. 기분이 언짢을 때 쥐스틴이 눈길 한 번만 주면 금세 풀어진다고 말한 적도 있고. 아리오스토는 안젤리카●의 아름다움이 언제나 순수하고 행복한 얼굴에서 비롯된다고 했는데, 쥐스틴도 그렇다고 했잖아. 외숙모도 쥐스틴을 무척 아끼셔서 처음에 의도한 것보다 더 좋은 교육을 받게 해주셨어. 쥐스틴은 은혜를 충분히 갚았고, 그 애는 늘 감사할 줄 아는 아이였지. 그렇다고 입에 발린 얘기를 했다는 뜻은 아니야. 그런 얘기를 하는 건 한 번도 본 적이 없거든. 그보다는 눈을 보면 안주인을 얼마나 사랑하는지 알 수 있었지. 성격이 명랑하고 부주의한 면도 많았지만, 외숙모의 일거수일투족을 유심히 살피며 외숙모를 본보기 삼아 세련된 말씨와 예절을 따라 하려고 노력했어. 그래서 지금도 가끔 그 애를 보면 외숙모가 떠오를 정도라니까.

사랑하는 외숙모가 세상을 떠나셨을 때 모두 깊은 슬픔에 빠져서 가엾은 쥐스틴을 신경 쓰지 못했지. 하지만 사실 그 애는 외숙모가 편찮으실 때 가장 극진하게 간호했었어. 가엾은 쥐스틴도 심하게 앓았고. 그런데 또 다른 시련이 기다리고 있었어.

쥐스틴의 형제자매가 하나둘 세상을 떠나서 결국 그 애의 엄마에게는 홀대하던 딸만 유일한 자식으로 남은 거야. 그렇게 되자 그 여인은 양심의 가책을 느꼈지. 아끼던 자식들의 죽음이 자신의 편애를 꾸짖는 하늘의 심판이라고 생각했거든. 천주교 신자였는데 아마도 신부님이 고해성사를 듣고

● 《광란의 오를란도》에서 오를란도가 사랑했던 여자.

는 그녀의 생각이 맞는다고 확인해준 모양이야. 그래서 네가 잉골슈타트로 떠나고 몇 달 뒤에 회개한 쥐스틴의 엄마가 딸을 다시 데려갔어. 가엾은 쥐스틴! 우리 집을 떠날 때 얼마나 울었는지 몰라. 그 애는 외숙모가 돌아가신 뒤로 많이 변했거든. 무척 활달했던 아이가 슬픔을 겪은 뒤 다정하고 온화한 성격으로 바뀌었지. 엄마 집으로 돌아가서도 활달한 성격을 되찾을 수는 없었어. 그 불쌍한 여인은 지난날을 뉘우치긴 했지만 변덕이 아주 심했거든. 쥐스틴에게 구박한 자신을 용서해달라고 애원하기도 했지만 그 애 때문에 형제자매가 죽었다며 탓할 때가 더 많았어. 모리츠 부인은 그렇게 속을 끓이다가 건강이 나빠졌고 처음에는 그저 짜증이 심해지나 싶었는데 결국 영면에 들었어. 지난겨울이 시작될 무렵 첫추위에 숨을 거두었지. 쥐스틴은 다시 우리에게 돌아왔고 나는 그 애에게 더욱 정이 들었어. 무척 영민하고 다정한 데다 얼마나 예쁜지 몰라. 앞에서도 말했듯이 태도나 표정을 보면 돌아가신 외숙모가 떠오르기도 하고.

그리운 사촌, 사랑스러운 윌리엄 소식도 전해줘야겠지? 네가 직접 볼 수 있다면 참 좋을 텐데. 윌리엄은 또래보다 키가 무척 큰 편이고 파란 눈에는 달콤한 웃음기가 담겨 있어. 짙은 속눈썹에 곱슬곱슬한 머리칼은 얼마나 사랑스러운지. 미소를 지으면 발그레하게 혈색이 도는 뺨에 작은 보조개가 두 개씩 보이거든. 벌써 꼬마 **신부**도 한두 명 생겼는데, 윌리엄이 가장 좋아하는 아이는 예쁜 다섯 살 꼬마 아가씨 루이자 비롱이야.

빅토르, 정겨운 제네바 사람들의 소문도 궁금하지 않을까 싶네. 아리따운 맨스필드 양은 잉글랜드 청년 존 멜번 씨와 결혼을 앞두고 벌써 축하 방문을 받고 있어. 맨스필드의 못생긴 언니 마농은 지난가을에 부유한 은행가인 뒤비야르 씨와 결혼했고. 너와 친했던 학교 친구 루이 마누아르는 클레르발이 제네바를 떠난 뒤에 몇 가지 **불행**을 겪었어. 하지만 이제는 기운을 차려서 곧 활기 넘치고 예쁜 프랑스 여자 타베르니에 부인과 결혼할 거래. 마누아르보다 나이가 한참 많은 과부지만 모두가 좋아하고 존경하는 사람이야.

편지를 쓰다보니 기분이 좋아졌지만 마무리하기 전에 네 건강에 대해 다시 물어야 할 것 같아. 사랑하는 빅토르, 많이 아프지 않다면 직접 편지를 써서 아버지와 우리 모두를 기쁘게 해줘. 그 반대의 상황은 생각할 수도 없어. 벌써 눈물이 나네. 잘 있어, 소중한 내 사촌.

17××년 3월 18일, 제네바에서
엘리자베트 라벤차가

"아, 보고 싶은 엘리자베트! 당장 편지를 써서 식구들의 걱정을 덜어줘야겠다." 엘리자베트의 편지를 읽고 나는 이렇게 외쳤습니다. 답장을 쓰고 나자 피로가 몰려왔지만 그 뒤로 몸은 꾸준히 나아졌습니다. 이 주가 지나자 밖으로 나갈 수 있게 됐지요.

몸이 회복되고 가장 먼저 한 일은 대학의 여러 교수에게 클레르발을 소개하는 것이었습니다. 그 과정에서 과거의 상처를 들쑤시는 난폭한 대우에 시달리기도 했어요. 고된 노력이 끝나고 불행이 시작된 운명의 밤 이후로 나는 자연과학이라는 말만 들어도 치가 떨렸습니다. 몸이 회복됐나 싶다가도 화학 기구를 보면 신경증의 고통이 되살아나곤 했지요. 이 모습을 본 앙리는 내 기구들을 모두 눈에 띄지 않은 곳으로 치웠답니다. 내가 작업실에 진저리를 낸다는 사실을 알고 집을 바꿔놓기도 했지요. 하지만 교수들을 찾아다니면서 클레르발의 이런 노력은 모두 물거품이 됐습니다. 발트만 교수는 자상하고 따뜻한 태도로 내가 과학계에서 놀라운 진보를 이뤘다고 칭찬하며 나를 고문했습니다. 내가 그런 대화를 원치 않는다는 것을 금세 눈치챘지만 정확한 이유는 짐작하지 못하고 그저 멋쩍은 모양이라고 넘겨짚으며 나의 성과를 제쳐놓고 과학 자체로 화제를 돌렸습니다. 내가 관심을 보일 거라고 생각했겠지요. 어쩌겠습니까? 그는 내 비위를 맞춰주려고 했지만 사실은 나를 고문한 겁니다. 나를 잔인하게 죽이는 데 사용할 도구를 하나씩 하나씩 내 앞에 꺼내놓는 듯했어요. 그의 말을 들으면서 고통에 몸서리가 났지만 차마 티를 낼 수 없었습니다. 다행히 늘 타인의 감정을 금세 알아차리고 배려하는 클레르발이 자신은 너무 무지해서 무슨 얘기인지 전혀 모르겠다며 화제를 돌렸고, 그 덕분에 대화는 좀 더 편안한 주제로 넘어갔어요. 나는 친구에게 진심으로 고마웠지만 아무 얘기도 하지 않았습니다. 클레르발은 내심 놀라는 눈치면서도 내 비밀을 캐묻지 않았어요. 나는 그에게 무한한 애정과 존경을 품었지만 그 사건은 도저히 털어놓을 수 없었습니다. 그렇지 않아도 끊임없이 기억을 파고드는 일인데, 누군가에게 설명하고 나면 머릿속에 더 깊이 각인될 것 같았거든요.

크렘페 교수는 만만한 상대가 아니었습니다. 견딜 수 없이 예민한 상태에서 그의 거칠고 직설적인 찬사를 듣고 있자니 발트만 교수의 인자한 칭찬을 들을 때보다 훨씬 더 괴로웠지요. 그는 이렇게 소리쳤습니다. "아이고, 연구원이 오셨네! 클레르발 군, 이 친구가 우리 모두를 추월했네! 그렇게 쳐다보면 어쩔 텐가? 틀림없는 사실이라니까. 한두 해 전만 해도 코르넬리우스 아그리파를 복음처럼 굳게 믿었던 청년이 이제이 대학 최고의 연구원으로 우뚝 서다니. 빨리 끌어내리지 않으면 우리 모두 체면이 말이 아니겠어. 정말이라니까." 그는 난처해하는 내 얼굴을 보고는 다시 말을 이었습니다. "프랑켄슈타인 군은 겸손한 청년이야. 젊은 사람에게는 훌륭한 자질이지. 젊을 때는 부끄러워할 줄도 알아야 하거든. 클레르발군, 나도 젊을 때는 그랬어. 하지만 아주 잠깐이었지."

그렇게 크렘페 교수의 자화자찬이 시작되며 우리는 나를 괴롭히던 주제에서 벗어날 수 있었습니다.

클레르발에겐 자연과학이 맞지 않았어요. 정확하고 세밀한 과학 분야를 공부하기에는 상상력이 너무 풍부했지요. 그 친구는 주로 언어를 공부했어요. 언어의 원리를 익힌 뒤 제네바로 돌아가 독학으로 공부를 이어갈 생각이었습니다. 그리스어와 라틴어를 완벽하게 익힌 그는 페르시아어와 아라비아어, 히브리어에 관심을 보였어요. 나도 빈둥거리기는 싫었지만 과거에서 벗어나고 싶은 만큼 다시 과학을 공부할 수는 없었지요. 그래서 마음을 편하게 먹고 친구와 같은 공부를 시작했어요. 동양 학자들의 저작은 배움과 함께 위안을 주더군요. 그들의 비감이 마음을 달래주었고 그들의 기쁨은 기운을 북돋워주었어요. 다른 나라의 학자들을 공부할 때는 그렇게 깊은 위로와 영감을 얻을 수 없었는데 말입니다. 그들의 글을 읽으면 우리의 인생이 따스한 햇볕과 장미 정원, 아름다운 정복 대상의 미소와 찡그림, 가슴을 태우는 불로 이뤄진 것 같았지요. 남성적이고 영웅의 이야기만 가득한 그리스와 로마의 시와는 너무도 달랐습니다.

그렇게 여름이 지나갔고 늦가을에 제네바로 돌아가기로 했으나 이런저런 일로 미뤄져서 다시 겨울이 찾아왔습니다. 눈이 내려 길이 막히는 바람에 이듬해 봄까지 발이 묶였지요.

고향에 가서 사랑하는 가족을 보고 싶은 마음이 간절했던 터라 이런 상황이 답답하기만 했어요. 오래도록 귀향을 미룬 이유는 단 한 가지, 클레르발을 낯선 곳에 혼자 두고 가려니 썩 내키지 않았기 때문입니다. 그 친구는 아직 주변 사람들과 친해지지 못했거든요. 하지만 겨울을 기분 좋게 보냈고, 유난히 늦게 온 봄은 늑장을 만회하듯 더없이 아름다웠습니다.

어느덧 5월이 되어 출발 날짜를 정해줄 편지를 기다리고 있을 때 앙리가 잉골슈타트 주변을 걸어서 여행하며 오랫동안 몸담았던 나라에 작별 인사를 하면 어떻겠냐고 제안했어요. 기꺼이 그러자고 했지요. 나는 운동을 좋아했고 고국에서도 자연 속을 거닐 때면 클레르발이 최고의 길동무였으니까요.

우리는 이 주에 걸쳐 느긋하게 여행을 즐겼습니다. 오래전에 회복된 몸과 마음은 자연에 둘러싸여 좋은 공기를 마시며 친구와 이야기를 나누다보니 전보다 더 튼튼해졌지요. 예전에는 공부에 빠져 급우들과 어울리지도 못하고 늘 혼자 지냈는데 클레르발이 나의 좋은 기질을 끌어내준 겁니다. 그 덕분에 자연의 풍경과 아이들의 쾌활한 얼굴도 다시 사랑하게 됐답니다. 훌륭한 친구! 너는 진심으로 나를 아껴주고 내 기분을 너와 똑같이 끌어올리려 노력했지. 이기적인 목표를 좇느라 옹졸하고 편협해진 나는 네 다정한 태도와 애정으로 다시 많은 것을 느낄 수 있었어. 그 친구 덕분에 나는 모두가 서로를 사랑하며 슬픔도 근심도 없었던 몇 년 전으로 돌아갈 수 있었답니다. 다시 행복해지자 자연은 더없는 기쁨을 안겨주었지요. 평화로운 하늘과 파릇파릇한 들판을 보며 황홀한 기분에 젖었습니다. 비할 데 없이 아름다운 계절이었어요. 산울타리에는 봄꽃이 만개했고 여름 꽃도 벌써 봉오리를 맺었어요. 지난해에 아무리 떨쳐내려 노력해도 무겁게 마음을 짓누르던 생각은 어느새 까맣게 잊었습니다.

앙리도 나의 쾌활한 모습에 기뻐하며 진심으로 공감해주었습니다. 나를 즐겁게 해주려 노력하면서도 자신의 감정을 숨김없이 표현했지요. 그럴 때 보면 표현력이 기가 막혔습니다. 그의 대화는 언제나 상상으로 가득했어요. 페르시아와 아라비아의 작가들처럼 놀라운 공상과 열정이 가득한 이야기를 지어내기도 했고요. 때로는 내가 좋아하는 시를 읊어주거나 나를 논쟁에 끌어들인 뒤 탄탄한 논지를 펼치기도 했지요.

우리는 일요일 오후에 대학으로 돌아갔습니다. 농부들이 춤을 추고 있었고 만나는 사람마다 흥에 겨워 행복해 보였어요. 나도 한껏 들떠서 기쁨과 즐거움을 주체하지 못하고 껑충거리며 걸음을 옮겼답니다.

제6장

집에 돌아와보니 아버지의 편지가 기다리고 있었습니다.

빅토르 프랑켄슈타인 앞

사랑하는 빅토르에게,

지금쯤 너는 집에 돌아올 날짜가 적힌 편지를 고대하고 있겠지. 그래서 그저 날짜를 알려주고 간단하게 서너 줄만 덧붙여 보낼까 생각했었다. 하지만 그런 배려가 오히려 네게는 잔인한 일이 될 것 같구나. 모두가 행복하고 즐겁게 환영해주기를 기대하며 돌아왔는데, 눈물과 괴로운 얼굴을 마주하게 된다면 얼마나 놀라겠니? 빅토르, 우리의 불행을 어떻게 설명해야 할지 모르겠구나. 떨어져 있다고 해서 우리의 기쁨과 슬픔이 남의 일이 되지 않는데, 멀리 있는 아들에게 고통을 안겨줘야 한다니. 네가 비통한 소식을 각오하고 있다면 좋겠지만 불가능한 일이겠지. 너의 눈은 벌써 끔찍한 소식을 찾아 이 편지를 훑어보고 있을 것 같구나.

윌리암이 죽었단다! 귀여운 미소로 아비의 마음에 빛과 온기를 채워주고 그토록 순하면서도 활발했던 사랑스러운 우리 윌리암! 빅토르, 그 아이가 살해당했다!

너를 위로하려 애쓰진 않겠다. 그저 사건의 정황만 간략하게 적어주마.

지난 목요일(5월 7일), 나는 조카와 네 두 동생을 데리고 플랭팔레•로 산책을 하러 나갔단다. 저녁에도 날이 따뜻하고 온화해서 평소보다 더 멀리까지 가봤지. 날이 어둑해져서 그만 돌아가려고 하는데 앞서간 윌리암과 에르네스트가 보이지 않더구나. 그래서 두 녀석이 돌아올 때까지 앉아서 쉬기로 했단다. 얼마 후 에르네스트가 돌아오더니 제 동생을 봤냐고 묻더구나. 같이 놀고 있었는데 윌리암이 어디론가 가서 숨더니 아무리 찾아도 없더라는 거야. 한참 기다렸는데도 돌아오지 않았다고 했지.

우리는 걱정이 돼서 윌리암을 찾아 나섰단다. 날이 완전히 어두워지자 엘리자베트는 혹시 윌리암이 혼자 집으로 돌아

● 제네바의 성벽 밖에 위치한 지역.

간 게 아닐까 묻더구나. 집으로 가봤지만 그 애는 없었단다. 우리는 다시 횃불을 들고 나갔지. 귀여운 아들 녀석이 길을 잃고 밤이슬에 떨고 있을 생각을 하니 그냥 앉아 있을 수 없었단다. 엘리자베트도 몹시 괴로워했지. 그러다 새벽 5시쯤 사랑하는 내 아들을 찾았는데, 전날 밤만 해도 그토록 혈기 왕성하던 아이가 시퍼렇게 변한 채로 풀밭에 쓰러져 있더구나. 목에는 살인자의 손자국이 남아 있었어.

녀석을 집으로 옮겨 왔을 때 엘리자베트는 나의 비통한 얼굴을 보고 단번에 무슨 일인지 알아차렸단다. 그러더니 시신을 보겠다고 고집을 부리더구나. 말리려 했지만 엘리자베트는 막무가내로 시신이 놓인 방으로 들어가더니 황급히 녀석의 목을 살펴보았지. 그러곤 두 손을 마주 잡고 이렇게 소리쳤단다. "아, 신이시여! 제가 이 소중한 아이를 죽였습니다!"

엘리자베트는 혼절했다가 힘겹게 정신을 차렸단다. 깨어나서도 흐느끼며 한숨만 쉬더구나. 그러곤 나한테 설명하기를, 그날 저녁 윌리암이 네 어머니의 초상화가 걸린 목걸이를 걸고 나가겠다고 졸랐다는 거야. 목걸이가 사라졌으니 살인자가 그것을 노린 게 틀림없다고 하더구나. 아직 범인을 찾지 못한 채 백방으로 알아보고 있단다. 그래도 사랑하는 윌리암은 돌아오지 않겠지!

사랑하는 빅토르, 집으로 오렴. 엘리자베트를 위로할 사람은 너밖에 없다. 그 애는 하염없이 흐느끼며 윌리암이 자기 때문에 죽었다고 엉뚱한 자책을 하고 있어. 그 소리를 들을 때마다 아비의 가슴이 미어지는구나. 모두가 힘들지만 이럴 때일수록 네가 돌아와서 우리를 위로해야 하지 않겠니? 아, 빅토르! 네 어머니가 막내아들의 잔인하고 비참한 죽음을 보지 못해서 천만다행이다!

돌아오너라, 빅토르. 살인자에게 복수할 생각은 하지 말고 차분하고 평온한 마음으로 돌아온다면 우리의 상처가 덧나지 않고 치유될 게다. 적에게 증오를 품기보다는 사랑하는 이들에게 온정과 애정을 품고 슬픔에 빠진 집으로 돌아오려무나, 친구여.

17××년 5월 12일, 제네바에서
너를 사랑하는, 비탄에 잠긴 아버지, 알퐁스 프랑켄슈타인

내가 편지를 읽는 모습을 지켜보던 클레르발은 가족의 전갈에 기뻐하던 얼굴이 절망의 표정으로 변하자 깜짝 놀랐습니다. 나는 편지를 탁자 위에 던져놓고 두 손에 얼굴을 묻었어요.

내가 서럽게 흐느끼는 것을 알아차리고 앙리가 소리쳤습니다. "프랑켄슈타인, 또 불행한 일이 생긴 거야? 친구, 무슨 일이야?"

나는 편지를 읽어보라고 손짓하고는 안절부절못하며 방 안을 서성였어요. 내 불행을 알게 된 클레르발의 눈에서도 눈물이 쏟아졌지요.

"어떻게 위로해야 할지 모르겠다, 친구. 돌이킬 수 없는 비극이 일어나다니. 이제 어떻게 할래?"

"당장 제네바로 가야지. 말을 구해야 하는데, 같이 가줘, 앙리."

걸어가는 내내 클레르발은 내 기운을 북돋우려고 안간힘을 썼어요. 흔한 위로의 말을 건네기보다는 진심으로 안타까워하는 모습을 보여주었지요. "가엾은 윌리엄! 얼마나 귀여운 아이였는데. 그래도 이제 천사 같은 어머니 옆에서 잠들 수 있겠네. 가족과 친구들은 슬픔의 눈물을 흘릴 테지만 윌리엄은 안식을 찾을 거야. 이제는 살인자의 손아귀에서 괴로워하지 않겠지. 연약한 몸에는 잔디가 덮여 고통을 없애줄 테고. 윌리엄은 괜찮을 거야. 남은 사람들이 더 고통스럽지. 그들을 치유해주는 건 시간뿐이니까. 스토아학파의 철학자들은 죽음이 나쁜 것이 아니라고, 인간의 정신은 사랑하는 사람이 영원히 사라졌다는 절망을 넘어서야 한다고 했지만 어떻게 그럴 수 있겠어. 카토조차도 형제의 시신 앞에선 흐느꼈는데."

우리가 서둘러 걸음을 옮기는 동안 클레르발이 건넨 이 말은 머릿속에 깊이 새겨져 나중에 혼자가 됐을 때 다시 떠오르더군요. 하지만 그때는 말을 구하자마자 이륜마차에 몸을 신고 친구에게 작별을 고하기 바빴습니다.

몹시 우울한 여정이었지요. 처음에는 한시라도 빨리 슬픔에 잠긴 가족의 곁으로 가서 그들을 위로하고 싶었지만, 고향이 가까워지면서 속도를 늦추게 되더군요. 마음을 비집고 들어오는 수많은 감정을 견딜 수 없었어요. 어린 시절에 보았던 익숙한 풍경이 지나갔지요. 거의 6년 만에 보는 풍경이었어요. 6년 동안 얼마나 많은 것이 변했겠습니까! 아주 갑작스럽고 황망한 변화가 일어나기도 했지만, 그 밖에도 많은 상황이 조금씩 변했을 테고 그런 작은 변화도 커다란 파급을 몰고 올 수 있었지요. 덜컥 겁이 나더군요. 뭐라고 집어 말할 수 없는 온갖 불길한 예감에 몸이 떨려 나아갈 수 없었습니다.

그렇게 괴로운 마음으로 로잔에 이틀을 머물렀어요. 호수를 바라보니 물은 잔잔하고 주위도 고요하더군요. '자연의 궁전'이라고 불리는 눈 덮인 산맥은 변함이 없었지요. 평화롭고 황홀한 풍경에 차츰 기운을 차린 나는 다시 제네바로 향했습니다.

호반을 따라가는 길은 고향이 가까워질수록 좁아졌어요. 쥐라의 어두운 산비탈과 몽블랑의 환한 정상이 더 또렷하게 눈에 들어왔지요. 나는 아이처럼 울음을 터뜨렸습니다. "소중한 산이여! 아름다운 나의 호수여! 돌아온 방랑자를 어떻게 맞이하려 하는가? 그대의 봉우리는 선명하고 하늘과 호수는 잔잔하고 푸르구나. 평화의 조짐인가 아니면 나의 불행을 조롱하는 것인가?"

친구여, 서론이 너무 길어서 지루하겠군요. 하지만 내게는 비교적 행복했던 시절이라 그때를 떠올리면 기분이 좋아진답니다. 나의 고향, 사랑하는 내 고향이여! 그대가 품은 냇물과 산, 무엇보다도 그 아름다운 호수를 다시 보았을 때 내가 느낀 환희는 그곳에서 나고 자란 사람이 아니면 이해하지 못할 터이니!

하지만 집이 가까워질수록 슬픔과 두려움이 다시 밀려왔습니다. 밤이 내려앉으면서 어두운 산들이 가려지자 기분이 더욱 착잡해졌지요. 주변이 어둑하고 불길한 풍경으로 바뀌면서 어쩐지 내가 지상에서 가장 비참한 인간이 되리라는 막연한 예감이 들었어요. 아! 결국 예감이 적중했지만 한 가지는 틀렸습니다. 내가 예상하고 두려워한 모든 불행은 나를 기다리는 고통의 100분의 1에도 미치지 못했던 것이지요.

나는 날이 완전히 저문 뒤에야 제네바 외곽에 도착했습니다. 성문이 닫힌 뒤라 제네바 동쪽으로 2킬로미터쯤 떨어진 세슈롱이라는 마을에서 밤을 보내야 했어요. 하늘은 맑고 딱히 잠도 오지 않을 듯해서 가엾은 윌리엄이 살해된 곳에 가보기로 했습니다. 제네바를 통과할 수 없어 플랭팔레로 가려면 배로 호수를 건너야 했지요. 이 짧은 항해 도중 몽블랑 정상을 너무도 아름답게 수놓는 번개를 목격했습니다. 폭풍이 빠르게 다가오고 있어서 호수를 건너자마자 나는 폭풍의 진로를 알아보려고 야트막한 언덕으로 올라갔습니다. 폭풍은 나를 향해 다가오고 있었지요. 하늘에 먹구름이 끼더니 굵은 빗방울이 하나둘 떨어지다가 곧 무섭게 퍼붓기 시작했어요.

주위는 온통 컴컴하고 시시각각 폭풍우가 거세지며 머리 위에서 번개가 요란하게 번쩍거렸지만 나는 다시 걸음을 뗐습니다. 몽살레브와 쥐라, 그리고 사부아의 알프스산맥에 천둥소리가 메아리쳤고 화려한 번개의 섬광에 눈이 부셨어요. 호수에 비친 번개가 거대한 불의 장막을 재현하다가도 섬광의 잔영이 사라지면 주위는 금세 칠흑 같은 어둠으로 변했지요. 스위스에서 자주 그러듯 하늘을 보니 여러 군데에서 동시에 폭풍이 몰아치는 듯했습니다. 제네바 정북쪽 벨리브의 돌출된 암반과 코페 마을 사이를 흐르는 호수 위에서 폭풍이 가장 거세게 몰아쳤어요. 쥐라 쪽에도 희미한 섬광이 번쩍거렸고 호수 동쪽으로 뾰족하게 솟은 몰산도 컴컴해졌다가 다시 모습을 드러내길 반복하더군요.

아름답고도 오싹한 폭풍을 보면서 나는 걸음을 재촉했습니다. 하늘에서 벌어지는 웅장한 전쟁에 용기가 솟았는지 두 손을 맞잡고 큰 소리로 이렇게 외쳤답니다. "천사 같은 윌리엄! 하늘이 네 장례식을 치러주는구나! 너를 위한 애도의 노래야!" 그때 인근의 어둑한 나무숲 뒤에서 살금살금 움직이는 형체가 보였습니다. 나는 걸음을 멈추고 찬찬히 살펴보았어요. 헛것을 본 게 아니었습니다. 마침 번개의 섬광이 그쪽을 비추며 형체를 적나라하게 드러냈어요. 인간이라기엔 너무도 흉하고 괴이하며 몸집도 거대한 형체를 보는 순간 직감했습니다. 그 흉물, 내가 생명을 부여한 더러운 악마라는 것을. 놈이 왜 여기 있지? 혹시 그가 내 동생을 살해했을까(아찔한 가능성에 몸서리가 나더군요)? 머릿속을 스치는 생각이 어쩐지 사실일 거라는 확신이 들었어요. 이가 덜덜 떨려 나무에 몸을 기댔습니다. 검은 형체는 순식간에 나를 지나 어둠 속으로 사라지더군요. 인간의 탈을 쓴 자라면 그렇게 예쁜 아이를 죽일 리 없었지요. **놈**이 살인자였어요! 나는 조금도 의심하지 않았습니다. 생각하는 순간 부인할 수 없는 사실로 각인됐지요. 악마를 쫓아갈까 고민했지만 부질없는 짓이었어요. 한 번 더 번개가 번쩍하더니 놈의 형상이 드러났거든요. 플랭팔레의 남쪽 경계를 이루는 몽살레브의 깎아지른 듯한 암벽에 매달려 있는 겁니다. 그러더니 어느 틈에 정상까지 올라가 사라져버렸어요.

　나는 꼼짝도 하지 않았습니다. 천둥은 그쳤지만 여전히 비가 내렸고 주위는 칠흑 같은 어둠에 휩싸였지요. 그때까지 어떻게든 잊으려 했던 일을 머릿속으로 되짚어보았습니다. 창조물이 탄생하기까지의 과정과 내 손으로 만든 존재가 살아서 내 잠자리에 나타났던 일, 그리고 사라진 일까지. 그가 생명을 갖게 된 지 2년이 다 되어가는데 과연 이 살인이 처음이었을까? 아! 나는 살육과 참극을 즐기는 타락한 괴물을 세상에 풀어놓은 겁니다. 내 동생도 죽이지 않았습니까?

밤새도록 얼마나 고뇌했는지 모릅니다. 비바람을 맞으며 밤을 지새웠지만 머릿속에서 불길하고 절망적인 장면들이 끊임없이 펼쳐진 탓에 궂은 날씨는 안중에도 없었습니다. 그저 내가 인간 세상에 던져놓은 존재를 생각했지요. 오싹한 짓을 저지를 의지와 힘을 가진 존재. 그는 이미 그런 짓을 저질렀어요. 마치 나 자신의 흡혈귀 같았지요. 나의 혼령이 무덤에서 나와 내게 소중한 이들을 모두 파멸하려 드는 것 같았습니다.

날이 밝자 나는 제네바로 걸음을 옮겼습니다. 성문이 열려 있기에 서둘러 아버지의 집으로 향했지요. 처음에는 내가 살인자를 알고 있다고 털어놓곤 곧바로 추적하려고 했습니다. 하지만 그러기 위해서 어떤 이야기를 들려줘야 하는지 생각하니 망설여지더군요. 내 손으로 빚어 생명을 부여한 존재를 한밤중에 인간이 오를 수 없는 벼랑에서 목격했다고 털어놓아야 하니까요. 그리고 그를 완성했을 때 신경성 열병을 앓은 일도 떠올랐습니다. 그렇지 않아도 터무니없는 이야기가 더 헛소리처럼 들릴 게 분명했지요. 나라도 그런 얘기를 들었다면 정신 나간 소리라고 치부했을 테니까요. 설사 어찌어찌 가족을 설득해 괴물을 추적한다고 해도 놈의 괴이한 기질 때문에 따라잡을 수도 없었습니다. 따라잡은 뒤에는 또 어쩌겠습니까? 몽살레브의 벼랑을 기어오르는 놈을 무슨 수로 잡겠습니까? 생각이 여기에 미치자 결국 입을 다물기로 결심했지요.

새벽 5시쯤 아버지의 집에 들어섰습니다. 하인들에게 식구들을 깨우지 말라고 이른 뒤 서재로 가서 그들이 일어나기를 기다렸어요.

6년이라는 시간이 지울 수 없는 흔적을 남긴 채 꿈처럼 흘러갔고 어느새 나는 잉골슈타트로 떠나던 날 아버지와 마지막 포옹을 나눈 자리에 서 있었습니다. 사랑하고 존경하는 나의 아버지! 내게는 아직 아버지가 계셨지요. 벽난로 위에 놓인 어머니의 초상화를 바라보았습니다. 아버지의 요청에 따라 과거의 순간을 재현한 초상화였어요. 절망에 빠진 카롤린 보포르가 돌아가신 부친의 관 옆에 무릎을 꿇고 앉아 있었지요. 어머니는 낡은 옷을 입었고 얼굴이 창백했지만 동정을 허락하지 않는 기품과 아름다움을 풍겼습니다. 그 밑에 놓인 윌리암의 작은 초상화를 보는 순간 왈칵 눈물이 쏟아졌어요. 그렇게 그림에 빠져 있는 사이 에르네스트가 들어왔습니다. 내가 오는 소리를 듣고 서둘러 나를 맞이하러 온 것이지요. 나를 보고 슬픔과 기쁨이 교차하는 얼굴이었어요. "어서 와, 빅토르 형. 보고 싶었어. 아! 석 달 전에만 왔어도 모두가 한없이 기쁘게 반겨주었을 텐데. 이제는 절망에 빠져 미소 대신 눈물로 형을 맞이하게 됐네. 아버지도 몹시 슬퍼하고 계셔. 이 섬뜩한 사건으로 어머니가 돌아가셨을 때 느꼈던 슬픔이 되살아나는 모양이야. 가엾은 엘리자베트 누나도 얼마나 슬퍼하는지 몰라." 이렇게 말하며 에르네스트는 울음을 터뜨렸습니다.

"형을 이렇게 맞이하면 안 되지. 마음을 가라앉혀봐. 아주 오랜만에 아버지의 집에 돌아왔는데 한없이 슬퍼할 수만은 없잖아. 그나저나 아버지는 이 불행을 어떻게 견디고 계셔? 그리고 가엾은 우리 엘리자베트는?"

"누나에겐 위로가 필요해. 자기 때문에 내 동생이 죽었다고 자책하면서 몹시 괴로워했거든. 그래도 이제 살인자를 찾았으니까……."

"살인자를 찾았다고! 세상에! 어떻게? 대체 누가 그놈을 찾았어? 불가능한 일이잖아. 차라리 바람을 따라잡거나 지푸라기로 냇물을 막는 게 더 쉽지."

"무슨 말을 하는 건지 모르겠네. 어쨌든 범인을 찾았을 때 우리 모두 얼마나 상심했는지 몰라. 처음엔 아무도 믿지 않았어. 증거가 확실한데도 엘리자베트 누나는 지금도 못 믿는 눈치야. 그럴 만도 하지. 온 가족의 사랑을 받던 착한 쥐스틴 모리츠가 별안간 그렇게 극악한 짓을 하다니 누가 믿겠어?"

"쥐스틴 모리츠! 세상에, 불쌍한 쥐스틴. 그 아이가 범인이라고? 뭔가 잘못됐어. 모두 알잖아. 설마 정말 그렇게 믿는 사람은 없겠지, 에르네스트?"

"처음엔 그랬지. 하지만 확실한 정황이 드러났으니 믿지 않을 수 없어. 게다가 쥐스틴의 태도도 오락가락해서 의심할 여지가 없는 것 같아. 어쨌든 오늘 재판이 열리니까 곧 알게 되 겠지."

그런 뒤 에르네스트는 자초지종을 설명했습니다. 가엾은 윌리암의 시신이 발견된 날 아침에 쥐스틴은 병이 나서 방에 틀어박혀 있었는데, 며칠 뒤 하인 한 명이 윌리암이 죽던 날 쥐스틴이 입었던 옷을 우연히 살피다가 주머니에서 어머니 의 초상화가 달린 목걸이를 발견했다는 겁니다. 살인의 동기 였을 거라고 추측한 목걸이지요. 하인은 얼른 다른 하인에게 그것을 보여주었고 이 하인은 우리 가족에게 알리지도 않고 치안판사를 찾아갔습니다. 그들의 증언으로 쥐스틴은 체포됐 고요. 불쌍한 쥐스틴은 몹시 아리송한 태도로 혐의를 상당 부 분 인정했다고 하더군요.

이상한 이야기였지만 내 믿음은 흔들리지 않았어요. 나는 솔직하게 대꾸했습니다. "모두 오해한 거야. 내가 살인범을 알고 있어. 가엾은 쥐스틴, 그 착한 아이는 죄가 없어."

그때 아버지가 들어오셨어요. 몹시 우울한 얼굴이었지만 기분 좋게 나를 맞아주려고 애쓰시더군요. 우리가 애도의 인 사를 주고받은 뒤 우리의 비극을 피해 다른 주제로 넘어가려 고 하는데 에르네스트가 소리쳤습니다. "있잖아요, 아버지! 빅토르 형이 윌리암을 누가 죽였는지 알고 있대요."

아버지는 이렇게 대꾸하셨어요. "안타깝지만 우리 모두 알 고 있잖니. 차라리 영영 몰랐으면 좋았을걸. 그렇게 아끼던 사람이 그렇게 부도덕하고 배은망덕한 인간이었다니."

"아버지, 잘못 아셨어요. 쥐스틴은 죄가 없어요."

"정말 그렇다면 신께서 죗값을 치르지 않도록 도우시겠지. 오늘 재판이 열리는데 나도 쥐스틴에게 혐의가 없기를 진심으로 바란단다."

그 말을 듣고 나는 입을 다물었습니다. 쥐스틴은, 아니 그 어떤 인간도 살인범이 아니라고 나는 확신했어요. 그렇다면 쥐스틴에게 유죄가 선고될 만큼 확실한 정황 증거가 과연 나올까 싶었지요. 그런 생각으로 마음을 가라앉히고 재판을 기다리기로 했습니다. 하지만 불행한 결과를 예상하지는 않았어요.

곧이어 엘리자베트가 들어왔습니다. 세월이 흐른 탓에 마지막으로 봤을 때와는 많이 달라졌더군요. 6년 전에는 예쁘고 명랑해서 누구에게나 사랑받는 소녀였는데 이제는 태도와 얼굴에서 독특한 아름다움이 묻어나는 여인이 되어 있었지요. 넓고 훤한 이마에서 깊은 지혜와 함께 솔직한 성품이 드러나 보였습니다. 최근에 겪은 고통과 슬픔 탓인지 옅은 갈색의 눈은 온화한 빛을 띠었지요. 어두운 적갈색의 머리칼은 풍성했고 얼굴은 희었으며 몸은 가냘프고 우아했습니다. 그녀는 더없이 다정하게 나를 반겨주었어요. "나의 사촌, 이제야 희망이 보이네. 너라면 가엾은 쥐스틴의 결백을 증명할 방법을 찾아주겠지. 아! 쥐스틴이 유죄판결을 받는다면 누가 안심하고 살 수 있겠어? 나는 쥐스틴이 나만큼이나 결백하다고 믿어. 우리의 불행이 두 배의 고통을 안겨주네. 귀엽고 사랑스러운 윌리암을 잃었는데, 이제 내가 진심으로 아끼는 불쌍한 쥐스틴을 그보다 더한 운명에 빼앗기게 생겼어. 만약 쥐스틴이 죄인이라면 나는 두 번 다시 기쁨을 느낄 수 없을 거야. 하지만 나는 쥐스틴의 결백을 굳게 믿어. 그 애의 결백이 밝혀진다면 윌리암의 죽음은 안타깝지만, 그래도 다시 행복해질 수 있을 것 같아."

나는 이렇게 대꾸했어요. "쥐스틴은 결백해, 엘리자베트. 무죄로 판명될 거야. 걱정하지 마. 쥐스틴은 풀려날 테니 그렇게 믿고 기운 차려."

"정말 고마워! 다들 쥐스틴이 죄인이라고 믿어서 얼마나 괴로웠는지 몰라. 난 그럴 리 없다고 확신했거든. 그런데 다른 사람들은 모두 끔찍한 믿음에 사로잡힌 것 같아서 너무도 암담하고 절망적이었어." 엘리자베트는 흐느꼈어요.

그러자 아버지가 말씀하셨습니다. "울지 마라, 엘리자베트. 쥐스틴이 네 말처럼 결백하다면 우리 판사들이 공정한 판결을 내려줄 게다. 부당한 판단이 조금도 끼어들지 못하도록 나도 노력해보마."

제7장

우리는 재판이 시작되는 11시까지 슬픔 속에서 몇 시간을 보냈습니다. 아버지와 식구들이 증인으로 참석해야 해서 나도 함께 법정에 갔지요. 정의를 조롱하는 참극이 벌어지는 동안 나는 그야말로 고문에 시달렸습니다. 나의 호기심과 반사회적인 계획의 결과로 두 사람이나 목숨을 빼앗기게 될지 결정되는 순간이었으니까요. 한 명은 해맑고 천진난만하게 웃던 아이였고, 또 한 명은 섬뜩하게 기억될 지독한 살인이란 오명을 쓰고 훨씬 더 끔찍하게 살해될 위험에 처해 있었지요. 쥐스틴은 선량할 뿐 아니라 얼마든지 행복하게 살 수 있는 소녀였어요. 그 모든 것이 불명예스러운 무덤에 묻혀버릴 처지였지요. 내가 그 원인이었고요! 나는 쥐스틴이 뒤집어쓴 죄를 사실은 내가 저질렀다고 수백 번 자백하고 싶었지만, 범행이 일어났을 때 먼 곳에 있었으니 기껏해야 미친 사람 취급을 받게 될 뿐, 나 때문에 고통받는 쥐스틴의 죄가 벗어질 리는 없었습니다.

쥐스틴은 차분해 보였어요. 상복을 입고 있었고, 호감 가는 얼굴은 무겁고 진지한 표정 때문인지 무척 아름다웠습니다. 하지만 자신의 결백을 확신하는 듯 떳떳한 얼굴이었고 수천 명의 사람이 노려보며 비난을 퍼붓는데도 전혀 떨지 않았어요. 평소 같으면 아름다운 외모가 친절한 태도를 끌어냈을 테지만, 그녀에게 씌워진 극악무도한 혐의를 상상하는 구경꾼들에게서는 그런 태도를 찾아볼 수 없었습니다. 쥐스틴의 침착한 모습은 어딘지 부자연스러워 보이더군요. 아리송한 태도가 유죄의 증거로 제시된 탓에 배짱 있게 보이려고 안간힘을 쓰는 것 같았어요. 법정에 들어선 쥐스틴은 재빨리 눈을 굴리며 우리가 있는 곳을 찾아냈습니다. 우리를 보는 순간 눈물이 앞을 가리는 듯했지만 얼른 마음을 가다듬더군요. 슬픔과 애정이 담긴 얼굴이 결백을 확인해주는 것 같았습니다.

재판이 시작되자 쥐스틴의 혐의가 발표되고 증인 여러 명이 소환됐어요. 몇 가지 기이한 사실이 쥐스틴을 불리하게 몰아갔지요. 나는 쥐스틴이 결백하다는 증거를 갖고 있었지만 그렇지 않은 사람이라면 누구든 흔들릴 만했습니다. 살인이 일어난 날 쥐스틴은 밤새 집에 없었고, 새벽녘에 아이의 시신이 발견된 지점과 가까운 곳에서 한 시장 상인이 그녀를 목격했습니다. 상인이 쥐스틴에게 어쩐 일이냐고 묻자 쥐스틴은 몹시 수상한 얼굴로 횡설수설하며 모호한 대답을 내놓았다고 하더군요. 그런 뒤 쥐스틴은 8시쯤 집에 돌아왔고, 하인이 밤새 어디에 있었냐고 묻자 아이를 찾아다녔다며 새로운 소식이 없는지 캐묻더랍니다. 그러다 시신을 보고는 격렬한 발작을 일으켜 며칠 동안 몸져누웠습니다. 그 뒤에 하인이 쥐스틴의 주머니에서 초상화 목걸이를 발견했고요. 엘리자베트가 아이가 사라지기 한 시간 전에 걸어준 목걸이가 맞다고 머뭇거리며 확인해주자 여기저기서 경악과 분노의 웅성거림이 터져 나왔습니다.

뒤이어 쥐스틴에게 변론의 기회가 주어졌어요. 재판이 진행되는 동안 쥐스틴의 표정이 바뀌었더군요. 경악과 공포, 참담한 기색이 역력했습니다. 가끔 눈물을 삼키려 안간힘을 썼지만 항변할 차례가 되자 마음을 가다듬고는 불안하면서도 또렷한 목소리로 말했습니다.

"하느님은 제가 결백하다는 것을 아시겠지요. 하지만 제 주장으로 무죄가 입증될 거라고 생각하지는 않습니다. 제 혐의의 증거로 제시된 사실들을 솔직하고 명료하게 해명하는 것으로 저의 결백을 입증하겠습니다. 판사님들께서 평소의 제 성격을 참작하시어 의심스러운 정황을 적절하게 해석해주시기를 바랍니다."

쥐스틴은 변론을 시작했어요. 살인이 일어난 날 저녁 쥐스틴은 엘리자베트의 허락을 받고 제네바에서 4킬로미터쯤 떨어진 셴이라는 마을로 친척을 만나러 갔다고 하더군요. 밤 9시쯤 돌아오는 길에 한 사내를 만났는데, 윌리암이 사라졌다며 혹시 그 애를 봤냐고 묻더랍니다. 그 말에 쥐스틴은 깜짝 놀라 몇 시간 동안 아이를 찾아다녔고, 그러다 제네바의 성문이 닫히는 바람에 잘 아는 사람의 오두막을 찾아갔지만 식구들을 깨우고 싶지 않아 헛간에서 밤을 보냈답니다. 불안해서 잠을 이룰 수 없었던 그녀는 일찌감치 다시 내 동생을 찾아보려고 헛간을 나섰지요. 시신이 발견된 곳에 가까이 갔었다고 해도 자신은 그런 사실을 전혀 몰랐다고 했어요. 시장 상인이 어쩐 일이냐고 물었을 때 횡설수설했던 것도 놀라운 일은 아니었지요. 밤새 한숨도 자지 못했을뿐더러 불쌍한 윌리암의 행방을 모르는 상황이었으니까요. 목걸이가 왜 자기 주머니에서 나왔는지는 설명할 길이 없다고 했습니다.

그런 뒤 이 불행한 희생양은 이렇게 덧붙였습니다. "이 한 가지 정황이 저를 치명적으로 불리하게 몰아가리라는 것을 알지만, 저에겐 설명할 방도가 없으니 결백을 주장하려면 누군가가 그것을 제 주머니에 넣었다고 추정할 수밖에 없습니다. 하지만 이 역시 시원치는 않네요. 저는 누군가의 원한을 산 적도 없고 까닭 없이 저를 무너뜨릴 만큼 사악한 사람이 있다고 믿지도 않습니다. 살인자가 넣었을까요? 제가 그럴 기회를 주었는지는 모르겠지만 설사 그랬다고 해도 그렇게 금세 떠나보낼 물건을 애초에 왜 노렸을까요?

판사님들의 공정한 판결을 바라지만 가망이 없다는 것을 잘 압니다. 저의 성품을 확인해줄 증인 몇 사람을 부르도록 허락해주시기를 간청합니다. 그들의 증언으로도 혐의를 벗을 수 없다면 그저 저의 결백이 저를 구원해주리라 믿고 죄인이 되는 수밖에 없겠지요."

　여러 해 동안 쥐스틴을 알고 지낸 사람들이 증인으로 소환되어 쥐스틴을 좋게 평가해주었지만, 쥐스틴에게 씌워진 혐의가 너무 섬뜩해서 머뭇거리기만 할 뿐 적극적으로 나서려 하지 않았습니다. 피고의 훌륭한 성품과 흠잡을 데 없는 행실이 마지막 보루였는데 이마저도 통하지 않자 엘리자베트가 몹시 초조해하며 발언을 허락해달라고 청했습니다.

　"저는 살해된 가여운 아이의 사촌입니다. 그 애가 태어나기 전부터 그의 부모님과 함께 지내며 교육을 받았으니 친누나와 다름없습니다. 그러니 제가 이 자리에서 나서는 것이 부적절하게 보일 수도 있겠죠. 하지만 친구라는 자들의 비겁한 태도 때문에 죽을 위기에 처한 사람을 보고만 있을 수 없어서 나섰습니다. 저는 피고인과 잘 아는 사이입니다. 한집에서 5년 동안 살았고 잠시 떨어져 있다가 다시 2년 가까이 함께 지냈습니다. 그 오랜 시간 동안 피고인은 언제나 선량하고 너그러운 모습을 보여주었어요. 돌아가신 저의 외숙모 프랑켄슈타인 부인이 병을 앓았을 때 지극정성으로 간병했고 자신의 어머니가 오랜 병환으로 고생할 때에도 극진히 간호해 주변 사람들의 감탄을 샀으며, 그런 뒤에 다시 제 외숙부 댁으로 와서 온 가족의 사랑을 받았습니다. 죽은 아이를 따뜻하게 품어주고 세상 어느 어머니 못지않게 애정을 쏟았죠. 저는 혐의의 증거가 아무리 확실하다고 해도 피고인의 결백을 믿는다고 주저 없이 말씀드리겠습니다. 피고인에겐 그런 일을 저지를 동기가 없습니다. 결정적인 증거인 그 시시한 장신구도 만약 피고인이 간절히 원했다면 기꺼이 주었을 겁니다. 저에게는 그만큼 소중하고 귀한 사람이니까요."

훌륭한 엘리자베트! 청중의 호응 소리로 법정이 술렁거렸습니다. 하지만 기꺼이 나서 아량을 보여준 엘리자베트에게 감탄하는 소리였지, 가엾은 쥐스틴을 옹호하는 소리가 아니었어요. 오히려 청중은 쥐스틴이 지독히 배은망덕하다며 더 격렬하게 분개했지요. 엘리자베트가 발언하는 동안 쥐스틴은 흐느끼기만 할 뿐 아무 말도 하지 않았습니다. 재판 내내 나는 안절부절못하며 괴로워했어요. 나는 쥐스틴의 결백을 믿었습니다. 아니, 확실하게 알고 있었지요. 그렇다면 내 동생을 죽인(이 점은 조금도 의심하지 않았습니다) 그 악마가 무고한 사람을 수치스러운 죽음으로 몰아넣기 위해 장난을 친 것일까요? 내가 그렇게 끔찍한 일을 벌였다니 견딜 수 없었습니다. 청중의 술렁거림과 판사들의 표정으로 봐서 나의 불행한 희생양은 유죄판결을 받을 게 분명했지요. 나는 너무 괴로워서 법정을 뛰쳐나왔습니다. 나의 고통은 피고인의 고통과 비교할 수도 없었어요. 쥐스틴은 결백하다는 사실로 버틸 수 있었지만 나의 가슴은 가책의 송곳니에 갈가리 찢겨 벗어날 길이 없었지요.

나는 비참한 밤을 보낸 뒤 아침에 다시 법원으로 갔습니다. 입과 목구멍이 바싹 타들어가더군요. 중대한 결정이 어떻게 내려졌는지 차마 물어보지 못했지만, 법원 경관이 나를 알아보고 결과를 알려주었습니다. 무기명 투표가 이뤄졌고, 모두 검은 공을 넣어서 쥐스틴의 유죄가 확정됐다는 것이었습니다.

그때의 기분은 어떤 말로도 설명할 수 없습니다. 이전에도 공포를 경험했으니 적당히 표현해보려고 아무리 노력해도 가슴을 죄어오는 절망감을 제대로 전달할 수 없네요. 결과를 알려준 경관은 쥐스틴이 이미 죄를 자백했다며 이렇게 덧붙이더군요. "워낙 자명한 사건이라 자백은 필요도 없었지요. 그래도 다행입니다. 정황 증거가 아무리 결정적이라도 그것만으로 유죄판결을 내리는 건 아무래도 찜찜하니까요."

집으로 돌아오자 엘리자베트가 애타게 결과를 물었어요.

"엘리자베트, 너도 이미 어떤 판결이 나올지 예상했겠지. 판사들은 죄인 한 명이 빠져나가게 하느니 무고한 사람 열 명을 처벌하는 사람들이잖아. 그런데 쥐스틴이 자백을 했대."

가엾은 엘리자베트, 쥐스틴의 결백을 굳게 믿었던 그녀에게 이 말은 결정타가 되었습니다. "세상에! 내가 다시 누군가의 선량함을 믿을 수 있을까? 친자매처럼 생각하고 아꼈던 쥐스틴이 순진한 미소를 띤 얼굴로 배신하다니. 선한 눈을 보면 화를 내기는커녕 언짢아하지도 못할 것 같은데, 사람을 죽이다니."

얼마 후 우리는 그 불쌍한 희생양이 내 사촌을 만나고 싶어 한다는 전갈을 받았습니다. 아버지는 엘리자베트가 가지 않기를 바라면서도 그녀의 판단과 의사에 맡기겠다고 하셨어요. 엘리자베트는 이렇게 말했습니다. "가고 싶어요. 쥐스틴이 정말 죄인이라고 해도. 빅토르, 같이 가줘. 혼자서는 못 가겠어." 쥐스틴을 보는 건 고문과도 같았지만 거절할 수 없었습니다.

어둑한 감방으로 들어가자 쥐스틴은 한쪽 구석의 짚 더미 위에 앉아 있더군요. 양손이 묶인 채 무릎에 머리를 파묻고 있었어요. 그러다 우리가 들어오는 모습을 보고 자리에서 일어났지요. 우리 셋만 남자 쥐스틴은 엘리자베트의 발밑에 풀썩 쓰러지며 서럽게 울었습니다. 나의 사촌도 흐느꼈어요.

"아, 쥐스틴! 어째서 내 마지막 위안까지 앗아 간 거니? 난 네가 결백하다고 믿었어. 그때도 괴로웠지만 지금처럼 참담하지는 않았어."

"아가씨도 제가 그렇게 사악한 인간이라고 믿으시는 건가요? 제게 등을 돌린 사람들과 함께 저를 짓밟으실 생각이세요?" 쥐스틴은 울먹이느라 목소리가 잘 나오지 않았어요.

엘리자베트가 대꾸했습니다. "일어나렴, 불쌍한 쥐스틴. 결

백하다면서 왜 무릎을 꿇고 있니? 난 네게 등을 돌리지 않았
어. 어떤 증거가 나오든 너는 죄인이 아니라고 믿었어. 그런
데 네가 죄를 자백했다고 들었거든. 그렇다면 그게 거짓이라
는 뜻이구나. 걱정 마, 쥐스틴. 네 자백이 아니라면 너를 향한
내 믿음은 무엇에도 흔들리지 않을 테니까."

"자백하긴 했지만 거짓말이었어요. 사면이라도 받을까 싶
어서 그런 건데, 거짓 자백이 지금껏 저지른 다른 어떤 죄보
다도 무겁게 제 가슴을 짓누르네요. 하느님이 저를 용서하시
길! 유죄판결이 내려지자 고해신부님이 끈질기게 닦달했어
요. 어쩌나 윽박지르고 위협을 하던지 제가 정말 그분이 말
하는 괴물이라고 믿게 되더라고요. 계속 고집부리면 나를 파
문하고 지옥 불에서 최후를 맞게 하겠다고 얼마나 협박했는
지 몰라요. 제 편은 아무도 없었어요. 모두 저를 치욕스럽게
지옥에 떨어질 괴물로 취급했어요. 제가 무얼 어떻게 하겠어
요? 못된 꾐에 넘어가 거짓말을 했더니 더 비참한 신세가 되
고 말았죠."

쥐스틴은 잠시 흐느끼다가 다시 말을 이었습니다. "아가씨,
저는 돌아가신 마님에게도 늘 칭찬받고 아가씨에게도 사랑
받았죠. 그런데 아가씨가 이 쥐스틴을, 지독한 악마가 아니라
면 생각할 수도 없는 범죄를 저지른 인간으로 여기시면 어쩌
나 겁이 났어요. 아, 윌리엄! 그 사랑스러운 아이! 너를 곧 하
늘에서 만나겠지. 그곳에서는 우리 모두 행복할 거예요. 치욕

과 죽음이 기다리고 있지만 그래도 위안이 되네요."

"아, 쥐스틴! 잠시나마 너를 의심한 나를 용서해줘. 왜 자백했니? 하지만 슬퍼하지 마, 쥐스틴. 내가 너의 결백을 널리 알리고 모두를 설득해줄게. 그래도 죽음은 피할 수 없겠지. 나의 오랜 친구, 나의 벗, 혈육보다 더 소중한 나의 자매. 이렇게 끔찍한 불행을 겪고 내가 어떻게 살 수 있을까."

"아가씨, 울지 마세요. 저는 이 부당하고 더러운 세상의 근심에서 벗어나 하늘에서 더 행복한 삶을 살 거예요. 그런 생각으로 저를 보내주세요. 나의 훌륭한 친구, 저를 절망에 빠뜨리지 말아주세요."

"너를 위로하고 싶지만, 이렇게 지독하고 가슴 아픈 불행을 무엇으로 위로할 수 있겠니? 아무런 희망도 없는데. 하지만 하늘이 너를 축복하시어 체념과 이 세상을 넘어서는 확신을 주시는구나. 아! 이런 가식, 이런 공치사는 질색이야! 한 사람은 살해되고 또 한 사람은 곧 서서히 고문당하며 죽어갈 텐데. 사형집행인들은 무고한 사람의 피로 손을 적시고도 훌륭한 일을 했다고 믿을 테지. **천형**이라는 이름으로. 참 지독한 이름이야! 그 말은 세상에서 가장 잔인한 폭군이 극도의 보복을 위해 고안한 것보다도 더 가혹하고 지독한 벌처럼 느껴져. 하지만 쥐스틴, 네가 이 비참한 감옥에서 나가지 못하면 이마저도 너에겐 위로가 되지 않겠지. 아! 차라리 내가 이 끔찍한 세상과 혐오스러운 인간들에게서 벗어나 외숙모와 귀여운 윌리엄의 곁에 누울 수 있다면 좋으련만."

쥐스틴은 힘없이 웃으면서 말했습니다. "아가씨, 그건 체념이 아니라 절망이죠. 아가씨의 설교는 그만 들어야겠네요. 다른 얘기 해요. 이렇게 비참해지는 얘기 말고 마음이 편안해지는 얘기를 해주세요."

이런 대화가 오가는 동안 나는 한쪽 구석에 물러앉아 나를 사로잡은 지독한 고통을 숨기고 있었습니다. 절망이라니! 감히 누가 절망을 말하겠습니까? 다음 날이면 삶과 죽음의 무시무시한 경계를 넘어갈 가엾은 희생양도 나만큼 깊고 쓰라린 고뇌에 시달리지는 않았을 겁니다. 나는 부득부득 이를 갈다가 깊은 신음을 내뱉었습니다. 쥐스틴은 화들짝 놀랐지요. 그제야 나를 발견하고 다가오며 말했습니다. "도련님, 저를 보러 와주시다니 정말 감사합니다. 도련님도 제가 죄인이라고 믿지 않으시죠?"

나는 대답할 수 없었지만 대신 엘리자베트가 말했어요. "물론이지, 쥐스틴. 빅토르는 너의 결백을 나보다 더 확고하게 믿고 있어. 네가 자백했다는 얘기를 듣고도 믿지 않더라니까."

"정말 감사드려요. 마지막이라고 생각하니 저를 끝까지 배려해주신 분들에게 진심으로 고마운 마음이 드네요. 저처럼 미천한 사람에게 애정을 베풀어주시다니 얼마나 큰 복인가요! 그것만으로도 제 불행이 절반으로 줄어드는 것 같네요. 아가씨와 도련님이 저의 결백을 믿어주신다니 이제 마음 편히 죽을 수 있겠어요."

가련한 고행자는 그렇게 자신과 타인을 위로하려 애쓰더 군요. 쥐스틴은 자신이 바라던 대로 체념한 것이지요. 하지만 진짜 살인자인 나의 가슴에서는 영원히 죽지 않는 벌레가 꿈 틀거리며 어떤 희망이나 위로도 허락하지 않았습니다. 엘리 자베트도 흐느끼며 슬퍼했지만 그 역시 무고한 자의 슬픔이 었지요. 달을 지나는 구름처럼 잠시 환한 빛을 가릴 뿐 영원 히 퇴색시키지 않는, 그런 불행이었어요. 이미 고통과 절망에 가슴이 뚫린 나는 무엇으로도 멸할 수 없는 지옥을 품고 있 었습니다. 우리는 쥐스틴과 함께 몇 시간을 보냈어요. 결국 엘리자베트는 떨어지지 않는 발걸음을 억지로 돌렸지요. 그 녀는 울면서 이렇게 말했습니다. "나도 너와 함께 죽을 수 있 다면 좋겠다. 이 지독한 세상에서 살 수 없을 것 같아."

쥐스틴은 애써 쾌활한 모습을 보이며 눈물을 삼켰습니다. 그러곤 엘리자베트를 껴안으며 북받치는 감정을 억누르고 입을 열었지요. "안녕히 가세요, 엘리자베트 아가씨. 사랑하 는 나의 유일한 친구. 하늘이 아가씨를 지켜주고 무한한 축복 을 내려줄 거예요. 부디 앞으로 두 번 다시 불행을 겪지 않으 시길! 꼭 살아서 행복하세요. 다른 사람들도 행복하게 해주시 고요."

돌아오는 길에 엘리자베트는 이렇게 말했습니다. "빅토르, 가여운 쥐스틴이 결백하다고 믿으니까 얼마나 마음이 편한

지 몰라. 거짓 자백을 믿었다면 나는 두 번 다시 평화를 찾지 못했을 거야. 쥐스틴이 죄인이라고 믿는 순간 견딜 수 없이 고통스러웠거든. 이제 마음이 가벼워졌어. 무고한 사람이 억울하게 벌을 받게 되었지만 순수하고 착하다고 믿었던 아이가 내 믿음을 저버리지 않았으니 나는 그걸로 위로받았어."

다정한 나의 사촌! 너의 눈과 목소리만큼이나 부드럽고 온화한 생각을 하다니. 하지만 나는, 나는 지독한 인간이었지요. 그때 내가 얼마나 비참한 심정이었는지 아무도 상상할 수 없을 겁니다.

제2부

제1장

잇따른 사건을 겪으며 수많은 감정이 소용돌이치고 나면 죽음처럼 고요한 무위와 확신이 희망뿐 아니라 두려움까지 앗아 가버린답니다. 그보다 더 인간의 마음을 괴롭히는 것은 없지요. 쥐스틴은 죽어서 안식을 찾았지만 나는 살아 있었습니다. 내 혈관에는 여전히 피가 돌았지만 가슴을 짓누르는 절망과 가책을 무엇으로도 덜어낼 수 없었습니다. 잠이 달아난 탓에 악령처럼 방황했지요. 나는 말할 수 없이 끔찍한 짓을 저질렀을 뿐 아니라 여전히 많은 일이 기다리고 있었습니다(나는 그렇다고 믿었어요). 하지만 내 가슴속에는 배려와 선을 향한 의지가 넘쳐흘렀지요. 나는 선한 의도로 삶을 시작했고 선을 실천해 인류에 이바지하기를 간절히 바랐으니까요. 이제 다 물거품이 됐습니다. 양심에 거리낄 것 없이 흡족하게 삶을 돌아보고 다시 새로운 희망을 품는 삶을 꿈꿨는데, 결국 가책과 죄책감에 사로잡혀 말로는 표현할 수 없는 극심한 고통의 지옥으로 떨어져버린 겁니다.

이런 마음의 병이 첫 충격에서 완전히 회복된 건강을 갉아먹기 시작했습니다. 사람을 피해 다녔고 기쁨의 소리나 만족하는 소리가 고문처럼 느껴졌어요. 나의 유일한 위안은 고독뿐이었습니다. 깊고 어두운, 죽음 같은 고독.

아버지는 눈에 띄게 달라진 내 태도와 행동을 지켜보며 걱정이 됐는지 지나친 슬픔에 빠지는 것은 어리석은 일이라고 일깨워주려 하셨습니다. 어느 날 아버지는 이렇게 말씀하셨지요. "빅토르, 나라고 괴롭지 않은 줄 아니? 어느 아비가 자식을 사랑하지 않겠냐만 나는 누구보다도 네 동생을 사랑했단다." 아버지는 눈물을 흘리며 말을 이었습니다. "하지만 지나친 애도로 망자를 더 큰 불행에 빠뜨리는 것은 남은 사람의 도리가 아니지. 너 자신을 위해서도 그렇고. 지나친 슬픔에 빠지면 발전하지도, 즐기지도 못할뿐더러 일상적인 생활을 이어가지 못해서 사회에 적응하기도 어려워진단다."

훌륭한 충고였지만 내게는 전혀 도움이 되지 않았습니다. 여러 감정에 쓰디쓴 가책이 끼어들지 않았더라면 내가 먼저 슬픔을 감추고 식구들을 위로했을 겁니다. 나는 대답 대신 절망한 얼굴을 보이며 아버지의 눈을 최대한 피해 다녔어요.

이 무렵 우리는 벨리브의 별장으로 거처를 옮겼습니다. 나에게는 특히 반가운 변화였지요. 제네바에서는 성문이 닫히는 밤 10시 이후로는 호수에 머무를 수 없었고 성벽 안에 갇혀 있으려니 몹시 답답했거든요. 이제는 자유롭게 돌아다닐 수 있었어요. 식구들이 모두 잠든 뒤에 배를 타고 물 위에서 시간을 보낼 때가 많았습니다. 가끔은 돛을 올린 채 바람에 이리저리 떠다녔고 노를 저어 호수 한가운데로 간 뒤 물살에 배를 맡긴 채 비참한 생각에 빠져들기도 했어요. 유혹에 빠지기도 했습니다. 물가에 가까이 가지 않으면 요란하고 무자비한 개구리나 박쥐의 소리도 들리지 않았고 주변이 온통 평화로웠지요. 그토록 아름답고 황홀한 풍경 속에서 오직 나만이 번민에 시달리고 있다고 생각하면 잔잔한 호수에 뛰어들어 나의 모든 재앙과 함께 물속 깊이 가라앉고 싶은 유혹을 느꼈어요. 하지만 내가 깊이 사랑하는 여인, 나와 운명의 끈으로 엮인 엘리자베트가 꿋꿋이 견디고 있다고 생각하며 참았습니다. 아버지와 남은 동생도 떠올렸지요. 내가 풀어놓은 마귀의 악행에 그들을 무방비로 놔둔 채 비겁하게 도망쳐서야 되겠습니까?

그럴 때마다 나는 비통하게 흐느끼며 마음의 평화를 되찾아 식구들에게 위안과 행복을 줄 수 있다면 얼마나 좋을까 생각했어요. 하지만 턱없는 바람이었지요. 양심의 가책은 모든 희망을 사그라뜨렸습니다. 나는 돌이킬 수 없는 불행을 자초했고, 그 결과 내 손으로 만든 괴물이 새로운 악행을 저지르지 않을까 매일 노심초사하며 살았습니다. 막연하게 아직 끝나지 않았다는 느낌이 들었어요. 어쩐지 그가 과거의 기억을 뒤덮을 만큼 엄청난 짓을 저지를 것 같았지요. 사랑하는 사람들이 남아 있는 한 걱정을 놓을 수 없었습니다. 그 마귀에게 상상을 초월하는 증오가 일더군요. 생각만 해도 이가 갈리고 눈에서 불길이 치솟는 듯했지요. 내가 생각 없이 부여한 생명을 꺼뜨릴 수 있다면 좋겠다고 간절히 바랐습니다. 그가 저지른 범죄와 악행을 생각하면 증오와 복수심이 한계를 모르고 타올랐어요. 할 수만 있다면 그를 안데스산맥의 최고봉으로 끌고 올라가 밀어버리고 싶었습니다. 다시 만나서 그 머리통에 지독한 분노를 쏟아내며 윌리암과 쥐스틴의 죽음을 갚아주고픈 마음이 간절했지요.

우리 집에는 슬픔이 가득했습니다. 끔찍한 사건들을 겪으면서 아버지의 건강도 많이 나빠졌지요. 엘리자베트는 슬픔과 절망에 빠졌어요. 평소에 즐기던 일에서도 기쁨을 얻지 못했고요. 즐거움을 누리는 건 망자를 모독하는 행동이라고 생각했답니다. 한없이 슬퍼하며 눈물을 흘리는 것이 짓밟힌 결백을 온당하게 기리는 방법이라고 여겼지요. 어릴 때 나와 함께 호숫가를 거닐며 더없이 즐거운 얼굴로 미래의 꿈을 이야기하던 행복한 소녀의 모습은 찾아볼 수 없었어요. 그녀는 침울한 얼굴로 운이라는 것이 얼마나 변덕스러운지, 인간의 삶이 얼마나 불안정한지 이야기하곤 했습니다.

"빅토르, 비참하게 죽은 쥐스틴 모리츠를 생각하면 세상을 예전과 같은 눈으로 볼 수가 없어. 전에는 책에서 읽거나 누군가에게 전해 들은 불행한 일이나 부당한 일이 그저 먼 옛날 이야기나 지어낸 이야기에 불과했거든. 어쨌든 나와는 동떨어진 일이라서 공감하기보다는 그저 논리적으로 접근했는데, 끔찍한 일을 직접 겪고 나니까 사람들이 서로 피를 내지 못해 안달하는 괴물처럼 보여. 하지만 나도 떳떳하진 않지. 다들 죽은 쥐스틴이 죄인이라고 믿었어. 그 애가 정말 그런 범죄를 저질렀다면 틀림없이 누구보다도 타락한 인간이었겠지. 하찮은 보석을 갖겠다고 자기를 거둬주고 아껴준 사람의 아들을, 게다가 태어날 때부터 자기가 직접 돌봐주고 친자식처럼 사랑했던 아이를 죽이다니! 어떤 인간이든 죽여서는 안 된다고 생각하지만 그런 사람이라면 나도 인간 사회에 남아서는 안 될 존재라고 여겼을 거야. 하지만 쥐스틴은 결백했어. 그 애가 결백하다는 걸 난 알아. 느낄 수 있어. 너도 같은 생각이라서 더 확신하는 거야. 아! 빅토르, 거짓이 그렇게 감쪽같이 진실이 된다면 어느 누가 행복한 삶을 보장받을 수 있겠어? 마치 내가 벼랑 끝을 걷고 있는데 수천 명의 사람이 몰려들어 나를 밀어버리려고 하는 듯한 기분이야. 윌리엄과 쥐스틴은 살해됐고 살인자는 도망갔어. 자유롭게 세상을 돌아다니겠지. 어쩌면 존경받을지도 모르고. 하지만 나는 설사 쥐스틴과 똑같은 누명을 쓰고 교수대에 오르게 되더라도 그런 더러운 인간과 입장을 바꾸지는 않을 거야."

그런 말을 들을 때면 나는 고통에 몸부림쳤습니다. 내 손으로 살인을 저지르진 않았지만 사실은 내가 진짜 살인범이었으니까요. 엘리자베트는 괴로워하는 내 얼굴을 보고 다정하게 손을 잡으며 말했습니다. "소중한 내 사촌, 마음을 가라앉혀. 나도 헤아릴 수 없이 괴로운데 네가 나보다 더 고통스러워하잖아. 얼굴에 절망이 가득해. 가끔은 복수에 불타는 것 같아서 몸서리가 날 정도야. 진정해, 빅토르. 네가 평온해질 수 있다면 나는 목숨도 내놓을 수 있어. 우린 행복을 되찾을 수 있어. 세상에 나가지 말고 고향에서만 조용히 지내면 누가 우리의 평화를 깰 수 있겠어?"

엘리자베트는 이런 말로 나를 위로하려 했지만 참지 못한 눈물이 그녀의 노력을 배신했지요. 그러면서도 그녀는 내 마음에 남아 있는 마귀를 쫓아내려 미소를 지었어요. 아버지는 나의 침통한 모습이 그저 지나친 슬픔 탓이라 여기며 좋아하는 일을 즐기게 해주면 예전의 평온함을 되찾을 거라고 생각했습니다. 그래서 시골로 거처를 옮겼는데, 이번에는 같은 이유로 다 함께 샤모니• 계곡으로 여행을 다녀오자고 제안하셨어요. 나는 가본 적이 있지만 그 놀라운 절경을 듣기만 한 엘리자베트와 에르네스트는 그곳을 직접 보고 싶다고 자주 얘기했었지요. 그래서 쥐스틴이 죽은 지 두 달 가까이 지난 8월

● 프랑스 남동부에 있는 몽블랑 북쪽의 마을.

중순에 우리는 제네바를 떠나 그곳으로 향했습니다.

날씨가 유난히 좋았고, 내 슬픔이 이런 여행으로 떨칠 수 있는 성격이었다면 틀림없이 아버지가 바란 효과가 나타났을 겁니다. 사실 주변 풍경에 조금 흥미가 일기도 했어요. 깊은 슬픔을 완전히 날려주지는 못해도 이따금 달래주기에는 충분했지요. 첫날에는 마차를 타고 달렸습니다. 오전에는 아득히 보이는 산을 향해 서서히 나아갔지요. 아르브강을 따라가다보니 그 강이 만들어낸 굽이진 골짜기 안으로 더욱 깊이 들어갔고, 해가 저물자 높다란 벼랑과 산이 사방을 에워쌌습니다. 바위들 사이로 거세게 흐르는 강물 소리와 곳곳에서 떨어져 내리는 폭포 소리가 들렸어요.

이튿날은 노새를 타고 여정을 이어갔지요. 높이 올라갈수록 계곡은 더 장엄하고 근사한 모습을 보여주었어요. 소나무가 우거진 절벽 곳곳에 올라앉은 고성들과 맹렬하게 흐르는 아르브강, 나무들 사이로 빼꼼히 고개를 내민 오두막들이 독특하고 아름다운 풍경을 이루었습니다. 하지만 여기에 숭고미를 더해 절경을 완성한 주인공은 바로 거대한 알프스산맥이었지요. 하얗게 반짝이는 수많은 피라미드와 둥근 봉우리는 마치 다른 세상에서 이 모든 것을 내려다보는 듯했습니다.

펠리시에 다리를 지나자 강이 만들어낸 협곡이 펼쳐졌고 우리는 그 위로 불룩하게 튀어나온 산을 오르기 시작했어요. 얼마 후에는 샤모니 계곡에 들어섰지요. 방금 지나온 세르보

계곡보다 더 경이롭고 숭고했지만 세르보만큼 그림 같은 아름다움을 뽐내지는 않았습니다. 눈 덮인 높은 산맥이 경계를 이루고 있을 뿐 고성이나 비옥한 들판은 이제 보이지 않았어요. 거대한 빙하가 길을 향해 내려오기도 했습니다. 산사태가 일어나듯 요란한 소리가 들리더니 뿌연 안개가 일더군요. 몽블랑, 위풍당당한 몽블랑의 거대한 봉우리가 뾰족뾰족한 주변 산들 속에서 고개를 내밀고 계곡을 굽어보았습니다.

나는 이따금 엘리자베트와 보조를 맞추며 곳곳의 아름다운 경치를 일러주었어요. 때로는 노새의 속도를 늦추고 뒤처져서 비참한 생각에 빠져들기도 했지요. 그러다 박차를 가해 동행을 모두 앞질러가며 그들과 세상을, 무엇보다도 나 자신을 잊으려 했습니다. 거리가 한참 벌어지면 두려움과 절망을 이기지 못하고 노새에서 내려 풀밭에 몸을 던졌습니다. 저녁 8시쯤 우리는 샤모니에 도착했어요. 아버지와 엘리자베트는 몹시 지쳤지만 함께 온 에르네스트는 들떠서 기운이 넘쳤습니다. 그의 기쁨을 방해하는 것은 오직 하나, 남풍뿐이었지요. 그 남풍이 다음 날 비를 몰고 올 것 같았거든요.

우리는 일찌감치 숙소에 들어갔지만 잠이 오지 않았습니다. 나만 그랬는지도 모르지요. 나는 몇 시간 동안 창가를 서성이며 몽블랑을 수놓는 흐릿한 번개를 지켜보고 창문 아래로 세차게 흐르는 아르브강의 소리를 들었습니다.

제2장

우리 안내인들의 예상과는 달리 다음 날은 구름이 끼긴 했지만 날씨가 좋은 편이었습니다. 우리는 아르베롱강의 발원지에 다녀온 뒤 저녁까지 노새를 타고 계곡을 돌아다녔어요. 숭고하고 장엄한 풍경이 그나마 내게 적잖은 위안을 허락해주었지요. 복작거리는 감정의 수렁에서 끌어내주었고 슬픔을 지우지는 못해도 조금은 억누르고 달래주었습니다. 지난달 내내 나를 괴롭혔던 생각을 잠시나마 잊을 수 있었어요. 피곤하기는 해도 조금 가벼워진 마음으로 숙소에 돌아온 나는 평소보다 밝게 가족과 대화를 나누었습니다. 아버지는 기뻐하셨고 엘리자베트도 한껏 들떠서 이렇게 말했어요. "빅토르, 네가 행복해하니까 다른 사람들도 행복해지잖아. 이제 우울해하지 마!"

다음 날은 비가 쏟아졌고 산봉우리들은 짙은 안개에 가려졌습니다. 나는 일찍 일어났지만 몹시 우울했어요. 퍼붓는 비가 마음을 짓누르며 이전의 감정이 되살아났고 비참한 기분이 들었습니다. 금세 변한 모습에 아버지가 실망하실까봐 주체할 수 없는 감정을 감출 수 있을 때까지 피해 있고 싶었지요. 식구들은 온종일 숙소에서 나가지 않을 테고, 나는 비와 습기, 추위에 단련이 됐으니 혼자 몽탕베르 정상에 올라가기로 했습니다. 끊임없이 움직이는 거대한 빙하를 처음 봤을 때 느꼈던 감동을 기억하고 있었거든요. 그것이 안겨준 숭고한 환희는 내 영혼에 날개를 달아주는 듯했고, 나는 어두운 세상을 등지고 빛과 기쁨을 향해 날아올랐습니다. 경외감을 불러일으키는 장엄한 자연의 풍광을 보면 언제나 마음이 숙연해지고 하찮은 삶의 근심을 잊을 수 있었지요. 어차피 길을 잘 알았고 누가 옆에 있으면 쓸쓸하면서도 장엄한 풍경을 오롯이 느낄 수 없을 테니 혼자 가기로 마음먹었습니다.

경사가 가팔랐지만 깎아지른 듯한 절벽에 오솔길이 구불구불 길게 나 있어서 어렵지 않게 오를 수 있었어요. 지독히도 황량한 풍경이었지요. 겨울에 일어난 눈사태를 보여주듯 여기저기 부러지고 쓰러진 나무들이 널브러져 있었습니다. 완전히 망가진 것도 있었고 튀어나온 암벽에 휘어진 몸을 기대거나 다른 나무에 걸쳐진 나무도 있었어요. 더 높이 올라가자 눈 덮인 협곡이 길을 가로막았고 위에서는 끊임없이 돌이 굴러떨어졌습니다. 큰 소리로 떠들기만 해도 공기의 진동으로 머리를 깨뜨릴 만한 커다란 돌이 떨어지는 위험한 곳도 있었고요. 소나무는 크거나 화려하지 않고 수수한 모습으로 숙연한 분위기를 더했습니다. 아래쪽 계곡을 내려다보니 강에서 피어오른 거대한 물안개가 반대편 산들을 휘감았더군요. 구름이 산봉우리들을 가렸고 컴컴한 하늘에서 비가 쏟아지자 주위를 에워싼 모든 것이 더욱 우울하게 보였습니다. 아! 어째서 인간은 짐승보다 우월한 감성을 지녔을까요? 그래봐야 더욱 얽매이기만 할 뿐인데. 그저 배고픔과 갈증, 욕정만 느낀다면 더 자유로울 텐데, 안타깝게도 우리의 마음은 이는 바람에도, 우연히 마주한 말이나 말로 전달되는 풍경에도 속절없이 흔들리지요.

> 잠자리에 누우면 꿈은 우리의 잠을 독살하는 힘을 가졌고
> 눈을 뜨면 떠도는 생각이 하루를 더럽히네.
> 우리는 느끼고 상상하고 추론하고, 웃거나 울고
> 실없는 고민을 포용하거나 걱정을 밀어내지만
> 모두 마찬가지, 기쁨이든 슬픔이든
> 자유롭게 떠나갈 수 있으니
> 인간의 내일은 어제와 같지 않으리.
> 덧없음이 아니면 무엇도 영원하지 않으리!●

● 퍼시 비시 셸리의 시.

정오가 다 돼서야 나는 정상에 올랐습니다. 얼음의 바다가 내려다보이는 바위산 위에 한참 앉아 있었지요. 안개가 주변 산들까지 모조리 뒤덮었습니다. 그러다 바람 한 자락이 구름을 흐트러뜨리자 나는 빙하로 내려갔어요. 울퉁불퉁한 빙하의 표면은 파도가 이는 바다처럼 솟아올랐다가 움푹 꺼지기도 했고 곳곳이 깊게 패어 있었습니다. 얼음 벌판의 폭은 4킬로미터 정도였지만 건너가는 데 두 시간 가까이 걸렸어요. 건너편에는 깎아지른 듯한 벌거숭이 바위산이 있었지요. 그곳에 서자 4킬로미터 거리에 몽탕베르가 보였고 그 위로 솟아오른 몽블랑이 준엄한 위용을 자랑하더군요. 나는 우묵하게 들어간 부분에 서서 경이롭고 거대한 장관을 바라보았습니다. 얼음의 바다, 아니 드넓은 얼음의 강이 높게 솟은 산봉우리들 사이로 굽이쳤지요. 구름 위로 솟아오른, 얼음으로 반짝거리는 봉우리들이 햇살을 받아 환하게 빛나더군요. 슬픔에 잠겨 있던 가슴이 환희에 가까운 감정으로 벅차올랐습니다. 나는 이렇게 소리쳤어요. "떠도는 정령들이여. 그대들이 좁은 무덤에서 벗어나 이곳 허공을 떠돌고 있다면 내게 이 얄팍한 행복을 허락하소서. 그러지 않으려거든 차라리 삶의 기쁨을 놓아버리도록 나도 함께 데려가소서."

그때였습니다. 멀리서 초인적인 속도로 나를 향해 다가오는 형체가 보였어요. 내가 조심스레 걸어온 얼음 벌판의 균열들을 껑충껑충 뛰어넘었고, 가까이에서 보니 인간이라기엔 체격이 너무 컸습니다. 나는 몹시 불안했지요. 눈앞이 흐려지고 머리가 아찔했지만 차가운 산바람에 금세 정신을 차렸습니다. 형체가 더 가까워지자(거대하고 혐오스러운 모습이었어요!) 그제야 내 손으로 만든 괴물이라는 것을 깨달았습니다. 분노와 공포에 치가 떨려서 놈이 다가올 때까지 기다렸다 목숨을 걸고 싸우기로 마음먹었습니다. 그는 계속 다가오더군요. 얼굴에는 경멸과 전의가 뒤섞인 쓰라린 고통이 엿보였지만, 끔찍한 모습은 인간의 눈으로 견딜 수 없을 만큼 오싹했습니다. 하지만 그런 모습도 눈에 들어오지 않았어요. 처음에는 분노와 증오로 말문이 막혔지만 이내 정신을 차리고 혐오와 경멸의 독설을 퍼부었지요.

"이 악마! 감히 나에게 오려고? 그 괘씸한 머리에 맹렬한 복수를 퍼부을 이 팔이 두렵지도 않냐? 썩 꺼져라. 더러운 버러지 같은 놈! 아니, 거기 서라. 너를 짓밟아 가루로 만들어버릴 테니! 아, 네가 극악하게 살해한 희생자들의 목숨과 비열한 너의 목숨을 맞바꿀 수만 있다면!"

그러자 악마가 대꾸하더군요. "당신이 그렇게 나올 줄 알았다. 사람들은 모두 흉측한 것을 증오하지. 살아 있는 존재를 통틀어 누구보다도 추한 내가 얼마나 혐오스러울까! 하지만 나의 창조자인 당신마저 나를 혐오하고 부정하다니. 당신과 나는 한쪽이 죽어야만 풀리는 운명의 끈으로 묶여 있다. 나를 죽이려 하다니. 감히 생명을 갖고 장난을 치나? 당신이 나에게 도리를 지킨다면 나도 당신과 인간들에게 도리를 지키겠다. 나의 조건을 받아들인다면 다시는 인간들을 건드리지 않겠다. 거절한다면 당신의 남은 친구들을 모조리 죽여 그들의 피로 지옥의 나락을 가득 채울 것이다."

"역겨운 괴물! 몹쓸 악마 같으니! 지옥의 고문도 너의 죗값으로는 부족할 텐데. 비열한 마귀! 너를 만든 나를 원망한다면 어디 덤벼봐라. 내가 경솔하게 불을 붙인 그 생명의 빛을 꺼뜨려줄 테니."

분노를 주체할 수 없었습니다. 한 인간이 다른 누군가를 향해 느낄 수 있는 모든 적의를 불태우며 나는 놈에게 달려들었지요.

놈은 가뿐하게 나를 피하며 말했습니다.

"진정해라! 내 저주받은 머리에 증오를 퍼붓기 전에 내 말을 들으란 말이야. 그렇지 않아도 고통받는 나를 더 비참하게 만들 셈인가? 삶은 고통의 연속이지만 그래도 나에겐 소중하니 내 삶을 지킬 것이다. 명심해라. 당신은 나를 당신 자신보다 더 강한 존재로 만들었다는 것을. 나는 당신보다 몸집이 크고 더 유연한 관절을 가졌어. 하지만 당신과 맞서 싸우지 않겠다. 나는 당신의 피조물이니 당신이 본분을 지킨다면 나의 주인이자 왕인 당신에게 복종하겠다. 아, 프랑켄슈타인. 다른 사람들에게는 도리를 다하면서 나만 짓밟으려 하다니. 누구보다도 나를 공정하게 대해주고 관용과 사랑을 베풀어야 할 사람인데. 내가 당신의 피조물이라는 것을 잊지 마. 나는 당신의 아담이 돼야 하지만 타락 천사가 됐지. 당신은 죄 없는 나에게서 기쁨을 빼앗아 갔어. 온 세상이 축복으로 가득한데 오직 나만 지독한 외톨이로 살아가고 있다. 나는 인정 많고 선량했지만 비참한 삶이 나를 악마로 바꿔놓았어. 나를 행복하게 해준다면 다시 선량하게 살겠다."

"꺼져라! 네 말은 듣지 않겠다. 너와 나는 어떤 식으로도 이어지지 않는다. 우리는 원수야. 당장 사라져. 아니라면 둘 중 하나가 쓰러질 때까지 힘을 겨뤄보든가."

"어떻게 해야 당신의 마음을 움직일 수 있지? 이렇게 간절하게 아량과 동정을 애원하는 당신의 피조물에게 따뜻한 눈길 한번 주지 않는군. 하지만 사실이야, 프랑켄슈타인. 나는 선량했고 내 영혼은 사랑과 자비로 빛났어. 하지만 처량하게도 지금 나는 혼자다. 나의 창조자인 당신도 나를 이렇게 혐오하는데 나와 아무 상관도 없는 인간들은 어떻겠나? 모두가 나를 멸시하고 증오한다. 이 적막한 산지와 음산한 빙하가 내 은신처야. 나는 오랫동안 이곳을 돌아다녔다. 내가 유일하게 마음 편히 지낼 수 있는 얼음 동굴이 나의 집이지. 인간들이 탐내지 않는 유일한 곳이니까. 나에겐 저 황량한 하늘이 얼마나 반가운지 모른다. 어떤 인간보다도 나에게 친절하거든. 내 존재를 알게 되는 인간들은 모두 당신처럼 나를 증오하며 죽이려 들겠지. 나를 혐오하는 인간들을 미워하지 않을 이유가 있을까? 나는 적과 타협하지 않겠다. 내가 비참한 만큼 그들도 고통받아야 해. 하지만 당신이 내 마음을 달래주면 인간들을 마수에서 구할 수 있다. 당신과 당신의 가족뿐 아니라 수많은 사람을 분노로 집어삼킬 그 마수의 주인을 바꿀 수 있는 사람은 오직 당신뿐이다. 부디 나를 경멸하지 말고 온정을 베풀어라. 먼저 내 이야기를 들어라. 그러고 나서 나를 버릴지 달랠지 마음대로 판단해도 좋다. 하지만 먼저 들어야 해. 인간의 법에 따르면 아무리 끔찍한 죄인이라도 판결을 받기 전에 변론의 기회를 얻지 않는가? 그러니 먼저 내 말을 들어라, 프랑켄슈타인. 당신은 나를 살인자라고 비난하지만 양심을 가졌다는 당신도 자기 피조물을 파괴하려 하지 않는가. 인간의 영원한 정의라는 게 참 대단하군! 그렇다고 나를 살려달라는 건 아니다. 부디 내 말을 듣고, 그런 다음 할 수 있다면, 그리고 원한다면 당신 손으로 빚은 나를 파괴해도 좋다."

"어째서 내가 일으킨 그 참담한 상황을, 그 몸서리치게 싫은 기억을 불러내려는 거냐? 징그러운 악마 같으니. 네가 처음 빛을 본 날을 저주한다! 너를 만든 손을(그게 나라고 해도) 저주한다! 너는 내게 이루 말할 수 없는 고통을 주었다. 그러니 내가 너에게 온당했는지 따위는 생각하고 싶지도 않다. 그만 물러가라! 그 추악한 몰골을 내게 보이지 말란 말이다."

"그렇게 해주지, 나의 창조자여." 그러더니 그는 징그러운 손으로 내 눈을 가렸습니다. 나는 격렬하게 밀어냈지요. "당신이 그렇게 혐오하는 몰골을 가려주겠다. 그래도 내 말을 듣고 온정을 베풀길 바란다. 아직 남아 있는 선한 마음으로 청하는 것이다. 내 이야기를 들어라. 아주 길고 기이한 이야기지. 당신의 예민한 감각은 이곳의 추위를 견딜 수 없을 테니 산 위의 오두막으로 가자. 아직 중천에 있는 태양이 서서히 기울어 눈 덮인 절벽을 넘어가고 다른 세상을 비추기 전에 내 이야기를 듣고 결정을 내릴 수 있을 것이다. 내가 영원히 인간들을 떠나 아무도 해치지 않고 살 것인지, 아니면 인간들을 괴롭히고 당신을 파멸로 몰아갈 것인지는 당신에게 달려 있다."

이렇게 말하면서 그는 앞장서서 얼음을 건너갔습니다. 나는 그를 따라갔지요. 심장이 터질 것 같아서 대꾸하지 않았지만, 걸음을 옮기면서 그의 주장을 곱씹어보고 일단 이야기를 들어보기로 마음먹었습니다. 궁금하기도 했지만 결심을 굳힌 건 연민 때문이었어요. 그가 내 동생을 죽였다고 확신하면서도 그 확신이 맞는지 확인하고 싶기도 했고요. 한편으로는 처음으로 창조자로서 피조물에 대한 의무감을 느꼈습니다. 그의 사악함을 탓하기 전에 그가 행복한 삶을 살게 해줘야 한다는 생각이 들더군요. 이런 까닭으로 그의 요구에 응한 겁니다. 우리는 얼음을 건너 맞은편 바위산을 올라갔습니다. 날이 추웠고 비도 다시 내리기 시작했어요. 우리는 오두막으로 들어갔습니다. 악마는 한껏 들떴지만 나는 마음이 무겁고 우울했지요. 그래도 이야기를 들어보기로 하고 나의 흉측한 동행이 피워놓은 불 옆에 앉았습니다. 그러자 그가 이야기를 시작했습니다.

제3장

"내가 처음 존재하게 된 순간을 떠올리기는 무척 힘든 일이다. 그 무렵에 일어난 일들은 모두 아리송하고 불분명하거든. 한꺼번에 보고 듣고 느끼고 냄새를 맡게 되면서 여러 감각이 기이하게 뒤섞였지. 다양한 감각의 작용을 구분할 수 있게 된 건 한참 뒤의 일이야. 점점 더 강렬한 빛이 나의 신경을 압박해 눈을 감을 수밖에 없었다. 그러자 어둠이 덮치면서 불안해지더군. 하지만 눈을 뜨자 그런 느낌이 사라졌어. 돌이켜보면 빛이 다시 쏟아졌기 때문이었지. 나는 걸음을 뗐고 아래로 내려갔던 것 같다. 이윽고 감각에 커다란 변화가 일어났어. 그 전까지는 손으로 만지거나 눈으로 보아도 무엇인지 알 수 없는 어둡고 흐릿한 형체가 주위에 가득했는데, 어느 순간 내가 자유롭게 걸을 수 있고 장애물이 나타나도 넘어가거나 피하면 된다는 사실을 깨달았지. 빛은 점차 강렬해졌고 걷다보니 열기에 지쳐 그늘을 찾았다. 그곳은 잉골슈타트 근처의 숲이었어. 냇가에 누워 쉬다보니 허기와 갈증이 밀려들더군. 늘어져 있던 나는 결국 몸을 일으켜 나무에 달리거나 바닥에 떨어져 있는 열매를 먹었다. 그런 뒤 냇물로 갈증을 달래고 다시 누워 깊은 잠에 빠졌지.

깨어보니 주위가 컴컴하더군. 추위를 느끼기도 했고 혼자라는 생각에 본능적으로 막연히 겁이 났다. 당신의 집을 나서기 전에도 추위를 느끼고 옷을 주워 입었었는데, 밤이슬이 내리자 그것으로는 부족했지. 나는 의지할 데 없이 처량하고 비참한 신세였다. 아무것도 모르고 아무것도 구분하지 못했지만 사방에서 고통이 밀려오는 것을 느끼고 주저앉아 울음을 터뜨렸어.

얼마 후 하늘에 은은한 빛이 퍼지면서 기분이 좋아지더군. 벌떡 일어나보니 나무들 사이로 빛을 내는 형체가 올라오고 있었어. 나는 경외감에 젖어 바라보았지. 그것은 서서히 움직이며 길을 밝혀주었고 나는 다시 열매를 찾아 나섰다. 여전히 추웠는데, 마침 나무 밑에서 커다란 망토를 발견해 그것으로 몸을 감싸고 바닥에 앉았어. 머릿속의 생각은 어느 것 하나 명확하지 않고 뒤죽박죽이었지. 빛과 허기, 갈증, 어둠을 느꼈고, 수많은 소리가 귀를 울렸으며 사방에서 온갖 냄새가 코를 찔렀다. 내가 분명하게 구분할 수 있는 것은 환한 달뿐이라 즐거운 마음으로 달에 시선을 고정했어.

밤낮이 여러 번 바뀌고 밤하늘의 둥근 물체가 아주 작아졌을 무렵 나는 감각을 구분하기 시작했다. 나의 갈증을 달래주는 맑은 냇물과 무성한 잎으로 햇빛을 가려주는 나무들이 점차 분명하게 눈에 들어왔지. 종종 귀를 간질이던 유쾌한 소리가 이따금 눈앞의 빛을 가리던 날개 달린 작은 동물의 목구멍에서 나온다는 사실을 처음 깨닫고 몹시 기뻤어. 주위의 형체들을 점점 더 정확하게 구분하기 시작했고 지붕처럼 머리 위를 덮고 나를 비춰주는 환한 빛의 경계도 인지하게 됐다. 새들의 기분 좋은 노래를 따라 해보려고도 했지만 그럴 수 없더군. 나의 느낌을 나름의 방식으로 표현해보고도 싶었는데, 거칠고 알아들을 수 없는 소리가 터져 나오는 바람에 기겁하며 다시 입을 다물었지.

숲에 머무는 동안 어느새인가 밤하늘의 달이 사라졌다가 다시 조그만 모양으로 나타났다. 그 무렵 나의 감각은 뚜렷해졌고 내 머리는 매일 새로운 개념을 받아들였어. 나의 눈은 빛에 익숙해져서 사물의 형체를 제대로 인지하게 됐다. 벌레와 풀을 구분했고 점차 풀의 종류도 구별할 수 있게 됐지. 참새는 거슬리는 소리로 지저귀지만 찌르레기와 지빠귀는 달콤하고 매혹적인 소리로 노래한다는 사실도 알게 됐어.

하루는 추위에 떨다가 부랑자들이 놓고 간 불을 발견하고 그 따스한 느낌에 얼마나 황홀했는지 모른다. 너무 기쁜 나머지 깜부기불에 손을 넣었다가 고통으로 비명을 지르며 얼른 빼냈지. 같은 사물이 정반대의 효과를 내다니 어찌나 신기하던지! 불의 재료를 살펴보다가 나무라는 것을 깨닫고 너무나 반가웠다. 나는 얼른 나뭇가지 몇 개를 주워 모았지만 축축해서 불이 붙지 않았어. 답답한 마음에 한참 동안 꼼짝없이 앉아 불이 타는 모양새를 관찰했다. 내가 불 옆에 놓아둔 젖은 나무가 마르자 불이 붙더군. 곰곰 생각하다가 나뭇가지 여러 개를 만져본 뒤에야 이유를 알아냈고, 말려서 불을 계속 피우려고 서둘러 나무를 주워 모았지. 밤이 되자 잠이 쏟아졌는데, 혹시라도 불이 꺼질까봐 몹시 걱정됐어. 나는 마른 나뭇가지와 나뭇잎 들로 정성스레 불을 덮고 그 위에 젖은 나뭇가지들을 얹은 뒤 망토를 펴고 바닥에 누워 잠이 들었다.

아침에 눈을 뜨자마자 가장 먼저 불을 살폈어. 나뭇가지들을 들추자 부드러운 바람에 불길이 되살아나더군. 그 모양을 유심히 관찰하다가 나뭇가지들로 부채질을 해서 꺼질 듯한 불을 일으켰지. 다시 밤이 오자 불이 온기뿐 아니라 빛도 내어준다는 사실을 깨닫곤 무척 기뻤다. 불을 발견한 일은 먹을 것을 해결하는 데도 도움이 됐지. 나그네들이 버리고 간 구운 음식 찌꺼기는 나무에서 따 먹은 열매보다 훨씬 더 풍부한 맛이 나더군. 그래서 내가 구한 음식도 같은 방식으로 손질해서 불 위에 올려놓았어. 산딸기 같은 열매는 구우면 못 먹게 되고 견과 같은 나무 열매나 뿌리는 맛이 더 좋아진다는 것을 알아냈지.

하지만 먹을 것이 점점 귀해지더군. 도토리 몇 알이라도 구해서 허기를 달래보려 온종일 돌아다녀도 허탕 치는 날이 많았다. 결국 머물던 숲을 떠나 내가 경험한 몇 안 되는 욕구를 좀 더 쉽게 채워줄 곳을 찾아보기로 했지. 불을 가져갈 수 없다는 점이 무척 아쉽더군. 우연히 얻게 된 거라 새로 피우는 법을 몰랐으니까. 몇 시간 동안 진지하게 고민해보고 여러 시도를 해보았다. 하지만 결국 포기하고 망토로 단단히 몸을 감싼 채 숲을 가로질러 해가 지는 쪽을 향해 나아갔지. 사흘을 걸어간 끝에 마침내 넓은 벌판을 발견했다. 전날 밤에 많은 눈이 내려 벌판이 온통 하얗게 뒤덮였더군. 그 광경을 보고 어찌나 막막하던지. 땅을 뒤덮은 차고 축축한 물질에 발이 시렸어.

아침 7시쯤이었는데, 먹을 것과 쉴 곳이 간절하던 터에 마침 언덕 위의 작은 오두막을 발견했다. 아마 양치기들을 위해 지어놓은 곳이었을 거야. 처음 보는 구조물이 무척 신기해서 찬찬히 살펴보았어. 문이 열려 있는 것을 발견하고 안으로 들어가보았지. 한 노인이 불을 피워놓고 그 앞에 앉아 아침 식사를 만들고 있더군. 인기척에 고개를 돌린 노인은 나를 보고 요란하게 비명을 지르며 오두막을 뛰쳐나갔어. 그러더니 노쇠한 몸으로 감당할 수 없을 듯한 속도로 벌판을 달려가더군. 노인은 내가 이전에 보지 못한 모습을 하고 있었고, 나는 그렇게 내빼는 노인의 꼴이 황당하기도 했다. 하지만 곧 오두막에 넋을 잃었지. 그곳은 눈이나 비가 들어올 수 없었고 바닥도 말라 있더군. 불의 호수에서 고생하던 지옥의 악마들에게 악마의 소굴이 그랬듯 내게는 그곳이 아름답고 성스러운 안식처와도 같았다. 나는 양치기가 남기고 간 아침 식사를 게걸스레 주워 먹었어. 빵과 치즈, 우유, 포도주였는데, 포도주는 맛이 없었지. 다 먹고 나자 피로가 몰려와서 짚 더미에 누워 잠이 들었다.

정오쯤 잠이 깼을 때 하얀 설원을 환하게 비추는 햇살을 보고 다시 길을 나서기로 했지. 포대 같은 걸 찾아서 남은 양치기의 식사를 챙겨 넣고 몇 시간 동안 들판을 걸어 해 질 무렵 어느 마을에 도착했어. 마을의 광경은 얼마나 기막히던지! 오두막과 그보다 더 좋은 집들, 장엄한 저택들이 차례로 감탄을 자아냈다. 텃밭의 채소들과 작은 집의 창문마다 놓여 있는 우유와 치즈를 보고 군침이 돌았지. 가장 좋은 집을 골라 들어갔는데, 내가 발을 들여놓는 순간 아이들이 비명을 질렀고 한 여자는 정신을 잃더군. 온 마을이 들썩거렸지. 도망치는 사람이 있는가 하면 누군가는 나를 공격하기도 했어. 돌멩이와 온갖 무기들이 날아와 온몸이 멍으로 뒤덮인 뒤에야 나는 넓은 벌판으로 달아났다. 그러고는 겁에 질려 나지막한 헛간에 몸을 숨겼지. 마을에서 보았던 대궐 같은 집들에 비하면 휑하고 허름했지만 말끔하고 쾌적한 집에 달린 헛간이었어. 하지만 지독한 푸대접에 시달린 터라 차마 집 안으로 들어가지는 못했다. 내가 몸을 숨긴 곳은 나무로 지은 구조물이었는데 천장이 너무 낮아서 똑바로 앉아 있을 수도 없더군. 바닥에 마루가 깔려 있지는 않았지만 보송하게 말라 있었고 곳곳의 틈새로 바람이 새어 들어오긴 해도 눈과 비는 피할 수 있었어.

나는 그곳에 자리를 잡고 누웠지. 허름했지만 혹독한 날씨뿐 아니라 잔인한 인간들을 피할 수 있어서 흡족했다.

동이 트자 본채를 살펴보고 내가 찾은 은신처에 계속 머물러도 될지 알아보려고 살금살금 헛간에서 기어 나왔어. 헛간은 집 뒤편에 붙어 있었고 양옆에는 돼지우리와 깨끗한 물웅덩이가 있더군. 한쪽이 트여 있어서 내가 그리로 들어간 거지. 나는 밖에서 안이 보이지 않도록 뚫린 곳을 모조리 돌과 나무로 막고 나갈 때만 치울 수 있게 해놓았다. 빛이라고는 돼지우리를 통과해 들어오는 햇빛이 전부였지만 내게는 충분했어.

그렇게 나의 거처를 손보고 바닥에 깨끗한 지푸라기를 깐 뒤 그 안에 숨었다. 멀리 사람의 형체가 보였거든. 전날 저녁에 겪은 박대를 생생히 기억하는 터라 감히 모습을 드러낼수 없었지. 하지만 그날 먹을 식량은 준비해두었어. 거친 빵한 덩어리를 훔쳤고 컵도 챙겨놓은 터라 내 은신처 옆을 흐르는 맑은 물을 손으로 뜰 때보다 더 편리하게 마실 수 있었다. 바닥이 조금 높아서 습기가 전혀 없었고 집의 굴뚝이 가까이 있어서 그럭저럭 따뜻했어.

그렇게 갖춰놓고 난 후 특별한 일이 없는 한 계속 그곳에서 지내기로 마음먹었지. 예전에 살던 음침한 숲은 나뭇가지에서 빗물이 뚝뚝 떨어지고 바닥도 눅눅했는데, 그에 비하면 이 헛간은 낙원이었다. 기분 좋게 아침을 먹고 물을 떠 오려고 판자를 치우려는데 발소리가 들렸어. 작은 틈으로 내다보니 여자아이가 머리에 들통을 이고 헛간 앞을 지나가더군. 소녀는 그때까지 보았던 마을 사람들이나 농가의 하인들과는 달리 기품이 넘쳤지만 차림새는 허름했어. 파란색의 거친 치마와 아마 웃옷만 걸치고 있었지. 땋아 내린 금빛 머리카락에는 아무런 장식도 하지 않았고 얼굴에는 끈기와 슬픔이 엿보였다. 소녀는 내 시야에서 사라졌다가 십오 분쯤 뒤에 우유가 담긴 들통을 이고 다시 나타나더군. 우유가 무거운지 힘겹게 걷고 있는데 소녀보다 더 우울한 표정을 한 청년이 소녀를 향해 다가왔어. 청년은 풀죽은 얼굴로 무어라 소리를 내며 소녀가 머리에 인 들통을 받아 들고 집으로 향했다. 소녀가 뒤따라갔고 두 사람은 곧 사라졌지. 잠시 후 청년이 손에 연장 같은 것을 들고 다시 나타나더니 집 뒤쪽의 들판을 건너갔고, 소녀도 집과 마당을 왔다 갔다 하며 바쁘게 움직였어.

　나는 내 거처를 살펴보다가 나무로 막아놓은 본채의 창문을 발견했다. 한쪽 눈으로 간신히 안을 들여다볼 수 있는 작은 틈이 있더군. 그 틈으로 보이는 조그만 공간은 회칠을 해서 깨끗했지만 가구는 거의 없었어. 한쪽 구석에 작은 장작불이 보였고 그 옆에 한 노인이 두 손에 머리를 묻고 절망에 빠진 모습으로 앉아 있었어. 아까 본 소녀가 집 안을 정리하다가 서랍에서 무언가를 꺼내 들고 노인의 옆에 앉더군. 노인은 악기 같은 그것을 들고 소리를 내기 시작했는데, 지빠귀나 나이팅게일의 노래보다 더 감미로웠지. 아름다운 것을 본 적 없는 천한 내가 보기에도 사랑이 넘치는 광경이었다. 노인의 희끗희끗한 머리칼과 인자한 표정에 절로 존경심이 들었고 소녀의 예의 바른 태도는 사랑스러웠어. 노인이 연주하는 구슬픈 노랫가락 때문인지 다정한 소녀의 눈에서 눈물이 흐르더군. 노인은 알아채지 못하다가 흐느끼는 소리를 듣고서야 소녀에게 몇 마디 말을 건넸어. 금발의 소녀는 일손을 놓고 노인의 발밑에 무릎을 꿇고 앉았지. 노인은 소녀를 일으키며 더없이 자상하고 다정한 미소를 보여주더군. 그 모습에 아주 강렬하고 이상한 기분이 들었어. 허기나 추위, 온기나 음식에서는 느껴보지 못한 기분. 고통과 기쁨이 뒤섞인 것 같았지. 나는 감정을 주체하지 못하고 창문에서 물러섰다.

잠시 후 청년이 다시 나타났는데, 어깨에 나무를 짊어지고 있더군. 소녀가 나가서 그가 나무를 내리도록 거든 뒤 땔감을 조금 갖고 들어와서 불에 넣었어. 그런 뒤 소녀와 청년은 한쪽 구석으로 갔고 청년이 소녀에게 커다란 빵 한 덩어리와 치즈 한 조각을 보여주었어. 소녀는 기쁜 얼굴로 텃밭에 나가 뿌리와 채소를 캐 온 뒤 물에 담가 불 위에 올렸어. 소녀는 계속 바쁘게 움직였고 청년도 텃밭에 들어가 흙을 파헤치고 뿌리를 뽑기 시작했지. 한 시간쯤 그렇게 일하다가 소녀가 다가

오자 두 사람은 함께 집으로 들어갔어.

그 사이 수심에 잠겨 있던 노인은 두 사람이 나타나자 얼굴이 한결 밝아졌고 셋은 함께 앉아 식사를 했어. 음식은 금세 사라졌지. 소녀는 다시 집을 치우기 시작했고 노인은 청년의 부축을 받아 잠깐 집 앞을 걸으며 햇볕을 쬐더군. 이 멋진 두 사람의 조화가 더없이 아름다웠어. 반백의 노인은 애정과 인자함이 넘치는 얼굴이었고 호리호리한 체격과 반듯한 얼굴의 청년에게는 기품이 넘쳤지. 하지만 그의 눈과 태도에는 깊은 슬픔과 절망이 깃들어 있었어. 노인은 집으로 들어갔고 청년은 아침과는 다른 연장을 들고 들판을 건너갔어.

금세 어둠이 깔렸지만 놀랍게도 그 집 사람들은 가느다란 초를 사용해 빛을 연장하더군. 해가 진 뒤에도 옆에 사는 인간들을 계속 지켜볼 수 있어서 기뻤다. 그날 저녁 소녀와 청년은 내가 이해할 수 없는 여러 일을 하느라 바빴고 노인은 아침에 내 마음을 홀린 그 성스러운 소리를 내는 악기를 다시 집어 들었어. 노인이 연주를 끝내자 이번엔 청년이 소리를 내기 시작했지. 연주가 아니라 단조로운 소리였다. 노인의 악기가 내는 화음이나 새들의 노래와는 다르더군. 나중에 그가 소리 내 책을 읽었다는 것을 알게 됐지만 그때는 언어나 문자의 체계에 대해 아무것도 몰랐지.

그들은 얼마간 바쁘게 움직이다가 불을 끄고는 잠자리에 들려는 듯 물러갔어."

제4장

"지푸라기 위에 누웠지만 잠이 오지 않았다. 그날 일어난 일들을 생각해보았지. 가장 기억에 남는 건 그 집 사람들의 예의 바른 태도였어. 그들과 어울리고 싶은 마음이 간절했지만 엄두가 나지 않더군. 전날 밤 야만스러운 마을 사람들이 나를 어떻게 대했는지 생생하게 기억하는 터라 앞으로 어떻게 행동할지는 천천히 생각하기로 하고 우선은 헛간에 숨어 조용히 지켜보며 그들의 행동에 영향을 미치는 동기를 알아보기로 했다.

다음 날 아침 그들은 동이 트기도 전에 일어나더군. 소녀는 집을 치운 뒤 음식을 준비했고 청년은 첫 식사를 하고 밖으로 나갔어.

그러고는 전날과 똑같은 일과가 계속됐지. 청년은 끊임없이 바깥일을 했고 소녀는 집 안에서 이런저런 일을 했어. 노인은 악기를 연주하거나 사색에 잠기며 소일했는데, 얼마 후 나는 그가 앞을 보지 못한다는 사실을 알게 됐다. 두 젊은이는 극진한 사랑과 존경으로 덕망 있는 노인을 대했지. 아주 사소한 애정을 표현하거나 의무를 행할 때에도 예의를 지켰고, 노인은 인자한 미소로 보답하더군.

그들이 마냥 행복하지는 않았어. 청년과 소녀는 자주 밖으로 나가서 우는 것 같았지. 그들이 왜 불행한지는 알 수 없었지만 그런 모습을 보면 무척 심란했다. 그렇게 다정한 가족이 불행하다면 나처럼 불완전하고 고독한 존재가 괴로운 것도 이상한 일은 아니었으니까. 하지만 그 품위 있는 인간들이 왜 불행한 걸까? 좋은 집에서(내 눈에는 그렇게 보였어) 부족함 없이 살고 있는데 말이야. 추울 때 몸을 따뜻하게 데워줄 불이 있고 배고플 때는 맛있는 음식을 먹을 수 있었지. 좋은 옷을 입었고, 무엇보다도 그들은 함께 지내며 대화를 나누고 매일 다정하고 자상한 눈빛을 주고받을 수도 있는데. 그들의 눈물에는 어떤 의미가 담겼을까? 그것이 과연 고통의 표현일까? 처음에는 이런 의문이 들었지만 꾸준히 지켜보면서 시간이 흐르자 많은 수수께끼가 절로 풀리더군.

꽤 오랜 시간이 지나서야 이 화목한 가족이 불안해하는 한 가지 이유를 알아냈다. 바로 가난이었지. 그 불행은 큰 괴로움을 안겨주었어. 먹을 거라곤 텃밭의 채소와 한 마리뿐인 소가 내주는 우유뿐이었는데, 겨울에는 소를 충분히 먹이지 못해서 우유도 거의 나오지 않았거든. 그들은 자주 심한 허기를 견디는 것 같았다. 특히 청년과 소녀는 자기들 몫을 남기지 않고 노인 앞에 먹을 것을 놓아줄 때가 많았어.

이런 배려가 내게는 무척 감동적이었다. 밤마다 그들이 비축해놓은 식량을 조금씩 훔쳤지만 나 때문에 그들이 더 힘들어진다는 사실을 알고 그만두었어. 가까운 나무에서 얻을 수 있는 열매와 견과, 뿌리 따위에 만족하기로 했지.

그들의 일손을 거들 방법도 찾아보았다. 청년이 매일 불을 피울 장작을 구하는 데 많은 시간을 보낸다는 사실을 알고 밤이면 종종 그의 연장을 들고 나갔어. 연장이 금방 손에 익어서 며칠 동안 쓸 수 있는 땔감을 구해 왔지.

처음 땔감을 가져다놓은 날 소녀는 아침에 문을 열었다가 집 앞에 높이 쌓인 장작을 보고 몹시 놀라더군. 소녀가 큰 소리로 무어라고 말하자 청년이 다가와 역시 놀란 표정을 지었어. 그날은 그가 숲에 가지 않고 집을 고치거나 텃밭을 돌보며 시간을 보내는 모습을 보니 무척 뿌듯했다.

차츰 나는 더 중요한 것들을 알아갔지. 그 가족이 명확한 소리로 경험과 느낌을 소통할 수 있다는 사실을 알게 됐어. 그들이 하는 말이 듣는 이의 마음과 표정에 기쁨이나 고통, 미소나 슬픔을 자아낸다는 사실도. 그야말로 굉장한 기술이었지. 나도 배우고 싶은 마음이 간절했어. 하지만 아무리 노력해도 마음대로 되지 않더군. 그들의 발음이 너무 빠르기도 했고, 그들이 내뱉는 낱말을 눈에 보이는 사물과 분명하게 연결할 수 없어서 무엇을 가리키는지 알아낼 길이 없었어. 그래도 달이 차고 기울기를 여러 번 되풀이하는 동안 헛간에서 지내며 열심히 노력한 끝에 대화에 자주 나오는 사물 몇 가지의 이름을 알게 되었다. **불, 우유, 빵, 나무** 같은 말을 익혀서 사용해보았지. 그 집 사람들의 이름도 알게 됐어. 청년과 소녀는 서로를 몇 가지 이름으로 불렀지만 노인의 이름은 딱 하나, **아버지**였어. 소녀는 **누이** 또는 **아가타**라고 불렸고 청년은 **펠릭스**나 **오빠, 아들**이라고 불렸어. 이런 낱말들의 의미를 깨닫고 내 입으로 발음하게 됐을 때 느꼈던 기쁨은 뭐라고 설명할 길이 없다. 그것 말고도 몇 가지 낱말은 뜻을 이해하거나 사용하지는 못해도 구분할 수 있었지. 이를테면 **좋다, 소중하다, 불행하다** 같은 말이 그랬어.

그렇게 겨울이 지났다. 예의 바르고 아름다운 그 집 사람들에게 나는 깊은 정이 들었어. 그들이 불행하면 나도 울적했고 그들이 기뻐하면 나도 기뻤지. 그들 말고 다른 인간은 거의 보지 못했다. 간혹 누군가가 찾아올 때면, 그 거친 태도와 거들먹거리는 걸음걸이를 보고 나의 친구들이 얼마나 훌륭한 사람들인지 새삼 깨닫고는 했어. 노인은 자식들의 기운을 북돋워주려 무던히 애쓰는 것 같더군. 가끔 자식들을 불러서 우울한 기분을 풀어주려고 노력했지. 노인이 밝은 목소리와 선한 표정으로 얘기하면 나도 덩달아 기분이 좋아졌어. 아가타는 귀 기울여 들었고, 가끔 눈에 고인 눈물을 몰래 닦기도 했지만 대개는 아버지의 격려를 듣고 표정과 목소리가 한결 밝아졌어. 펠릭스는 그렇지 않았다. 그는 언제나 가장 슬퍼 보였고, 물정을 모르는 내가 보기에도 다른 식구들보다 괴로움이 더 깊은 것 같았지. 하지만 얼굴은 슬퍼 보여도 동생보다 더 밝은 목소리를 내려고 노력했어. 노인과 대화할 때는 더욱 그랬지.

이 화목한 식구들의 성품을 말해주는 소소한 일화는 수없이 많았다. 가난하고 어려운 생활 속에서도 펠릭스는 눈밭을 뚫고 처음 고개를 내민 작고 하얀 꽃을 보고는 기뻐하며 동생에게 가져다주더군. 이른 아침 동생이 일어나기 전에 밖으로 나가 소젖을 짜러 갈 동생을 위해 눈을 치워놓았고, 우물에서 물을 긷거나 창고에서 땔감을 가져다놓기도 했지. 그럴때면 보이지 않는 손이 채워놓은 땔감 더미를 보고 놀라기도 했고, 낮에는 가끔 이웃 농부의 일을 거드는 것 같더군. 저녁때가 다 돼서 땔감도 없이 집에 돌아오곤 했거든. 가끔은 텃밭을 돌보기도 했지만 추운 계절에는 밭일이 별로 없어서 노인과 아가타에게 책을 읽어줄 때도 많았어.

책을 읽는 행위는 처음엔 도무지 이해할 수 없었다. 하지만 펠릭스가 책을 읽을 때나 말을 할 때나 똑같은 소리를 많이 낸다는 것을 차츰 깨달았지. 그렇다면 그가 아는 말의 기호가 종이 위에 표시돼 있는 모양이라고 추측했고, 그 기호를 무척 알고 싶어졌어. 하지만 기호들이 뜻하는 소리도 이해하지 못하면서 어떻게 기호를 배우겠나? 내 언어 기술이 많이 발전하기는 했지만 아무리 집중해서 들어도 모든 대화를 알아듣는 수준은 아니었거든. 그들에게 나를 드러내고 싶은 마음이 간절했지만 그들의 언어를 완전히 익히기 전에는 시도하지 않을 작정이었다. 그나마 언어를 익히면 그들이 내 흉측한 모습을 무시할지도 모른다고 생각했거든. 내가 흉측하다는 사실도 그들과 대비되는 내 모습을 자주 보면서 깨닫게 됐지.

내 집주인들의 외모는 완벽해 보였어. 그들의 우아함, 아름다움, 섬세한 얼굴은 감탄을 자아냈다. 그러다 맑은 물에 비친 내 모습을 보고 얼마나 경악했는지! 처음에는 움찔 물러났다. 물에 비친 모습이 나라고 믿을 수 없었어. 그 괴물이 나라는 확신이 들자 쓰라린 절망과 치욕이 밀려들었지. 아! 하지만 이 비참하고 끔찍한 외모가 얼마나 치명적인 결과를 가져올지 그때는 온전히 알지 못했다.

햇볕이 더 따뜻해지고 낮이 길어지면서 눈이 녹았고, 벌거숭이 나무들과 시커먼 흙이 드러나기 시작했어. 펠릭스는 더욱 분주해졌고, 안타까울 만큼 절박한 굶주림의 위기도 사라졌지. 나중에 알게 된 사실이지만 그들의 음식은 거칠고 초라하긴 해도 건강에 좋았고, 넉넉하게 구할 수 있었어. 그들은 텃밭에 새로 돋아난 여러 식물을 따서 손질했고 계절이 무르익을수록 생활이 더 안정되는 것 같더군.

노인은 비가 오지 않으면 매일 정오에 아들의 부축을 받아 산책했어. 나는 하늘에서 퍼붓는 물을 비라고 부른다는 것도 알게 됐지. 비가 자주 왔지만 세찬 바람에 금세 땅이 말랐고 그런 뒤에는 계절이 한층 더 깊어지더군.

　　헛간에서 나는 일정한 생활을 이어갔어. 오전에는 식구들의 활동을 지켜보았고 그들이 흩어져 각자의 일을 할 때는 잠을 잤다. 그러다 저녁이 되면 내 친구들을 관찰하며 시간을 보냈지. 그들이 잠자리에 들고 하늘에서 달이나 별이 빛나면 숲으로 나가 나의 식량과 그 집의 땔감을 구해 왔어. 돌아오면 필요에 따라 눈을 치우기도 하고 그 밖에 펠릭스가 자주 하던 일을 해놓았지. 그런 뒤 누군가가 몰래 해놓은 일을 보고 몹시 놀라는 그들을 지켜보았고, '착한 정령이네', '놀라워라' 하고 말하는 것을 한두 번 듣기도 했지만 그때는 무슨 뜻인지 이해하지 못했어.

　　내 사고 활동이 왕성해지면서 이 아름다운 가족의 동기와 감정을 알고 싶은 마음이 간절해졌다. 펠릭스는 왜 그리도 비참한 모습인지, 아가타는 왜 그리도 슬퍼 보이는지 몹시 궁금했어. 내가 이 선량한 사람들의 행복을 되찾아줄 수 있을지도 모른다고 생각했지(얼마나 어리석었는지!). 잠자리에 눕거나 멍하니 있을 때면 앞을 못 보는 인자한 아버지와 예의 바른 아가타, 멋진 펠릭스의 모습이 눈앞에 아른거렸어. 그들이 내 미래의 운명을 좌우하는 우월한 존재인 것만 같았지. 그들

앞에 모습을 드러내고 그들이 나를 받아주는 장면을 수백 번 그려보았다. 내 모습을 보면 역겨워할 테지만 예의 바른 태도와 다정한 말로 먼저 호감을, 그런 뒤에는 사랑을 얻을 수 있을 거라고 믿었어.

이런 생각에 마음이 들뜨면서 언어의 기술을 익히겠다는 의지가 더욱 강해졌지. 내 발성은 거칠지만 유연했고 목소리도 감미로운 노래 같은 그들의 목소리와는 딴판이었지만 뜻을 아는 낱말은 편안하게 발음할 수 있었어. 우화 속에서 주인에게 사랑받는 강아지의 행동을 흉내 냈다가 야단맞는 당나귀 꼴이 될 수도 있었지만, 당나귀의 행동이 예의에 어긋났더라도 애정에서 비롯된 것이라면 그렇게 얻어맞으며 욕먹을 이유가 있을까 생각했다.

봄의 상쾌한 소나기와 쾌적한 온기 덕분에 대지의 모습은 크게 달라졌어. 동굴에 숨어 있었는지 코빼기도 안 보이던 남자들이 곳곳에서 모습을 드러내고 다양한 방식으로 땅을 경작하더군. 새들은 더 밝은 음색으로 노래했고 나무에는 새순이 돋기 시작했어. 축복받은 대지여! 얼마 전까지만 해도 척박하고 축축하며 황량했던 대지가 이제는 신들의 거처로도 손색이 없을 것 같았지. 매혹적인 자연의 모습에 나도 덩달아 기운이 났다. 과거의 기억은 희미해졌고 현재는 평온했으며 미래는 밝은 희망의 빛과 즐거운 기대로 반짝거렸어."

제5장

"이제 좀 더 마음을 울리는 이야기로 넘어가겠다. 나에게 여러 감정을 각인해 과거의 나를 지금처럼 바꿔놓은 사건들을 이야기하려 한다.

봄이 절정에 이르면서 날씨가 화창해지고 하늘은 구름 한 점 없이 맑아지더군. 황량하고 우울했던 곳이 한없이 아름다운 꽃과 신록에 뒤덮이는 광경이 어찌나 놀랍던지. 온갖 좋은 냄새와 눈부신 광경을 만끽하며 감각이 다시 깨어나는 듯했다.

그러던 어느 날 집주인들이 일하다가 잠깐 쉬고 있을 때였어. 노인이 기타를 연주했는데 듣고 있던 펠릭스의 얼굴이 이루 말할 수 없이 우울해지더군. 그가 여러 번 한숨을 쉬자 그의 아버지는 잠시 연주를 멈췄어. 노인의 태도로 봐서 아들에게 슬퍼하는 이유를 물어보는 것 같았지. 펠릭스가 밝은 어조로 대답하자 노인은 다시 연주를 이어갔어. 그때 누군가가 문을 두드리더군.

웬 여인이 말에 올라탄 채로 안내인처럼 보이는 시골 사내와 함께 나타났다. 여인은 어두운색의 옷을 입고 두툼한 검정 베일을 쓰고 있었어. 아가타가 뭔가를 물어보자 여인은 달콤한 목소리로 그저 펠릭스의 이름만 말하더군. 여인의 목소리도 노랫가락 같았지만 내 집주인들의 음색과는 달랐어. 펠릭스가 자기 이름을 듣고 황급히 달려 나오자 여인은 그를 보고 베일을 젖혔지. 천사의 아름다움과 표정을 가진 얼굴이었어. 윤기 나는 새까만 머리칼을 신기하게 땋아 내렸고 짙은 색의 눈은 온화하면서도 생기가 넘쳤다. 이목구비는 반듯했고 피부는 놀랍도록 환했어. 두 뺨은 사랑스러운 분홍빛으로 물들어 있었지.

여인을 보는 순간 펠릭스는 기뻐서 어쩔 줄 모르는 것 같더군. 슬픈 기색이 모조리 사라지고 환희에 가까운 기쁨의 표정이 떠올랐어. 그런 일이 가능하다니 믿을 수 없었다. 눈은 반짝거렸고 설레는 듯 뺨도 발그레해졌어. 그 순간 그는 낯선 여인만큼이나 아름다웠지. 여인은 만감이 교차하는 것 같았어. 그녀는 사랑스러운 눈에서 흐르는 눈물을 닦은 뒤 펠릭스에게 손을 내밀었고, 펠릭스는 황홀한 얼굴로 그 손에 입을 맞추며 여인의 이름을 불렀어. 내가 듣기로는 '나의 아라비아 여인'이라고 하는 것 같더군. 그녀는 못 알아듣는 듯 그저 미소를 지었어. 펠릭스는 여인을 말에서 내려주고 안내인을 돌려보낸 뒤 함께 집 안으로 들어갔다. 그와 아버지 사이에 대화가 오간 뒤 젊은 여인은 노인의 발밑에 무릎을 꿇고 앉아 그의 손에 입을 맞추려 했어. 하지만 노인은 여인을 일으키더니 다정하게 껴안아주었지.

나는 곧 새로운 사실을 알아차렸다. 낯선 여인은 자신의 언어로 명확하게 말하는 듯 보였지만 그 집 사람들은 알아듣지 못했고 여자도 그들의 말을 이해하지 못하는 것 같더군. 그들이 주고받는 수많은 몸짓을 이해할 수는 없었지만 여인의 등장으로 집 안에 즐거운 기운이 퍼져나가는 것을 알 수 있었어. 마치 떠오르는 태양이 새벽안개를 흩뜨리듯 여인의 등장이 가족의 슬픔을 밀어낸 듯했지. 펠릭스는 유독 행복해하며 환한 미소로 '나의 아라비아 여인'을 환영했어. 아가타, 늘 상냥한 아가타는 아름다운 여인의 손에 입을 맞추고 자기 오빠를 가리키며 이런저런 몸짓을 해 보였어. 짐작하기로는 여인이 오기 전까지 자기 오빠가 슬픔에 빠져 있었다고 설명하는 듯했어. 그들의 표정에는 이유를 알 수 없는 기쁨이 넘쳤고, 그런 상태로 몇 시간이 흘렀어. 그런 뒤 낯선 여인이 그들을 따라 같은 소리를 되풀이하는 것을 보고 그녀가 그들의 언어를 배우고 있다는 사실을 깨달았지. 불현듯 나도 함께 따라 하면서 그들의 언어를 익혀야겠다는 생각이 들었다. 첫날 낯선 여인은 단어를 스무 개쯤 익혔는데 내가 이미 알고 있는 것이 대부분이었지만 새로 배운 것도 있었어.

밤이 되자 아가타와 아라비아 여인은 일찍 잠자리에 들더군. 펠릭스는 여인의 손에 입을 맞추며 '잘 자요, 나의 사피'라고 말했어. 그는 늦게까지 자지 않고 아버지와 대화를 나눴는데, 여인의 이름이 자주 들려오는 것으로 봐선 아름다운 손님에 대해 이야기하는 것 같았어. 내용이 무척 궁금해서 이해해보려고 갖은 노력을 해보았지만 불가능하더군.

다음 날 아침 펠릭스는 일을 하러 나가고 아가타가 평소에 하던 집안일을 마치고 나자 아라비아 여인은 노인의 발밑에 앉아 그의 기타를 들고 몇 곡을 연주했어. 황홀하리만치 아름다운 선율에 내 눈에서도 기쁨과 슬픔이 뒤섞인 눈물이 흐르더군. 여인은 노래도 불렀어. 한껏 부풀어 오르다가 사그라지는 풍부한 음색을 듣고 있자니 마치 숲속에서 나이팅게일의 노래를 듣는 것 같았지.

여인은 노래를 마친 뒤 아가타에게 기타를 건넸어. 아가타는 처음에는 사양하다가 단순한 곡을 연주하며 노래를 불렀어. 달콤한 목소리였지만 낯선 여인의 목소리처럼 경이로운 음색은 아니었어. 노인이 몹시 즐거운 얼굴로 몇 마디를 건네자 아가타는 사피에게 노인의 말을 설명해주려고 애쓰더군. 아마도 여인의 노래가 큰 즐거움을 주었다는 뜻이었겠지.

예전처럼 평화로운 나날이 이어졌지만 슬픔이 가득했던 집 주인들의 얼굴에는 이제 기쁨이 넘쳤어. 사피는 늘 밝고 행복한 모습이었고 나와 함께 언어를 빠르게 배워갔다. 두 달쯤 지나자 나는 내 보호자들의 말을 대부분 이해하게 됐지.

그사이 시커먼 땅은 나무와 풀로 뒤덮였고 초록빛 강둑에는 냄새도 모습도 달콤한 꽃이 만발했다. 달빛이 비치는 숲에는 별들이 은은한 광채를 더해주었어. 햇살이 더 따스해지면서 밤에도 맑고 훈훈한 기운이 감돌았지. 그 덕분에 나의 야간 산책은 더욱 즐거워졌지만 해가 일찍 뜨고 늦게 지는 탓에 더 짧아졌어. 첫 마을에서 당한 푸대접을 다시 마주할까봐 해가 있는 동안에는 밖에 나갈 엄두도 내지 못했다.

낮에는 말을 빨리 익히기 위해 온 정신을 집중했어. 자랑처럼 들리겠지만 아라비아 여인보다 내 실력이 더 빨리 늘었지. 그녀는 말을 잘 알아듣지 못하고 심하게 더듬거렸지만, 나는 거의 모든 말을 이해하고 따라 할 수 있었다.

말이 느는 동안 아라비아 여인이 배우는 글도 함께 익혔고, 그러면서 내 앞에 새로운 경이와 환희의 광활한 벌판이 펼쳐지는 듯했지.

펠릭스가 사피에게 글을 가르칠 때 사용한 책은 볼네의 《제국의 유적》•이었다. 펠릭스가 책을 읽으면서 매번 상세한 설명을 곁들이지 않았더라면 나는 그 내용을 전혀 이해하지

● 프랑스의 철학자이자 역사가, 정치가인 콩스탕탱 프랑수아 볼네(1757~1820)의 책. 중동 지역을 중심으로 여러 제국의 흥망사를 설명한다.

못했을 거야. 펠릭스는 웅변조의 문체와 동양의 저자들을 모방한 구조 때문에 그 책을 골랐다고 하더군.《제국의 유적》으로 나는 얄팍하게나마 역사 지식을 쌓고 현존하는 여러 제국을 훑어볼 수 있었지. 지구상에 존재하는 다양한 나라의 풍습과 정치, 종교에 관한 내용이 담겨 있었거든. 게으른 아시아인들, 그리스인들의 굉장한 천재성과 지적 활동, 초기 로마인들의 전쟁과 경이로운 미덕, 그 후의 타락과 막강한 제국의 쇠퇴, 기사도와 기독교, 왕들의 이야기도 실려 있었어. 아메리카 대륙의 발견을 다룬 부분에서는 원주민들의 불행한 운명을 들으며 사피와 함께 울기도 했다.

이런 놀라운 이야기를 들으면서 묘한 감정에 휩싸였지. 인간은 정말 그토록 강인하고 고결하며 숭고하면서도 한편으로는 악랄하고 야비한 존재인가? 어떤 때는 악마의 법을 따르는가 싶다가도 또 어떤 때는 고결하고 신적인 존재가 되더군. 훌륭하고 고결한 인간이 되는 것은 이성을 지닌 존재에게 가장 고귀한 영광인 반면, 기록에 나온 많은 이들처럼 야비하고 악랄한 인간이 되는 것은 가장 지독한 타락, 눈먼 두더지나 힘없는 버러지보다도 더 미천한 상태로 전락하는 일인 듯 보였어. 인간이 어떻게 같은 인간을 죽일 수 있는지 혹은 법과 국가가 왜 존재하는지 오랫동안 이해하지 못했는데, 악행이나 학살에 관한 상세한 설명을 듣고 나니 더는 놀랍지 않더군. 오히려 혐오스럽고 넌더리가 나서 고개를 돌렸지.

이제 집주인들이 대화를 나눌 때마다 새록새록 놀라운 무언가를 배워갔어. 펠릭스가 아라비아 여인에게 가르치는 내용을 들으면서 나는 인간 사회의 이상한 체계를 이해하게 됐지. 재산의 분배, 엄청난 부와 처참한 빈곤, 계급, 하층민과 귀족 따위에 대해서도 들었다.

그런 이야기를 들으면서 나 자신을 돌아보게 됐지. 당신네 인간들이 가장 우러르는 것은 부를 겸비한 고결하고 순수한 혈통이더군. 둘 중 하나만 가져도 존경받을 수 있어. 하지만 둘 다 갖지 못하면 아주 드문 경우를 제외하고는 부랑자나 노예 취급을 당하며 선택받은 소수의 이익을 위해 재능을 바치는 운명에 처했지! 그렇다면 나는? 내가 어떻게 탄생했는지, 누가 나를 만들었는지는 몰라도 한 가지는 분명하게 알고 있었다. 나는 돈이나 친구뿐 아니라 무엇 하나 소유하지 못했다는 것. 겉모습은 소름 끼치도록 징그럽고 역겨운 데다 인간과 다른 기질을 지녔지. 인간보다 민첩하고, 더 거친 음식으로도 버틸 수 있었어. 지독한 추위와 더위를 별 탈 없이 견디고 덩치도 인간보다 훨씬 더 컸어. 주위에서 나 같은 존재는 본 적도 들은 적도 없었다. 그렇다면 나는 괴물일까? 지상의 오점일까? 그래서 모든 인간이 피하고 도망치는 것일까?

이런 생각이 내게 안겨준 고통은 말로 표현할 수 없다. 무시하려 했지만 아는 것이 많아질수록 더욱 서글퍼졌지. 아, 그냥 처음 머물렀던 숲에서 영원히 살았더라면, 허기와 갈증,

더위 말고는 아무것도 알지도 느끼지도 못했더라면 더 좋았을 것을!

앎이란 참으로 묘하더군! 바위에 낀 이끼처럼 한번 머릿속을 뒤덮고 나자 도무지 떠날 줄을 몰랐어. 때로는 모든 생각과 감정을 떨쳐낼 수 있다면 좋겠다고 생각했지. 하지만 고통을 이기는 방법은 한 가지뿐이라는 것을 깨달았다. 바로 죽음이었어. 두렵지만 나로서는 온전히 이해하지 못하는 상태. 나는 집주인들의 미덕과 선한 감정을 동경했고 그들의 예의 바른 태도와 상냥한 성격을 좋아했지만 그들과 교류할 수 없었어. 그들은 나를 보지도 알지도 못하는 상태에서 나 혼자 소통했지만 그런 식의 교류는 동족에 대한 욕구를 채워주기는커녕 더 키울 뿐이었지. 아가타의 상냥한 말과 매혹적인 아라비아 여인의 생기 넘치는 미소는 나를 향한 것이 아니었어. 노인의 훈훈한 격려와 사랑받는 펠릭스의 활기찬 대화도 나를 향한 것은 아니었다. 나는 비참하고 불행한 존재였어!

그보다 훨씬 더 깊이 새겨진 가르침도 있었다. 나는 남녀의 차이, 아이의 탄생과 성장에 관한 이야기를 들었어. 아버지가 아이의 웃음과 재롱에 얼마나 즐거워하는지, 어머니가 얼마나 고귀한 의무에 평생을 바치는지, 청년들은 어떻게 견문을 쌓고 지식을 넓히는지 알게 됐지. 형제와 자매, 그 밖에 인간의 다양한 관계에 대해서도 들었다.

그렇다면 나의 가족과 친구들은 어디에 있을까? 어릴 때 나를 지켜봐준 아버지도 없었고, 웃는 얼굴로 나를 어루만지며 축복해준 어머니도 없었다. 설사 있었을지 몰라도 나의 과거는 하나의 점처럼 느껴졌지. 아무것도 보이지 않고 아무것도 구분할 수 없는 공백이었어. 내가 기억하는 한 내 몸집은 처음부터 지금과 같았다. 나와 비슷한 존재를 본 적도 없고 나와 교류하려는 사람도 없었지. 나는 무엇일까? 그 의문이 다시 고개를 들었지만 신음만 나올 뿐 답은 떠오르지 않았어.

그럴 때 내 심정이 어떠했는지는 나중에 설명하기로 하고 지금은 다시 그 집 사람들 이야기로 돌아가겠다. 그들의 이야기를 들으면서 때로는 분노했고 때로는 기뻐하거나 놀라기도 했어. 하지만 결국 내 보호자들(순진하고 쓸쓸한 자기기만이라고 해도 나는 그들을 이렇게 부르고 싶었다)을 향한 사랑과 존경이 더욱 깊어졌지."

제6장

"시간이 꽤 지나서야 내 친구들의 과거사를 알게 됐다. 경험이 부족한 나에게는 흥미진진하고 놀라운 상황이 어찌나 많던지 절로 머릿속에 깊이 새겨지더군.

노인의 이름은 드라세였어. 프랑스의 명문가에서 태어난 그는 윗사람들에게 인정받고 친구들에게 사랑받으며 오랜 세월 그곳에서 풍족한 삶을 누렸지. 노인의 아들은 나랏일을 할 사람으로 자랐고 아가타는 지체 높은 여인들과 어울렸어. 내가 오기 몇 달 전만 해도 그들은 파리라는 크고 호화로운 도시에서 살았더군. 주위에는 친구가 많았고 어느 정도의 재산과 함께 덕망과 세련된 지성, 취향이 보장해주는 모든 즐거움을 누리며 살았지.

그들이 몰락하게 된 계기는 사피의 아버지였다. 사피의 아버지는 오랫동안 파리에서 거주한 튀르크 상인이었는데, 내가 알아내지 못한 어떤 이유로 그 무렵 프랑스 정부의 미움을 샀다더군. 결국 그는 감옥에 붙잡혀 들어갔고, 하필 그날 사피가 콘스탄티노플에서 아버지를 찾아왔어. 그는 재판을 받고 사형을 선고받았지. 누가 봐도 부당한 판결이라 파리 전체가 분개했어. 뒤집어쓴 누명보다는 종교와 재산 때문에 사형선고를 받은 게 분명했거든.

재판에 참석한 펠릭스는 법원의 판결을 듣고 경악과 분노에 휩싸였어. 그는 이 상인을 반드시 구하겠다고 마음먹고 백방으로 방법을 강구했지. 감옥 안에 들어가려고 갖은 시도를 한 끝에 경비가 느슨한 구역에서 튼튼한 쇠창살이 달린 창문을 발견했어. 이 창문으로 쇠사슬에 묶인 채 절망 속에서 가혹한 형 집행을 기다리고 있는 그 불행한 이슬람교도의 감방이 내려다보였지. 펠릭스는 밤에 다시 쇠창살이 달린 창문으로 찾아가서 상인에게 돕겠다는 뜻을 전했어. 튀르크 상인은 놀라고 기뻐하며 구원자의 열정에 불을 지피기 위해 두둑한 보상을 약속했다더군. 펠릭스는 펄쩍 뛰며 사양했지만 때마침 아버지를 면회하러 온 사랑스러운 사피를 보게 된 거야. 그녀가 몸짓으로 깊은 고마움을 표하자 펠릭스는 이 상인에게 실로 그의 모험과 노고를 충분히 보상해줄 보물이 있다고 인정하지 않을 수 없었어.

튀르크 상인은 펠릭스가 자기 딸에게 반한 것을 눈치채고는 그의 환심을 굳히기 위해 자신을 안전한 곳으로 데려가주면 곧바로 딸과 혼인하게 해주겠다고 약속했어. 진중한 펠릭스는 이 제안을 덥석 받아들이지 않았지만 내심 사피와의 행복한 결혼을 기대했지.

그 후 상인의 탈출을 준비하는 며칠 동안 펠릭스는 이 사랑스러운 여인에게 몇 통의 편지를 받고 더욱 열정을 불살랐어. 여인은 아버지의 하인 가운데 프랑스어를 아는 노인의 도움을 받아 사랑하는 사람의 언어로 자기 마음을 표현했지. 아버지를 도와주려는 그에게 진심 어린 고마움을 표하고 자신의 운명을 한탄하기도 했어.

지금 내가 그 편지들을 갖고 있다. 헛간에서 지내는 동안 글을 연습할 교재를 찾았는데 펠릭스나 아가타가 자주 그 편지들을 들고 있었거든. 떠나기 전에 당신에게 주겠다. 내 이야기가 사실이라는 증거가 될 테니. 하지만 벌써 해가 많이 기울었으니 편지의 중요한 내용만 간략하게 얘기하겠다.

사피에 따르면, 아랍인인 그녀의 어머니는 기독교 신자라는 이유로 튀르크인들에게 붙잡혀 노예가 됐지만 아름다운 미모로 사피 아버지의 마음을 사로잡아 결혼하게 됐다. 사피는 어머니를 침이 마르도록 칭송하더군. 자유인으로 태어난 그녀의 어머니는 속박에 얽매이게 된 신세를 몹시 한탄했지. 딸에게 자신이 믿는 종교의 교리를 가르쳤고, 이슬람교 여성들에게는 허락되지 않는 독립적 사고와 지성을 독려했어. 어머니는 세상을 떠났지만 어머니에게 배운 지혜는 사피의 머릿속에 영원히 새겨졌지. 그래서 동양으로 돌아가 답답한 이슬람교의 성역 안에서 소소한 즐거움에 만족하며 지낼 생각을 하니 진저리가 났어. 원대한 이상과 고귀한 미덕을 실천하는 데 익숙해진 그녀에게는 맞지 않는 삶이었으니까. 그러니 기독교도와 결혼해 여성도 사회의 일원이 될 수 있는 나라에서 살고 싶다고 하더군.

튀르크 상인의 처형 날짜가 정해졌지만 그는 전날 밤 감옥을 탈출해 날이 밝기 전에 파리에서 꽤 멀리 달아났어. 펠릭스가 자기 아버지와 여동생, 그리고 자신의 이름으로 여권을 위조해주었거든. 그전에 펠릭스는 아버지에게 자신의 계획을 털어놓았고 그의 아버지는 주변 사람들에게 여행을 간다고 둘러대고는 딸과 함께 집을 떠나 파리의 외딴곳으로 숨었어.

펠릭스는 도망자들을 데리고 프랑스를 가로질러 리옹으로 간 뒤 몽스니를 넘어 리보르노•로 갔어. 그곳에서 상인은 튀르크의 영토로 돌아갈 기회를 엿보기로 했지.

사피는 아버지가 떠날 때까지 곁에 있기로 했어. 튀르크 상인은 딸과 자기 구원자의 혼인을 다시 한번 약속했고 펠릭스는 그녀와 결혼하기를 기대하며 그들 곁에 남았어. 그사이 한결같이 순수한 애정을 보여준 아라비아 여인과 즐거운 시간을 보냈지. 두 사람은 통역사를 두고 대화하기도 했지만 그저

● 이탈리아 토스카나주의 항구도시.

표정으로 상대의 마음을 읽기도 했어. 사피는 그에게 고국의 아름다운 노래를 불러주기도 했지.

튀르크 상인은 둘의 교제를 허락하며 젊은 연인들에게 희망을 주었지만 사실은 다른 계획을 품고 있었어. 그는 딸이 기독교도와 결혼하는 것을 원치 않았지만, 내키지 않아 하는 모습을 보이면 펠릭스가 앙심을 품을까봐 두려웠던 거야. 그가 그들이 머무는 이탈리아 당국에 자신을 밀고할 수도 있으니까. 아직은 자신의 운명이 구원자의 손에 달려 있다고 생각한 거지. 그는 펠릭스를 끝까지 속이다가 몰래 딸을 데리고 떠날 방법을 수없이 고심했어. 그러다 마침내 파리에서 그의 계획에 도움이 될 만한 소식이 날아왔지.

사형수의 탈옥에 격분한 프랑스 정부가 조력자를 처벌하기 위해 수색을 벌였고, 펠릭스의 음모가 금세 발각돼 드라세와 아가타가 투옥됐다는 소식이었어. 그 순간 펠릭스는 즐거운 꿈에서 깨어났지. 노쇠한 시각장애인 아버지와 곱게 자란 여동생이 감옥에서 고통받고 있는데 자신은 시원한 바람을 맞으며 사랑하는 여인과 노닥거리고 있었다니. 그렇게 생각하니 무척 괴로웠다고 하더군. 그는 곧장 튀르크 상인을 만나서 만약 자신이 이탈리아로 돌아오기 전에 탈출할 기회가 생긴다면 사피는 리보르노의 수녀원에 묵게 하라고 당부했어. 그런 뒤 사랑하는 아라비아 여인을 떠나 서둘러 파리로 돌아가서 자수했지. 그러면 드라세와 아가타가 풀려날 거라고 생각했거든.

하지만 뜻대로 되지 않았어. 세 사람은 다섯 달 동안 투옥된 끝에 재판을 받았고, 그 결과 재산을 몰수당하고 고국에서 영원히 추방당한 거야.

　독일로 떠난 그들은 허름한 집에서 비참한 삶을 살게 됐지. 그때 내가 그들을 만났고. 펠릭스는 곧 튀르크 상인의 소식을 들었어. 그의 가족이 엄청난 고난을 감수하고 구해준 그 상인은 야비하게도 자기 구원자가 빈털터리로 몰락했다는 소식을 듣고 선의와 도의에 등을 돌린 채 딸을 데리고 이탈리아를 떠나버렸지. 생계에 보태라며 눈곱만큼의 돈을 보낸 것은 오히려 모욕이었어.

　내가 처음 그 헛간에 들어갔을 때 펠릭스는 이런 일에 마음을 다쳐서 가족 중 가장 비참해 보였던 거야. 가난은 얼마든지 견딜 수 있었고 그런 고난이 선행의 결과라면 오히려 명예롭게 느낄 수도 있었지만, 튀르크 상인에게 배신당하고 사랑하는 사피까지 잃은 일은 회복할 수 없이 고통스러운 불행이었지. 그러다 아라비아 여인이 찾아오면서 그의 마음은 다시 활력을 되찾았어.

　튀르크 상인은 리보르노에서 펠릭스가 부와 명예를 모두 잃었다는 소식을 듣고는 딸에게 옛 연인은 잊고 아비와 고국으로 돌아갈 채비를 하라고 명령했다더군. 착한 사피조차도 이 명령에 분개했지. 그녀는 아버지를 설득하려 노력했지만 아버지는 화를 내며 위압적으로 명령을 되풀이하고 나가버렸어.

며칠 뒤 튀르크 상인은 황급히 딸의 방에 들어와서는 자기가 리보르노에 숨어 있다는 사실이 발각돼 곧 프랑스 정부에 넘겨질 판이라고, 그래서 콘스탄티노플로 자신을 실어다 줄 배를 한 척 빌려서 두세 시간 뒤에 출발해야 한다고 말했어. 그는 딸을 믿을 만한 하인에게 맡기고는 자기 재산의 상당 부분이 아직 리보르노에 도착하지 않았으니 그것을 가지고 천천히 뒤따라오라고 했지.

혼자 남은 사피는 급변한 상황에서 스스로 계획을 세웠어. 종교도 정서도 맞지 않는 고국에서 살아갈 생각을 하니 끔찍했다더군. 자기에게 맡겨진 아버지의 문서들 때문에 사랑하는 남자가 자신의 조국에서 추방당했고 그 후 어디에 살고 있는지도 알게 됐어. 조금 망설이긴 했지만 결국 마음을 굳혔지. 갖고 있던 보석 몇 점과 약간의 돈을 들고 튀르크어를 아는 리보르노 태생의 수행원을 데리고 이탈리아를 떠나 독일로 향했어.

드라세의 집에서 80킬로미터쯤 떨어진 마을에 무사히 도착했을 때 수행원이 중병에 걸렸다더군. 사피는 그녀를 극진히 보살폈지만 가엾게도 여자는 세상을 떠났고 아라비아 여인은 언어도 물정도 모르는 낯선 나라에 혼자 남았어. 하지만 다행히 좋은 사람을 만났지. 그들이 묵었던 집의 안주인이 이탈리아 수행원이 말한 목적지를 기억하고 있다가 사피가 연인의 집에 무사히 가도록 도와주었다는 거야."

제7장

"여기까지가 내가 동경했던 그 집 사람들의 사연이다. 나는 깊이 감동받았지. 인간 사회를 바라보는 여러 관점을 배웠고, 이를 통해 인간의 미덕을 칭송하고 악행을 비난할 수 있게 됐어.

하지만 여전히 범죄와 같은 악은 나와는 거리가 먼 얘기였지. 내 앞에는 언제나 선과 관용의 장면이 펼쳐졌고, 그처럼 감탄을 자아내는 훌륭한 자질들이 선보이는 활기찬 무대에 나도 배우로 오르고 싶은 마음이 간절했어. 하지만 나의 지력이 발전한 과정을 들려주려면 그해 8월 초에 일어난 사건을 빼놓을 수 없다.

그날 밤에도 평소처럼 내 식량과 보호자들의 땔감을 구하러 근처 숲에 나갔다가 바닥에 떨어져 있는 가죽 여행 가방을 발견했어. 안에는 옷가지들과 책 몇 권이 들어 있더군. 나

는 웬 횡재인가 싶어 그것을 덥석 주워 들고 헛간으로 돌아
왔어. 다행히 그 안에 든 책들은 그 집에서 익힌 언어로 쓰
여 있었지.《실낙원》과《플루타르코스 영웅전》가운데 한 권,
《젊은 베르테르의 슬픔》이었어. 보물 같은 책을 손에 넣고 얼
마나 기뻤는지 모른다. 이제 내 친구들이 일하는 동안에도 꾸
준히 공부하고 역사를 익힐 수 있게 됐으니까.

　이 책들은 내게 이루 말할 수 없는 영향을 미쳤다. 내 안에
새로운 개념과 감정을 끊임없이 일깨웠고, 때로는 환희를 안
겨주었지만 깊은 절망에 빠뜨릴 때가 더 많았어.《젊은 베르테
르의 슬픔》은 단순하고 가슴 저미는 줄거리도 흥미로웠지만
그때까지 내가 제대로 알지 못했던 수많은 주제를 조명하며
끊임없이 놀라움을 자아내고 생각할 거리를 던져주었지. 거기
에 묘사된 온화하고 자상한 태도는 타인을 향한 고결한 감정
이나 느낌과 더불어 내가 나의 보호자들을 통해 보고 겪은 것
들, 그리고 내 가슴에 끊임없이 살아 숨 쉬는 욕망과도 일치했
어. 하지만 베르테르는 내가 직접 보거나 상상한 어떤 인간보
다도 고귀한 사람인 것 같더군. 그의 성품은 가식을 찾아볼 수
없었지만 깊이 가라앉아 있었어. 죽음과 자살을 고찰한 부분
은 한없이 경이로웠다. 비록 자살의 장단점을 세심하게 따져
볼 수는 없었지만 주인공의 견해 쪽으로 마음이 기울었고 그
가 죽었을 때는 제대로 이해하지도 못하면서 흐느꼈지.

　하지만 책을 읽으면서 내 감정과 상황을 들여다보았다. 책

에 나오는 인물들, 그 속에서 대화하는 인물들은 나와 비슷하면서도 묘하게 다르더군. 나는 그들에게 공감하고 어느 정도는 그들을 이해했지만 내 자아는 온전히 형성되지 않았어. 내게는 의지할 사람도 혈육도 없었지. '나의 출발지는 빈칸'이었고 내가 사라져도 슬퍼할 이가 없더군. 나의 외모는 흉측하고 몸집도 거대했어. 이것이 무엇을 의미할까? 나는 누구일까? 무엇일까? 어디서 왔으며 결국 어디로 가게 될까? 의문이 꼬리에 꼬리를 물었지만 도무지 답을 찾을 수 없었다.

내 손에 들어온 《플루타르코스 영웅전》에는 고대 공화국을 처음 세운 사람들의 이야기가 담겨 있었어. 이 책은 내게 《젊은 베르테르의 슬픔》과는 아주 다른 영향을 미쳤다. 베르테르의 사색에서 절망과 우울을 배웠다면, 플루타르코스는 고차원적인 관념을 가르쳐주었지. 그의 책은 한심한 상념에 갇혀 있던 나의 사고를 한껏 끌어올려 지난 시대의 영웅들을 동경하고 사랑하도록 북돋워주었어. 내가 이해하거나 경험하지 못한 수많은 개념이 담겨 있더군. 왕국, 광활한 영토, 힘차게 흐르는 강, 끝없는 바다 등의 개념은 모호하게나마 알고 있었지만 도시나 거대한 인간들의 집단은 생소한 개념이었지. 내게 인간의 본성을 가르친 학교는 내 보호자들의 집뿐이었는데, 이 책에는 더욱 복잡하고 새로운 활동 영역이 등장했어. 공무를 수행하며 같은 인간을 통치하거나 학살하는 인간들의 이야기를 접하면서 선과 악에 대해 뜨거운 열의와 혐오를 느꼈다. 내가 이해하는 한 그 두 가지는 상대적인 것이었고 나로서는 기쁨이나 고통과 연결할 수밖에 없었지. 그러다 보니 당연히 로물루스•나 테세우스••보다는 평화적인 법률 제정자인 누마•••와 솔론,•••• 리쿠르고스•••••를 더 존경하게 됐고. 내 보호자들이 어른을 공경하며 사는 모습을 보았기 때문에 이런 사고방식이 내게 깊게 뿌리를 내렸겠지. 만약 내가 처음 접한 인간이 명예와 살육의 야욕을 불태우는 젊은 군인이었더라면 사뭇 다른 감정이 깃들었을 거야.

하지만 《실낙원》은 무엇과도 다른, 한층 더 깊은 감정을 자극했다. 손에 들어온 다른 책들과 마찬가지로 나는 《실낙원》도 실화로 받아들였어. 자신의 피조물들과 싸우는 전지전능한 신을 묘사한 이야기가 그토록 흥미진진하다니 경이롭고 존경스럽더군. 내 신세와 기막히게 비슷한 상황들도 있어서 자주 감정이입을 했지. 나도 아담처럼 살아 있는 존재와 연결돼 있지 않았어. 하지만 다른 모든 면에서 그와 나의 상황은 너무도 달랐지. 그는 신의 손에서 완벽한 존재로 빚어져 행

●   전설상의 로마 건국자.

●●   그리스 신화에 나오는 아티카의 영웅.

●●●   로물루스의 뒤를 이은 고대 로마의 제2대 왕.

●●●●   고대 그리스 아테네의 정치가이자 시인.

●●●●●   고대 스파르타의 전설적인 입법자.

복하고 순조로운 삶을 살면서 창조주의 특별한 보살핌을 받았으니까. 고귀한 존재들과 대화를 나누며 그들의 지식을 배우기도 했고. 하지만 나는 의지할 데 없고 비참했으며 혼자였어. 나의 처지는 사탄과 더 가깝지 않을까 하는 생각도 수없이 했다. 축복받은 내 보호자들을 지켜보면서 사탄처럼 쓰디쓴 질투에 몸서리칠 때도 많았지.

이런 마음을 확실하게 굳혀준 사건이 또 하나 있었다. 처음 그 헛간에 터를 잡았을 때 당신의 실험실에서 가져온 옷의 호주머니에서 종이 몇 장을 발견했어. 그때는 딱히 눈여겨보지 않았지만 거기에 적힌 글을 이해할 수 있게 되자 열심히 해독하기 시작했지. 내가 완성되기까지 넉 달에 걸쳐 당신이 쓴 일지였어. 작업 과정을 단계별로 상세하게 기록해놓았더군. 가족에 관한 일도 간간이 섞여 있었고. 틀림없이 기억하겠지. 여기 있어. 내 저주받은 탄생에 관한 모든 것이 꼼꼼하게 묘사돼 있다. 나를 만들면서 겪었던 진저리 나는 상황들이 차례차례 눈앞에 펼쳐질 거야. 흉측하고 혐오스러운 내 모습을 상세히 묘사한 부분에서는 당신의 공포가 생생하게 느껴졌고 나 역시 지울 수 없는 공포를 느꼈다. 읽으면서 욕지기가 나더군. 나는 괴로워하며 소리쳤어. '내가 생명을 얻게 된 날은 얼마나 끔찍한가! 저주받을 창조자! 어째서 스스로도 혐오감에 고개를 돌릴 만큼 끔찍한 괴물을 만들었단 말인가? 신은 자신의 모습을 본떠 아름답고 매혹적인 인간을 만들었는데,

나는 인간을 본떴음에도 추악하고 오히려 인간과 비슷해서 더 진저리 나는 형상이 됐지. 사탄에게도 칭송하고 격려해주는 동료가 있었는데 나는 미움받는 외톨이로 살고 있구나.'

절망과 고독에 사무칠 때면 이런 상념에 시달렸지만 내 집 주인들의 선한 마음씨와 상냥하고 다정한 성격을 떠올리며 다시 마음을 다잡았다. 내가 그들의 선량함을 얼마나 동경하는지 털어놓으면 그들은 나를 불쌍히 여기고 나의 흉측한 외모를 눈감아줄 거라고 마음을 다독였지. 겉모습이 아무리 괴상하다 해도 동정과 우정을 애걸하는 이를 문전박대할 수 있을까? 섣불리 좌절하기보다는 내 운명을 좌우할 첫 만남을 위해 만반의 준비를 하기로 마음먹었다. 그들과 만나는 날을 몇 달 더 미루기로 결심했어. 첫 만남의 성공이 중요한 만큼 실패하면 어쩌나 하는 두려움도 컸거든. 게다가 나날이 새로운 경험으로 지식이 늘어가는 것을 알았으니 몇 달 더 지혜를 쌓은 뒤에 시도하는 편이 좋겠다 싶었지.

한편 그 집에는 몇 가지 변화가 일어났다. 사피가 오면서 집안에 행복한 기운이 퍼졌고, 어느새 삶이 더 풍족해진 것 같더군. 펠릭스와 아가타는 하인들에게 일을 맡기고 대화를 하며 즐기는 시간이 많아졌어. 부유해 보이지는 않았지만 만족하며 행복하게 지내는 것 같았지. 그들의 마음은 한없이 차분하고 평온했지만 내 마음은 나날이 더 복작거렸어. 아는 것이 많아질수록 내가 얼마나 비참한 이방인인지 뼈저리게 깨달았으니까. 희망을 품었다가도 물에 비친 내 모습이나 달빛이 드리우는 그림자를 볼 때면 어렴풋한 반영에도, 일렁이는 그림자에도 절망이 밀려왔지.

두려움을 이기고 몇 달 뒤로 계획한 심판의 날을 위해 마음을 굳게 먹으려고 노력했다. 가끔은 내 머릿속의 생각이 이성의 제지 없이 낙원의 들판을 마음껏 돌아다니게 내버려두기도 했어. 상냥하고 다정한 사람들이 내 마음을 이해해주고 침울해하는 나를 응원하며 천사 같은 얼굴로 위로의 미소를 지어주는 상상도 했지만 모두 꿈에 불과했지. 내 슬픔을 달래주거나 내 생각에 공감해주는 이브는 없었다. 나는 철저히 혼자였어. 아담이 창조주에게 애원한 일이 떠오르더군. 하지만 나의 창조주는 어디 있단 말인가? 그는 나를 버렸다. 비통한 심정에 빠질 때면 나는 그를 저주했다.

그렇게 가을이 지나갔어. 나뭇잎이 힘을 잃고 떨어지면서 내가 숲과 아름다운 달을 처음 보았을 때처럼 자연이 다시 황량하고 삭막하게 변해갔지. 그 광경이 놀랍기도 하고 슬프기도 했어. 하지만 가혹한 계절의 변화는 내게 그리 중요하지 않았다. 어차피 나의 몸은 더위보다 추위를 더 잘 견뎠지. 그러나 내게 큰 즐거움을 주던 꽃과 새, 여름의 활기찬 풍경이 사라지자 나는 자연히 그 집 사람들에게 더 관심을 쏟았어. 그들의 행복한 생활은 여름이 가도 변함없이 이어지더군. 주위에서 무슨 일이 일어나든 그들은 여전히 서로 사랑하고 이해하며 상대가 기뻐하는 모습에 즐거워했어. 그런 광경을 볼수록 그들의 보호와 온정을 누리고픈 마음이 간절해졌지. 상냥한 그들이 나를 알고 사랑해주기를 절실히 바랐고, 다정한 얼굴로 나를 돌아봐주면 얼마나 좋을까 하고 바랐어. 내 모습에 질색하고 경악하며 고개를 돌릴 거라는 생각은 차마 할 수 없었다. 그들은 가난한 이들이 찾아와도 한 번도 쫓아내지 않았거든. 물론 나는 그저 주린 배를 채울 음식이나 잠시 쉬어 갈 곳을 원하는 게 아니었지만. 나는 온정과 공감을 바랐지. 그래도 터무니없는 바람이라고 생각하지는 않았어.

겨울이 다가왔고 나는 모든 계절을 한 번씩 겪은 뒤 처음 세상에서 마주한 계절을 다시 맞이하게 됐어. 그 무렵 나는 내 보호자들에게 나를 드러내는 계획을 세우는 데 몰두해 있었지. 수많은 방법을 고심한 끝에 결국 눈먼 노인이 집에 혼자 있을 때 들어가기로 마음먹었어. 그전에 만났던 사람들이 경악했던 이유는 주로 나의 기이하고 징그러운 외모 때문이었다는 것을 알 만큼 판단력이 생겼으니까. 내 목소리는 거칠어도 경악할 정도는 아니었지. 그러니 드라세 노인이 혼자 있을 때 호감을 산 뒤 그를 통해 젊은 보호자들에게 접근하면 그들도 나를 받아줄 거라고 생각했어.

햇살이 따스하진 않아도 땅에 흩어진 붉은 낙엽 위로 빛을 내리쬐며 활기를 더해주던 어느 날, 사피와 아가타, 펠릭스가 멀리 산책을 하러 나가려는데 노인은 혼자 집에 남겠다고 하더군. 자식들이 모두 나가고 나자 노인은 기타를 들고 구슬프면서도 감미로운 음악을 몇 곡 연주했지. 그때까지 들었던 그의 연주 가운데 가장 달콤하고 애처로웠어. 연주가 거듭되는 동안 환희로 빛났던 얼굴에 걱정과 슬픔이 깃들더니 마침내 그는 악기를 내려놓고 깊은 생각에 잠겼지.

가슴이 요동쳤다. 꿈과 두려움 가운데 어느 쪽이 현실이 될지 판가름 나는 심판의 순간이 코앞에 닥쳤으니까. 하인들은 근처 장에 나가고 없었어. 집이 안팎으로 모두 고요했으니 좋은 기회였지. 하지만 막상 계획을 실행하려니 다리가 후들거려 주저앉고 말았어. 다시 일어나서 마음을 다잡고 내 은신처를 감추기 위해 헛간 앞에 놓아둔 판자들을 치웠지. 상쾌한 공기를 마시자 기운이 나더군. 나는 마음을 다잡고 본채의 문으로 다가갔어.

문을 두드리자 노인의 목소리가 들리더군. '누구요? 들어오시오.'

나는 안으로 들어가서 이렇게 말했어. '불쑥 찾아와서 죄송합니다. 지나던 나그네인데 잠시 쉬어 갈 곳이 필요해서요. 잠깐 불을 쬐게 해주신다면 감사하겠습니다.'

드라세가 대꾸했어. '들어오시오. 뭐라도 내드리고 싶지만 안타깝게도 자식들이 집을 비웠고 나는 앞을 볼 수 없어서 먹을 것을 대접하기는 어려울 것 같군요.'

'걱정하지 마세요, 어르신. 먹을 것은 있습니다. 잠깐 몸을

녹이고 쉬기만 하면 됩니다.'

나는 자리를 잡고 앉았다. 침묵이 이어졌지. 일 분 일 초가
아쉬웠지만 대화를 어떻게 시작할지 몰라서 갈팡질팡하고
있었어. 그때 노인이 입을 열더군.

'말투로 봐선 나의 고국에서 온 듯한데, 혹시 프랑스 사람
이오?'

'아닙니다. 하지만 프랑스인 가족에게 교육을 받아서 프랑
스어만 할 줄 압니다. 저는 친구들에게 보호자가 돼달라고 부
탁하러 가는 길입니다. 제가 진심으로 사랑하는 사람들이니
제 부탁을 꼭 들어주면 좋겠네요.'

'그들이 독일인이오?'

'아뇨, 프랑스인입니다. 하지만 그전에 드릴 말씀이 있어요.
저는 버림받은 불행한 사람입니다. 혈육이나 친구도 없고요.
제가 찾아가려는 그 선량한 사람들은 저를 본 적도 없고 알
지도 못합니다. 그래서 걱정이에요. 그들이 받아주지 않으면
저는 영원히 외톨이로 살아야 하니까요.'

'낙담하지 마시오. 친구가 없는 것은 실로 불행한 일이지
만, 눈앞의 사리사욕에 휘둘리지만 않는다면 우애와 자비가
넘치는 것이 인간의 마음이라오. 그러니 희망을 잃지 마시오.
그 친구들이 선하고 다정한 사람들이라면 절망할 이유가 없
어요.'

'선한 사람들입니다. 세상에서 가장 훌륭한 사람들이지요.

하지만 안타깝게도 그들은 저에게 선입견을 품고 있을 겁니다. 저는 선량한 사람입니다. 살면서 누구에게도 해를 입힌 적이 없고 오히려 도움을 주었지요. 하지만 위험한 선입견이 눈앞을 가려 온정과 배려가 넘치는 친구를 역겨운 괴물로 본답니다.'

'참으로 안타깝군요. 하지만 실로 잘못한 일이 없다면 그들의 오해를 풀면 되지 않소?'

'지금 그렇게 하려는 겁니다. 그래서 이토록 두려움에 전전긍긍하고 있지요. 저는 그 친구들을 소중하게 생각합니다. 오랫동안 그들이 모르게 매일 도와주기도 했고요. 하지만 그들은 제가 자기들을 해치려 한다고 믿고 있어요. 이런 선입견을 깨고 싶습니다.'

'그 친구들이 어디에 살아요?'

'이 근처입니다.'

노인은 잠시 멈칫하더니 다시 말을 이었어. '내게 좀 더 솔직하고 자세한 이야기를 들려준다면 내가 오해를 풀도록 도울 수 있을 거요. 나는 눈이 멀어서 당신의 표정을 볼 수 없지만 이야기를 들어보니 진심이 담겨 있는 것 같소. 내 비록 가난한 망명자 신세지만 누군가에게 어떻게든 도움이 된다면 아주 기쁜 일이지요.'

'훌륭한 분이시군요! 그렇다면 호의를 감사히 받겠습니다. 수렁에 빠진 저를 구해주시는군요. 어르신께서 도와주신다면

인간들에게 배척당하고 쫓겨날 일은 없을 겁니다.'

'그래선 안 되지! 설사 진짜 죄인이라고 해도 그렇게 대하면 절박한 신세가 되어 더더욱 선하게 살 수 없게 된다오. 나도 불행을 겪었소. 우리 가족은 억울한 누명을 뒤집어썼지. 그러니 당신의 불행에 공감하지 않을 수 없군요.'

'유일하게 저를 이해하고 도우려 하시는 어르신에게 어떻게 고마움을 표현해야 할는지요. 제게 이렇게 다정하게 얘기해주신 분은 처음이라 몸 둘 바를 모르겠습니다. 어르신이 도와주신다면 제가 만나려는 친구들도 저를 믿어줄 겁니다.'

'친구들의 이름과 사는 곳을 말해주겠소?'

나는 선뜻 대답하지 못했어. 이대로 행복을 빼앗길 것인지 영원히 누릴 것인지 판가름 나는 순간이었으니까. 마음을 굳게 먹고 대답하려 했지만 입이 떨어지지 않았고, 그러다 맥이 풀렸지. 나는 의자에 깊숙이 몸을 파묻고 소리 내 울었다. 그때 젊은 보호자들의 발소리가 들리더군. 더 지체할 수는 없었지. 나는 노인의 손을 붙잡고 울부짖었어. '지금이에요! 저를 구해주세요. 저를 도와주세요! 어르신의 가족이 바로 제가 찾아가려던 친구들입니다. 부디 심판의 순간에 저를 버리지 마세요!'

'이런, 세상에! 당신 대체 누구요?' 노인이 소리치더군.

그 순간 문이 열리고 펠릭스와 사피, 아가타가 들어왔어. 나를 본 순간 그들의 얼굴에 떠오른 공포와 경악을 어느 누가 묘사할 수 있을까? 아가타는 기절했고 사피는 친구를 돌보지 못한 채 밖으로 뛰쳐 나갔어. 펠릭스는 쏜살같이 달려들어 아버지의 무릎에 매달린 나를 초인적인 힘으로 떼어놓더군. 몹시 화를 내며 나를 바닥으로 내팽개치고 몽둥이로 두들겨 팼어. 나는 영양을 잡아먹는 사자처럼 그의 사지를 갈가리 찢어버릴 수도 있었다. 하지만 가슴이 무너지고 욕지기가 나서 참았어. 그가 다시 때리려는 순간, 나는 고통과 분노를 억누르고 그 집에서 나와 소란스러운 틈을 타서 몰래 다시 헛간으로 도망쳤어."

제8장

"저주받을 몹쓸 창조자여! 나는 왜 살았을까? 당신이 제멋대로 부여한 생명의 불꽃을 왜 그 순간에 꺼버리지 않았을까? 나도 모른다. 절망에 사로잡히기보다는 분노와 복수심에 불탔기 때문이겠지. 나는 그 집과 가족을 파괴하고 그들이 비명을 지르며 괴로워하는 모습을 보며 희희낙락할 수도 있었어.

밤이 되자 은신처에서 벗어나 숲을 떠돌았다. 이제 발각돼도 두려울 것이 없었으므로 섬뜩하게 울부짖으며 분노를 쏟아냈지. 올가미를 뚫고 나온 들짐승처럼 발에 차이는 대로 모조리 짓밟으며 수사슴처럼 숲을 뛰어다녔어. 아, 얼마나 비참한 밤이었는지! 하늘의 별들은 조롱하듯 차갑게 빛났고 머리 위에서 벌거숭이 나무들이 가지를 흔들어대더군. 온 세상이 고요했지만 이따금 정적을 뚫고 달콤한 새의 지저귐이 들려왔어. 나만 빼고 세상의 모든 것이 쉬거나 즐기고 있었지. 나는 악마처럼 가슴에 지옥을 품었다. 아무도 이해해주지 않는 삶, 차라리 나무들을 다 뽑아버리고 주위를 파괴한 뒤 난장판을 바라보며 즐기고 싶더군.

하지만 그런 감상에 젖는 것조차 내겐 사치였다. 몸을 혹사한 탓에 피로가 몰려오더군. 나는 축축한 풀밭에 주저앉아 무기력한 절망감에 몸서리쳤어. 수많은 인간 가운데 누구 하나 나를 동정하거나 도와주지 않는데 내가 적에게 호의를 베풀어야 한단 말인가? 그럴 수야 없지. 그 순간 나는 인간들, 특히 나를 만들고 견딜 수 없는 불행으로 몰아넣은 내 창조자와 영원한 전쟁을 벌이기로 다짐했다.

어느새 동이 트고 인간들의 목소리가 들리더군. 그날 은신처로 돌아가기는 글렀으니 울창한 숲에 몸을 숨긴 채 몇 시간 동안 나의 상황에 대해 생각해보기로 했어.

한낮의 기분 좋은 햇살과 상쾌한 공기가 마음을 조금 가라앉혀주더군. 그 집에서 있었던 일을 되짚어보니 내가 너무 조급하게 일을 끝내려 했다는 생각이 들었어. 나는 분명 경솔하게 행동했지. 노인은 내 이야기를 듣고 호감을 보이는 것 같았는데 내가 어리석게도 그의 자식들 앞에 성급하게 나타나 겁을 주었어. 드라세와 좀 더 친해진 뒤에 그의 가족이 차츰차츰 내 존재를 알아가게 했다면 그들이 마음의 준비를 하고 나를 만날 수 있었을 텐데. 하지만 돌이킬 수 없는 실수는 아니라고 생각했어. 한참 고심한 끝에 나는 집으로 돌아가 다시 노인을 찾아가서 적절한 설명으로 설득해보기로 마음먹었어.

그런 생각을 하며 마음이 차분해지자 오후에는 깊은 잠에 빠졌지. 하지만 끓어오르는 피가 평화로운 꿈을 허락하지 않더군. 전날 겪은 끔찍한 장면이 끊임없이 눈앞에 펼쳐졌어. 여자들이 뛰어다니고 분노한 펠릭스가 아버지의 다리에 매달린 나를 떼어내는 장면. 기진맥진해서 깨보니 어느새 밤이더군. 나는 숨어 있던 곳에서 나와 먹을 것을 찾으러 갔어.

허기를 달랜 뒤 익숙한 오솔길을 따라 그 집으로 걸음을 옮겼지. 집은 아주 평화로웠어. 나는 헛간으로 들어가 평소에 식구들이 일어나는 시간을 조용히 기다렸어. 기상 시간이 지나고 해가 중천에 뜰 때까지 아무도 보이지 않더군. 불길한 예감에 부들부들 몸이 떨렸어. 집 안은 컴컴했고 인기척도 들리지 않았다. 말로 표현할 수 없을 만큼 괴로운 불안감이 밀려들었지.

얼마 후 마을 사람 두어 명이 지나가다가 집 앞에서 잠시 걸음을 멈추더니 요란한 몸짓을 섞어가며 대화하더군. 내 보호자들의 언어가 아니라 그 나라의 언어를 써서 알아들을 수 없었어. 그런데 때마침 펠릭스가 다른 사람과 함께 다가오는 거야. 아침에 나가는 것도 못 봤는데 어디에서 오는 걸까 궁금했지. 평소와는 다른 행동이 무엇을 의미하는지 알아보려고 초조하게 그가 입을 열기를 기다렸어.

함께 온 남자가 그에게 묻더군. '석 달 치 집세를 내야 하고 텃밭의 농작물도 버려야 할 텐데 괜찮겠소? 나도 부당한 이익을 보고 싶지는 않으니 며칠 더 생각해보고 결정하면 어떨까 싶은데.'

그러자 펠릭스가 대꾸했어. '그럴 필요 없습니다. 다시는 이 집에서 살지 않을 겁니다. 말씀드린 끔찍한 사건 때문에 아버지께서 위중한 상태입니다. 아내와 여동생도 평생 잊을 수 없는 공포에 시달렸어요. 괜히 설득하려고 하지 마십시오. 집을 내드릴 테니 떠나게 해주세요.'

그렇게 말하면서 펠릭스는 부들부들 몸을 떨었어. 그와 남자는 집 안으로 들어갔다가 몇 분 뒤에 나오더니 떠나버리더군. 그 뒤로 두 번 다시 드라세 가족을 보지 못했다.

그날 나는 온종일 극심한 절망에 빠져 멍하니 헛간에 틀어박혀 있었어. 내 보호자들이 떠났으니 나와 세상을 연결하는 유일한 고리가 끊어진 셈이었지. 처음으로 복수심과 증오가 가슴을 가득 메웠어. 나는 참지 않고 감정이 이끄는 대로 파괴와 죽음을 향해 나아가기로 했어. 내 친구들, 드라세의 온화한 목소리와 아가타의 다정한 눈, 아라비아 여인의 아름다운 자태를 떠올리자 나쁜 생각이 사라지고 눈물이 주룩주룩 흐르면서 마음을 다독여주는 듯했다. 하지만 그들이 나를 거부하고 떠났다고 생각하자 다시 화가 치밀었고, 차마 인간을 해칠 수는 없어서 생명이 없는 사물에 화풀이했지. 날이 저물자 불에 타는 것들을 이것저것 주워 와서 집 주위에 늘어놓고 텃밭의 농작물도 모조리 뽑아버렸어. 달이 지고 나면 준비한 일을 시작하려고 초조하게 기다렸지.

밤이 깊어가면서 숲에서 거센 바람이 불어와 하늘의 구름을 순식간에 흩뜨렸어. 무시무시한 눈사태처럼 몰아치는 광풍이 내게 광기를 불어넣으며 이성과 사고의 모든 경계를 허물어버렸지. 나는 마른 나뭇가지에 불을 붙인 뒤 저주받은 집을 돌며 분노의 춤을 추었어. 달이 닿을락 말락 하는 서쪽 지평선에 시선을 고정한 채로. 마침내 달의 일부가 가려지자 불붙은 나뭇가지를 흔들어대다가 달이 완전히 가라앉는 순간 큰 소리로 울부짖으며 집 주위에 늘어놓은 지푸라기며 덤불, 잡초에 불을 붙였어. 바람이 불길을 부채질하며 집은 순식간에 화염에 휩싸였지. 갈퀴처럼 갈라진 화마의 파괴적인 혀가 집을 핥기 시작했어.

누가 와도 손쓸 수 없다는 확신이 들자 나는 현장을 떠나 숲에 숨었다.

이제 내 앞에는 온 세상이 펼쳐져 있었고 나는 어디로 걸음을 옮겨야 할지 막막했어. 불운의 현장에서 멀리 도망가려 했지만 미움과 멸시를 받는 내게는 세상 어느 곳이든 끔찍할 게 분명했지. 그러다 문득 당신이 떠올랐어. 당신의 일지로 당신이 나의 아버지, 나의 창조자임을 알았으니까. 내게 생명을 준 자보다 내가 더 의지할 만한 사람이 어디 있겠나? 펠릭스가 사피를 가르칠 때 지리 교육도 빼놓지 않은 덕분에 나는 세계 여러 나라의 상대적인 위치를 배웠어. 나는 당신이 고향으로 언급한 제네바로 가기로 마음먹었지.

하지만 어떻게 찾아가야 할지 막막하더군. 남서쪽으로 가야 목적지에 닿는다는 것은 알았지만 나의 길잡이는 태양뿐이었다. 어떤 도시들을 지나야 하는지도 몰랐고 인간에게 길을 물어볼 수도 없었지. 하지만 절망하지 않았어. 당신을 향한 감정은 증오뿐이었지만 내가 도움을 청할 사람도 당신뿐이었지. 냉혹하고 무정한 창조자! 내게 모든 지각과 열정을 부여해놓고 인간의 경멸과 공포 앞에 나를 내팽개치다니. 하지만 내가 동정과 구원을 요구할 사람도 당신밖에 없으니 인간의 형상을 한 누구도 내게 보여주지 않은 정의를 당신에게서 찾기로 했다.

참으로 길고 험난한 여정이었지. 내가 오랫동안 살던 곳을 떠날 때는 늦가을이었다. 행여 인간을 마주칠까봐 밤에만 이동했어. 주변의 자연이 시들어갔고 태양도 온기를 잃어갔지. 시도 때도 없이 비와 눈이 내렸어. 힘차게 흐르던 강물은 얼어붙었고, 차가운 대지는 단단하고 황량하게 변해 쉴 곳도 마땅치 않았어. 아, 대지여! 내 존재의 근원을 얼마나 저주했던지! 온화한 성격은 어디론가 사라져버렸고 내 안에는 울분과 원망만 남았어. 당신이 사는 곳에 가까워질수록 가슴에서 복수의 불꽃이 무섭게 타올랐지. 눈이 내리고 물이 꽁꽁 얼어도 쉬지 않고 나아갔어. 이따금 우연히 길을 알게 되기도 했고 그 나라의 지도를 갖고 있기도 했지만 경로를 한참 벗어나 헤맬 때도 많았다. 괴로운 마음은 내게 휴식을 허락하지 않았지. 세상의 모든 일이 분노와 불행을 부추길 따름이었어. 햇살이 온기를 되찾고 대지가 다시 초록으로 물들기 시작할 무렵 스위스 국경에 이르렀는데, 그곳에서 나의 분하고 억울한 감정을 부채질하는 사건이 일어났어.

나는 주로 낮에 쉬고 사람이 없는 밤에만 이동했지. 그러다 어느 날 아침 동이 텄을 때 어차피 깊은 숲을 지나야 한다는 것을 깨닫고 가던 길을 계속 가기로 했다. 갓 피어난 봄이 포근한 햇살과 훈훈한 공기로 기운을 북돋워주더군. 오래전에 사라진 줄 알았던 평온함과 즐거움이 되살아나는 것을 느꼈어. 오랜만에 색다른 기분에 취한 나는 잠시 끔찍하고 외로운 신세를 잊고 그 기분을 만끽하며 행복에 젖어보기로 했지. 부드러운 눈물이 다시 뺨을 적셨다. 고마운 마음이 밀려들었어. 나는 고개를 들고 내게 그런 즐거움을 허락해준 아름다운 태양을 촉촉한 눈으로 한참 바라보았지.

그러다가 다시 걸음을 옮겨 구불구불한 숲길을 나아갔어. 숲의 경계에 이르자 물살이 거세고 깊은 강이 나타나더군. 강물에 가지를 드리운 나무들에는 새순이 돋아나고 있었어. 잠시 멈춰 서서 어느 쪽으로 가야 할지 망설이고 있을 때 사람들의 목소리가 들렸다. 나는 얼른 사이프러스 그늘 아래로 숨었어. 간신히 몸을 피했는데, 어린 소녀가 누군가와 장난을 치는 듯 웃으면서 나의 피신처로 달려오더군. 소녀는 가파른 강둑에서 갑자기 발이 미끄러져 급류에 빠지고 말았어. 나는 숨어 있던 곳에서 뛰어나가 물살을 헤치고 힘겹게 소녀를 구해 강가로 끌어올렸지. 정신을 잃은 소녀를 깨우려고 안간힘을 쓰고 있는데, 웬 시골 사내가 불쑥 나타났어. 소녀와 장난을 치던 사람인 것 같더군. 그는 나를 보고 쏜살같이 달려오더니 내 품에서 소녀를 낚아채 황급히 숲속으로 들어갔지. 어째서인지 나는 서둘러 그를 따라갔어. 사내는 내가 다가오는 것을 보고 몸에 지니고 있던 총을 꺼내 쏴버리더군. 나는 바닥으로 쓰러졌고 나를 쏜 사내는 더욱 속도를 내서 숲속으로 도망쳤어.

그것이 내 선행의 대가였다! 위험에 처한 인간을 구해주고는 뼈와 살이 으스러져 끔찍한 고통에 몸부림치고 있었지. 조금 전에 품었던 선한 마음이 지독한 분노로 바뀌면서 이가 갈리더군. 통증 때문에 몹시 화가 난 나는 영원히 모든 인간을 증오하고 복수하겠다고 맹세했다. 그러다 총상의 고통에 짓눌려 맥을 못 추고 정신을 잃었지.

몇 주 동안 숲에서 비참하게 생활하며 상처를 치료하려고 안간힘을 썼어. 어깨에 총을 맞았는데, 총알이 박혀 있는지 뚫고 나갔는지도 알 길이 없었고 어차피 빼낼 방법도 없었지. 상처와 함께 억울함과 배신감이 고통을 더했다. 날마다 복수의 칼을 갈았어. 극악하고 치명적인 복수만이 내가 겪은 분노와 고통을 대갚음하는 길이라고 생각했지.

  몇 주 뒤 상처가 아물자 나는 다시 길을 떠났다. 내가 겪은 고초는 이제 눈부신 햇살이나 상쾌한 봄바람 따위에 잊히지 않았어. 즐거움을 주던 것들이 나의 처량한 신세를 조롱하고 저주하는 듯했고, 결국 내가 기쁨조차 누릴 수 없는 존재가 됐음을 뼈아프게 느꼈다.

  하지만 이제 고생도 끝나가고 있었어. 그로부터 두 달 뒤에 제네바 인근에 이르렀지.

  저녁에 도착해서 근처 들판에 몸을 숨기고 당신에게 어떻게 접근할지 궁리해보았다. 극심한 피로와 허기가 겹친 데다 우울한 기분 탓에 상쾌한 저녁 바람도, 웅장한 쥐라산맥으로 넘어가는 일몰도 즐길 수 없었어.

  잠시 고민을 잊고 선잠이 들었는데, 귀여운 아이가 다가오는 바람에 잠에서 깼다. 밝고 명랑한 아이가 내 피신처로 달려오더군. 나는 소년을 지켜보다가 문득 생각했지. 어린아이에겐 선입견이 없을 테고 흉측한 외모를 무서워할 만큼 오래 살지도 않았으니 아이를 붙잡아 나를 친구 삼도록 가르치면 사람들이 가득한 세상에서도 고립되지 않을 거라고.

  나는 지나가는 소년을 충동적으로 붙잡아 끌어당겼다. 소년은 나를 보는 순간 손으로 눈을 가리고 날카로운 비명을 지르더군. 나는 소년의 손을 억지로 떼어내며 이렇게 말했어. '얘야, 왜 그러니? 너를 해치려는 게 아니야. 내 말 좀 들어봐.'

아이는 발버둥 치며 소리쳤어. '이거 놔, 괴물아! 흉측한 악마! 나를 갈가리 찢어서 잡아먹으려는 거잖아. 넌 사람을 잡아먹는 괴물이야. 놓아주지 않으면 아버지한테 이를 거야.'

'이제 아버지는 볼 수 없다. 나랑 같이 가자.'

'구역질 나는 괴물! 이거 놓으라고. 우리 아버지는 장관이야. 프랑켄슈타인 장관님. 아버지가 너를 혼내줄 거야! 넌 절대 나를 데려갈 수 없어.'

'프랑켄슈타인! 그렇다면 내가 영원한 복수를 맹세한 원수의 가족이군. 네가 나의 첫 희생자가 돼야겠다.'

아이는 계속 발버둥 치며 폭언을 퍼부어 내 가슴에 비수를 꽂더군. 그래서 입을 막으려고 목을 움켜쥐었는데, 아이가 순식간에 내 발밑에 쓰러져 죽었어.

내 희생양을 보고 있자니 환희와 지독한 승리감에 가슴이 벅차올랐다. 나는 손뼉을 치며 소리쳤어. '나도 인간을 비참하게 만들 수 있군! 나의 원수는 불사조가 아니야! 이 죽음이 그에게 절망을 안겨주겠지. 앞으로 수많은 불행으로 그를 고통과 파멸로 이끌 테다.'

아이를 한참 보다가 가슴에서 반짝거리는 무언가를 발견했어. 집어보니 더없이 아름다운 여인의 초상화가 담긴 목걸이더군. 내 마음은 적의에 불타고 있었지만 매혹적인 초상화에 마음이 누그러졌어. 긴 속눈썹이 드리워진 여인의 검고 그윽한 눈과 사랑스러운 입술을 잠시 황홀하게 바라보았다. 하지만 이내 분노가 되살아났어. 그런 아름다운 존재가 주는 기쁨도 이제는 영영 누릴 수 없다는 사실이 떠올랐지. 내가 보고 있는 초상화 속의 여인도 내 모습을 보면 한없이 인자한 표정을 거두고 경멸과 경악의 표정을 지을 테니까.

이런 생각으로 분개하는 내가 이상한가? 나는 왜 그 순간에 그저 절규하며 괴로워했는지, 왜 당장 인간들에게 달려들어 목숨을 걸고 그들을 파괴하지 않았는지 그게 더 의문인데 말이야.

그런 감정에 빠진 채로 살인 현장을 떠나 좀 더 한적한 은신처를 찾고 있는데, 마침 근처를 지나가는 한 여자를 발견했어. 여자는 젊었고, 내가 챙긴 초상화 속의 여인처럼 아름답지는 않았지만 그럭저럭 괜찮은 외모에 젊고 건강한 모습이 사랑스럽더군. 저 여자도 나를 제외한 모두에게 웃어줄 거라는 생각이 들더군. 그렇다면 그냥 보내줄 수 없었지. 펠릭스의 가르침과 인간의 잔인한 법칙을 통해 못된 짓을 하는 법을 배웠거든. 나는 몰래 다가가서 여자의 주머니에 초상화 목걸이를 슬쩍 넣었어.

며칠 동안 이런 사건들이 벌어진 현장을 어슬렁거렸다. 때로는 당신을 봤으면 싶었고, 때로는 이대로 세상을 등지고 비참한 삶을 영원히 끝내자고 마음먹기도 했어. 결국에는 이 산으로 와서 뜨거운 욕망을 안고 거대한 골짜기를 떠돌았지. 내 욕망을 풀어줄 사람은 당신뿐이다. 당신이 내 요구를 들어주겠다고 약속하기 전에는 나와 헤어질 수 없다. 나는 혼자서 불행한 삶을 살고 있어. 인간은 나와 어울리지 않겠지. 하지만 나처럼 끔찍하고 흉한 여자라면 나를 밀어내지 않을 거야. 나와 같은 부류, 나와 같은 결함을 가진 동반자가 필요해. 그런 존재를 만들어줘."

제9장

　놈은 이야기를 끝내고 나를 빤히 보며 대답을 기다리더군
요. 어이가 없고 기가 찼습니다. 생각이 정리되지 않아서 그
의 제안을 온전히 이해할 수 없었지요. 그가 다시 입을 열었
습니다. "나와 같은 감정을 느끼고 나누며 살 수 있는 존재가
필요하니까 그런 여자를 만들어달란 말이다. 그건 당신만이
할 수 있고, 내게는 이런 요구를 할 권리가 있다. 거절할 수
없을 텐데."

　첫 집에서 평화롭게 살던 이야기를 들으면서 누그러졌던
분노가 이야기의 후반부에서 다시 부글부글 끓어올랐고, 이
마지막 말을 들으니 뜨겁게 솟구치는 화를 주체할 수 없었습
니다. 나는 이렇게 대꾸했어요.

　"거절하겠다. 네가 어떤 고문을 해도 나는 넘어가지 않아.
나를 세상에서 가장 비참한 신세로 떨어뜨릴지언정 내 눈에

야비한 인간으로 만들 수는 없을 거야. 너처럼 사악한 존재를 또 만들어서 둘이 함께 세상을 무너뜨리게 하라고? 썩 꺼져! 내 대답은 바뀌지 않는다. 네가 아무리 괴롭혀도 절대 들어줄 수 없어."

악마가 다시 말했습니다. "잘못 생각하고 있군. 나는 협박하는 게 아니라 설득하려는 것이다. 내가 앙심을 품은 건 불행하기 때문이야. 모든 인간이 나를 피하고 멸시하기 때문이지. 나를 창조한 당신조차도 나를 갈가리 찢고 짓밟으려 하잖아. 인간이 나를 동정하지 않는데 어째서 내가 인간을 동정해야 하지? 당신은 나를 저 얼음 속으로 던져 넣어 내 몸을, 자기 손으로 빚은 존재를 파괴해도 그걸 살인이라고 부르지 않을 테지. 인간이 나를 멸시하는데 내가 인간을 존중할 수 있겠나? 인간이 나와 사이좋게 지내기만 한다면 나는 해를 입히기는커녕 감동의 눈물을 흘리며 어떻게든 은혜를 갚으려 할 거야. 하지만 그럴 일은 없겠지. 인간의 감각은 우리의 화합을 방해하는 막강한 장벽이니까. 하지만 나는 순순히 굴복하지 않겠어. 내가 당한 만큼 갚아주겠다. 사랑을 구할 수 없다면 두려움을 끌어내겠다. 그 대상은 주로 나의 가장 큰 원수인 당신이 되겠지. 나는 창조자인 당신을 영원히 증오하겠다고 맹세했으니까. 조심하는 게 좋을 거야. 나는 당신을 파멸에 이르게 할 것이다. 당신의 가슴이 무너질 때까지, 세상에 태어난 것을 원망할 때까지 멈추지 않겠어."

지독한 분노에 휩싸여 독설을 쏟아내는 그의 일그러진 얼굴은 차마 눈 뜨고 볼 수 없을 만큼 징그러웠습니다. 하지만 얼마 후 그는 마음을 가라앉히고 말을 잇더군요.

　"나는 설득할 생각이었다. 흥분해봐야 나한테 이로울 게 없지. 당신은 자신이 내 분노의 원인이라고 생각하지 않을 테니까. 나에게 선량한 감정을 느끼는 인간이 하나라도 있다면 백배 천배로 보답할 수 있어. 그 한 사람을 위해 인류 전체와 화해할 것이다! 하지만 그건 실현될 수 없는 꿈이지. 나는 터무니없는 요구를 하는 것이 아니다. 그저 나만큼 볼썽사나운 여자를 만들어달라는 것뿐이야. 소박하지만 그게 내가 누릴 수 있는 전부이니 그걸로 만족하겠다. 우리는 세상과 단절된 괴물로 살아가겠지만 그럴수록 서로 더욱 애틋해지겠지. 행복하지는 않아도 해롭지 않을 테고 지금처럼 비참한 삶도 아닐 거야. 아! 창조자여, 나를 행복하게 해다오. 부디 하나라도 고마운 일을 해줘. 나를 이해하고 내게 공감해주는 존재가 하나라도 있다면 좋겠어. 부디 내 청을 거절하지 말아줘!"

　마음이 흔들렸습니다. 혹시 모를 결과를 생각하면 진저리가 났지만 그의 말에도 일리가 있는 듯했어요. 그의 이야기를 듣고 그가 표현하는 감정을 보면 온전한 의식을 가진 존재가 틀림없는데, 그렇다면 창조자로서 힘닿는 데까지 행복을 누리게 해줘야 하지 않겠습니까? 내 마음이 움직이고 있음을 눈치챘는지 그는 이렇게 말하더군요.

"내 부탁을 들어준다면 당신뿐 아니라 어떤 인간 앞에도 다시는 나타나지 않겠다. 남미의 광활한 황야로 가겠어. 내겐 인간의 음식이 필요치 않다. 식욕을 채우기 위해 양이나 어린 아이를 죽이는 일은 없을 거야. 도토리나 산딸기만 먹어도 충분하지. 나의 동반자도 나와 성향이 같을 테니 그 정도로 만족할 테고. 마른 잎을 모아 잠자리를 마련하면 되고, 햇볕은 인간에게나 우리에게나 똑같이 내리쬘 테니 우리의 양식을 여물게 해주겠지. 이렇게 평화롭고 인간적인 삶을 살겠다고 하는데, 그저 무작정 횡포를 부리고 잔인하게 굴 생각이 아니라면 거절할 수 없겠지. 지금까지 무정했던 당신의 눈에 연민의 빛이 보이는군. 이 기회를 이용해서 내가 간절히 원하는 것을 들어달라고 청하겠다."

나는 이렇게 대답했어요. "인간들이 사는 곳을 떠나 야생의 들짐승을 벗 삼아 살겠다는 말이군. 하지만 인간의 사랑과 공감을 갈망하는 네가 어떻게 그런 유배 생활을 견딘단 말이냐? 결국 돌아와서 인간의 온정을 갈구하다가 배척당하고 또다시 사악한 열정을 불태우겠지. 이번에는 너의 동반자까지 나서서 인간을 파멸하려 들 테고. 그런 일은 허락할 수 없다. 더는 설득하려 하지 마라. 나는 들어줄 수 없으니."

"그렇게 금세 마음을 바꾸다니! 조금 전까지만 해도 내 설득에 흔들렸으면서 왜 다시 거절하는 거지? 내가 사는 이 세상과 나를 만든 당신을 걸고 맹세하겠다. 나에게 동반자를 만들어준다면 인간의 거주지를 떠나 가장 먼 황무지에 가서 살겠다. 내게 공감해주는 이가 생기면 나의 사악한 열정은 누그러질 거야. 나는 조용히 살 것이고, 죽음을 맞는 순간에도 나의 창조자를 저주하지 않겠다."

그의 말은 내게 묘한 영향을 미쳤어요. 나는 그에게 연민을 느꼈고 때로는 위로해주고 싶기도 했습니다. 하지만 그러다가도 시선을 들어 기괴한 흉물이 말하고 움직이는 모습을 보면 속이 메슥거리고 공포와 증오가 솟아났어요. 나는 이런 감정을 애써 억눌렀습니다. 그를 동정하지는 못할망정 내가 줄 수 있는 작은 행복마저 박탈할 권리는 없다는 생각이 들더군요.

내가 다시 말했습니다. "너는 해를 입히지 않겠다고 다짐하지만 지금껏 저지른 짓을 보면 믿을 수 없다. 이번 제안도 네가 복수의 세력을 키워 더 크게 승리하려는 속임수일지 누가 알겠나?"

"어떻게 이럴 수 있지? 내가 당신의 연민을 자극했다고 생각했는데 여전히 내 청을 거절하다니. 내 마음을 달래주고 나의 파괴 행위를 막을 수 있는 유일한 방법을 내치는군. 유대와 애정을 누릴 수 없다면 증오와 악의가 내 몫이 될 수밖에. 사랑을 나눌 존재가 하나라도 있다면 더는 죄를 저지를 이유가 없으니 인간에 눈에 띄지 않고 살아갈 것이다. 나의 악행은 내게 강요된 진저리 나는 고독의 소산이니까. 그러니 나와 똑같은 존재와 함께 살아간다면 자연히 선한 마음이 우러날 것이다. 감정과 지각을 가진 존재의 사랑을 느끼고 지금은 소외된 존재와 사건들의 고리에 다시 연결될 테니까."

나는 그가 들려준 이야기와 그의 온갖 주장을 한참 곱씹어 보았습니다. 처음에는 선량하게 살아가려 했지만 보호자들에게 혐오와 멸시를 당한 뒤로 선한 의지를 잃었다는 점을 되새겼지요. 그가 얼마나 힘이 세고 큰 위협이 되는지도 간과할 수 없었어요. 빙하의 얼음 동굴에서도 살아갈 수 있고 인간이 다가갈 수 없는 절벽에 숨어 추적을 따돌릴 수 있는 놈이라면 맞서 싸워봐야 승산이 없을 테지요. 오랫동안 고심한 끝에 그를 위해서나 인류를 위해서나 그의 요구를 들어주는 편이 합당하다는 결론을 내렸습니다. 나는 그를 보며 말했어요.

"네 요구를 들어줄 테니 함께 살 여자가 생기면 유럽뿐 아니라 인간이 거주하는 곳 어디에도 다시는 발을 들여놓지 않겠다고 맹세해라."

그는 큰 소리로 대꾸했습니다. "태양과 푸른 하늘을 걸고 맹세하겠다. 나의 소원을 들어주기만 하면 태양과 하늘이 존재하는 한 당신은 두 번 다시 나를 보지 못할 것이다. 이제 집으로 돌아가 일을 시작해라. 더없이 간절한 마음으로 그 과정을 지켜보겠다. 완성되면 그때 나타날 테니 걱정하지 마라."

이렇게 말한 뒤 그는 내 마음이 바뀔까 두려웠는지 홀연히 떠났습니다. 하늘을 나는 독수리보다도 날쌔게 산을 내려가더니 굽이진 빙하 속으로 사라졌지요.

그의 이야기는 꼬박 한나절이 걸렸고 그가 떠날 무렵에는 해가 지평선에 걸려 있었습니다. 곧 사방이 어둠으로 뒤덮일 테니 서둘러 골짜기로 내려가야 했지만 마음이 무거워서 걸음이 떨어지지 않더군요. 그날 겪은 일이 불러온 온갖 감정에 사로잡혀 다리에 힘을 주고 구불구불한 산길을 걸어 내려오려니 여간 힘들지 않았습니다. 중간쯤에 있는 쉼터에 다다랐을 때는 이미 밤이 깊었지요. 나는 샘 옆에 앉아 쉬었어요. 이따금 반짝거리는 별들 위로 구름이 지나가더군요. 내 앞에는 시커먼 소나무들이 우뚝 솟아 있고 간혹 부러져서 바닥에 누운 것도 있었지요. 경이롭고 숙연한 광경이 묘한 생각을 불러왔어요. 나는 서럽게 흐느꼈습니다. 괴로운 마음에 두 손을 마주 잡고 울부짖었어요. "아! 별과 구름과 바람이여, 모두가 나를 조롱하는구나. 나를 진정 불쌍히 여긴다면 모든 감각과 기억을 짓밟아 아무것도 남지 않게 해다오. 그게 아니라면 차라리 모두 사위어서 나를 어둠 속에 버려다오."

터무니없고 한심한 생각이었지요. 하지만 영원히 반짝이는 별들이 나를 얼마나 무겁게 짓눌렀는지 모릅니다. 거센 바람 소리를 듣고 있자니 마치 지중해의 뜨거운 열풍이 나를 재로 만들기 위해 몰려오는 것 같았어요.

동이 튼 뒤에야 나는 샤모니 마을에 도착했습니다. 밤새 뜬 눈으로 내가 돌아오기를 노심초사 기다린 가족은 초췌하고 기괴한 나의 모습을 보고 마음을 놓지 못했지요.

다음 날 우리는 제네바로 돌아갔어요. 아버지는 시름을 잊고 뒤숭숭한 마음을 가라앉히라며 여행을 제안한 것인데, 그것이 약은커녕 오히려 독이 됐습니다. 아버지는 내가 왜 그토록 불행해 보이는지 알 길이 없어 서둘러 집으로 돌아가기로 했지요. 조용하고 단조로운 일상으로 돌아가면 원인을 모르는 나의 고통이 조금이나마 사그라지지 않을까 기대한 겁니다.

나는 그저 모든 결정에 수동적으로 따랐습니다. 사랑하는 엘리자베트의 따뜻한 애정도 나를 깊은 절망의 수렁에서 끌어내지 못했어요. 나는 악마에게 약속했고, 그 약속이 마치 단테의 작품 속에서 지옥에 떨어진 위선자들이 머리에 뒤집어쓰는 납 망토처럼 내 마음을 무겁게 짓눌렀으니까요. 하늘과 땅의 모든 즐거움이 꿈처럼 내 앞을 스쳐 지나갔고 오직 그 한 가지 생각만이 내게 현실로 다가왔습니다. 이따금 광기에 사로잡히거나 더러운 짐승들이 나를 에워싸고 고문하는 환영을 보며 끊임없이 비명과 괴로운 신음을 내지른 것도 그리 이상한 일은 아니었지요.

하지만 이런 증상도 차츰 가라앉았습니다. 어느새 나는 신나거나 들뜨지는 않아도 그럭저럭 무덤덤한 일상으로 돌아갈 수 있었지요.

제3부

제1장

　제네바로 돌아온 뒤 하루하루, 한 주 한 주 시간이 흘러도 일을 시작할 용기가 나지 않았습니다. 악마의 보복이 두려웠지만 진저리 나는 일을 다시 하려니 엄두가 나지 않더군요. 여러 달 동안 깊은 연구와 고된 탐구에 전념하지 않고는 여자를 만들 수 없었습니다. 잉글랜드의 한 학자가 내 연구에 도움이 될 만한 새로운 지식을 발견했다고 들은 터라 아버지에게 연구차 잉글랜드에 가겠다고 말씀드려볼까 생각했지만 이런저런 평계를 대며 차일피일 미루었어요. 간신히 되찾은 평화를 깨고 싶지 않았습니다. 계속 나빠지기만 하던 건강이 많이 회복됐고 우울한 약속을 떠올리지만 않으면 기분도 한결 나아졌거든요. 아버지는 이런 내 모습에 흐뭇해하시며 우울한 기운을 완전히 몰아낼 방법을 고심하셨어요. 햇살이 다가오는가 싶다가도 우울증의 찌꺼기가 이따금 발작처럼 먹

구름을 드리웠으니까요. 그럴 때면 나는 되도록 완전한 고독으로 도피했습니다. 혼자 작은 배를 타고 온종일 호수 위에 떠서 구름을 바라보고 잔잔한 물결 소리를 들으며 아무것도 하지 않고 조용히 시간을 보냈지요. 상쾌한 공기와 눈부신 햇살은 언제나 기운을 북돋워주었어요. 그리고 집에 돌아오면 한결 가벼워진 마음과 편안한 미소로 식구들을 마주할 수 있었답니다.

그렇게 밖에서 시간을 보내고 돌아온 어느 날 아버지가 나를 부르더니 이렇게 말씀하셨어요.

"아들아, 네가 다시 기운을 차리고 예전 모습을 되찾아가는 것 같아서 참 다행이다. 하지만 여전히 우울해하며 혼자 시간을 보내려 하는구나. 이유가 무엇일까 한참 고민했는데 어제 문득 어떤 생각이 떠올랐단다. 내 생각이 맞는지 확인해주렴. 혼자 고민할 필요는 없지 않니. 네가 그럴수록 우리 모두 비참해질 뿐이지."

대체 무슨 말씀을 하시려나 싶어서 몸이 부들부들 떨렸습니다. 아버지는 말씀을 이어갔지요.

"아들아, 솔직히 나는 네가 사촌과 결혼해서 우리 집안을 편안히 이끌고 나도 말년에 의지할 수 있기를 고대했다. 너희 둘은 아주 어릴 때부터 가까이 지내며 함께 공부했고 성향이나 취향도 잘 맞는 것 같았거든. 하지만 인간의 경험은 참으로 편협해서 내가 구상한 미래를 만들어가는 데 가장 보탬이 된다고 여겼던 것들이 오히려 내 계획을 완전히 어그러뜨렸을지도 모르겠구나. 어쩌면 너는 엘리자베트를 그저 누이로 여길 뿐 아내로 삼고 싶지 않을지도 모르지. 혹시 다른 사람을 사랑하게 됐을지도 모르고. 그런데 네 사촌에게 도리를 지켜야 한다는 생각에 갈등하다보니 깊은 번민에 빠진 것이 아닐까 싶더구나."

"아버지, 그런 걱정은 마세요. 저는 제 사촌을 진심으로 사랑하고 아낀답니다. 엘리자베트만큼 따뜻한 동경과 애정을 느끼게 하는 여자는 본 적이 없어요. 저 역시 우리의 결혼에 모든 희망과 기대를 걸고 있습니다."

"아, 빅토르, 네가 그렇게 생각하고 있다니 근래 들어 이렇게 기쁜 적이 있었나 싶다. 네 마음이 그렇다면 지금은 이런저런 일로 침울해도 결국 행복을 되찾을 수 있겠구나. 그래도 침울한 기운에 너무 깊이 빠지는 것 같아서 한시라도 빨리 떨쳐내면 좋겠다. 그래서 말인데, 당장 결혼식을 올리면 어떨까 싶구나. 그동안 우리는 힘든 시기를 보냈고, 이제는 나도 많이 늙고 약해졌으니 조용히 노년을 보냈으면 하는데, 최근에 겪은 여러 일로 녹록지 않구나. 너는 젊지만 재력이 있으니 일찍 결혼한다고 해서 앞으로 명예를 얻거나 출세하는 데 방해가 되진 않을 게다. 그렇다고 내가 너에게 행복을 강요하거나 네가 결혼을 미루면 편치 않을 거라고 얘기하는 건 아니다. 내 말을 곡해하지 말고 솔직하게 대답해주려무나."

나는 조용히 아버지의 말을 들은 뒤 한동안 아무 대답도 하지 못했습니다. 머릿속으로 바쁘게 이런저런 계산을 하며 결정을 내리려고 노력했지요. 아! 당장 사촌과 결혼하자니 두렵고 불안했어요. 아직 지키지 못한 무거운 약속이 나를 옭아매고 있었고, 그것을 깨면 나뿐만 아니라 소중한 가족에게 몇곱절의 불행이 닥칠 수도 있었지요! 나를 땅으로 끌어내리는 지독하게 무거운 굴레를 목에 두르고 축제의 현장에 들어갈 수 있겠습니까? 혼인의 기쁨과 평화로운 결혼 생활을 누리려면 먼저 괴물의 약속을 들어주고 그가 동반자와 함께 멀리 떠나게 하는 수밖에 없었습니다.

그러기 위해서는 잉글랜드로 떠나거나 내 연구에 필요한 지식을 가진 그곳 학자들과 오랫동안 편지를 주고받아야 한다는 사실이 떠올랐어요. 편지로 원하는 정보를 얻으려면 시간이 오래 걸리고 답답할 것 같더군요. 게다가 기분 전환을 하면 도움이 될 테고, 가족을 떠나 다른 환경에서 다른 일을 하며 한두 해 시간을 보낼 생각을 하니 설레기 시작했습니다. 그러다보면 다시 평화롭고 행복한 모습으로 가족에게 돌아올 수도 있을 테니까요. 약속한 일을 해주고 괴물을 떠나보낼 수도 있지만, 그에게 어떤 사고가 일어나서 내가 영원히 굴레를 벗게 될지도 모를 일이었지요.

이런 마음으로 아버지에게 대답했습니다. 잉글랜드에 다녀오고 싶다고. 하지만 진짜 이유는 숨긴 채 고향의 성벽 안에서 정착하기 전에 여행하며 세상을 경험해보고 싶다는 핑계를 댔지요.

내가 간곡히 부탁하자 아버지는 순순히 허락하셨어요. 아버지만큼 너그럽고 이해심 많은 부모는 세상에 없을 겁니다. 우리는 곧 계획을 세웠지요. 먼저 스트라스부르로 가서 클레르발을 만난 뒤 네덜란드의 도시들을 돌아보며 잠시 시간을 보내기로 했습니다. 그곳에서 잉글랜드로 건너가 한동안 머물다가 프랑스를 거쳐 돌아오는 여정을 총 2년에 걸쳐 소화하기로 했어요.

아버지는 내가 제네바로 돌아오면 바로 엘리자베트와 결혼한다는 기대로 흐뭇해하셨습니다. "2년은 금방 지나가겠지. 그때가 되면 행복한 삶을 더는 미뤄선 안 된다. 빨리 그날이 와서 우리가 모두 다시 모이고 어떤 희망이나 두려움도 우리 집안의 평화를 방해하지 않으면 좋겠구나."

"저도 같은 마음이에요. 2년 뒤에는 우리 둘 다 지금보다 더 현명하고 행복한 모습으로 다시 만나면 좋겠네요." 나는 한숨을 쉬었지만 자상한 아버지는 내가 우울해하는 이유를 더 캐묻지 않으셨어요. 그저 새로운 환경과 여행의 즐거움이 내 마음을 다독여주기를 바라셨지요.

여행 계획이 정해지고 나자 한 가지 생각이 끊임없이 머릿속을 맴돌며 걱정과 불안을 안겼습니다. 내가 떠난 것을 알고 분개한 놈이 식구들을 공격할지도 모른다는 생각이 들었지요. 적의 존재조차 모르는 식구들은 무방비로 당할 수밖에 없을 테니까요. 하지만 그는 어디든 나를 따라온다고 했으니 나와 함께 잉글랜드로 가지 않을까? 이런 상상을 하면 끔찍했지만 식구들이 안전할 테니 마음이 놓였어요. 반대의 상황이 벌어질까봐 심란하기도 했지만 내 피조물의 노예로 사는 동안에는 그저 순간순간의 충동을 따르기로 했습니다. 어쩐지 악마는 나를 따라올 것이고 우리 가족은 위험에서 벗어날 거라는 직감이 강하게 들었지요.

2년의 유랑을 떠난 것은 8월 하순이었습니다. 엘리자베트는 내가 떠나는 이유를 이해하면서도 자신에게는 나처럼 지식과 견문을 넓힐 기회가 없다는 점을 아쉬워했어요. 하지만 눈물로 작별 인사를 하며 행복하고 건강한 모습으로 돌아오라고 당부했습니다. "우리 모두 너만 바라보고 있는데, 네가 불행하면 우리 마음이 어떻겠어?" 하면서요.

나를 실어다줄 마차에 올라탔지만 내가 어디로 가는지, 어떤 풍경을 지나가는지 신경 쓰지 못했습니다. 그저 화학 기구들을 잊지 않고 챙기려고 노력했지요. 생각하면 분통이 터졌지만, 어쨌든 외국에 나가 있는 동안 약속한 일을 해치우고 가능하면 자유의 몸으로 돌아오기로 결심했거든요. 지독한 상상이 머릿속을 가득 메운 탓에 아름답고 장엄한 수많은 풍경을 거들떠보지도 않았습니다. 여행의 목적지와 그곳에서 해야 할 일을 제외하고는 아무것도 생각할 수 없었어요.

며칠 동안 나른하고 무기력한 상태로 먼 길을 달린 끝에 스트라스부르에 도착해 이틀 동안 클레르발을 기다렸습니다. 마침내 그가 왔을 때 우리 두 사람이 얼마나 대조적이었던지요! 그는 새로운 풍경이 나타날 때마다 생기가 넘쳤어요. 아름다운 저녁노을을 바라보며 즐거워했고 다시 해가 떠올라 하루가 밝으면 더욱 기뻐했지요. 형형색색의 풍경과 하늘을 가리키며 이렇게 소리쳤습니다. "이게 바로 사는 거지. 이제야 살맛이 나네! 그런데 프랑켄슈타인, 넌 왜 그렇게 기운이 없고 우울한 거야!" 정말 그랬습니다. 나는 우울한 생각에 사로잡혀 샛별이 지는 광경도, 라인강에 비치는 황금빛 일출도 보지 못했어요. 그러니 친구여, 나의 회상을 듣고 있느니 감정과 기쁨이 충만한 눈으로 끊임없이 주변을 관찰하던 클레르발의 일기를 읽으면 훨씬 더 즐거울 겁니다. 비참한 나는 즐거움으로 향하는 모든 길이 막혀버리는 저주에 걸렸으니까요.

우리는 작은 배를 타고 라인강을 따라 스트라스부르에서 로테르담으로 간 뒤 그곳에서 런던행 배를 타기로 했습니다. 버드나무가 우거진 섬들을 지나고 아름다운 도시들도 보았지요. 만하임에서 하루를 묵고 스트라스부르를 떠난 지 닷새째 되는 날 마인츠에 도착했어요. 거기서부터 라인강을 따라 내려가는 길은 그림처럼 아름다웠답니다. 높지는 않지만 가파르고 아름다운 언덕들 사이로 굽이굽이 강물이 빠르게 흘렀어요. 가까이 갈 수도 없는 높은 절벽 위로 시커먼 숲에 에워싸인 고성을 수없이 보았지요. 라인강의 이쪽 지역은 유난히 다채로운 풍경을 보여주었습니다. 험준한 언덕과 고성들이 굽어보는 아찔한 절벽 아래로 어두운 라인강이 세차게 흘러가다가, 볼록 튀어나온 암반을 돌면 물살이 느려지면서 초록의 비탈들이 이어진 풍요로운 포도밭과 사람들이 북적거리는 도시가 펼쳐졌지요.

마침 포도 수확기라 강을 따라가며 일하는 사람들의 노랫소리를 들었습니다. 울적한 마음으로 끝없이 암울한 생각에 시달리던 나조차도 기분이 좋아지더군요. 그럴 때면 배 위에 누워 구름 한 점 없는 파란 하늘을 바라보며 오랜만에 찾아온 평온한 기분을 한껏 음미했습니다. 내가 그 정도였다면 앙리의 기분은 어땠을까요? 그는 마치 동화의 나라에 온 듯 인간이 맛보기 어려운 천상의 행복을 음미했지요. 이렇게 말하기도 했어요. "고국에서도 가장 아름답다는 풍경을 많이 보았어. 루체른이나 우리(Uri) 주의 호수는 수면과 거의 수직을 이루는 눈 덮인 산들이 칠흑같이 검은 그림자를 드리워서 자칫 우울하고 쓸쓸한 느낌이 들지만 푸른 섬들이 화려한 풍경으로 눈을 즐겁게 해주잖아. 호수가 폭풍에 휩싸일 때는 거센 바람에 소용돌이치는 물살을 보고 거대한 바다의 물기둥이 어떨지 상상해보기도 했어. 산자락을 철썩철썩 때리는 물살이 어찌나 무시무시하던지. 그곳에서 한 사제와 그의 애인이 눈사태에 휩쓸렸었는데, 지금도 밤바람이 잦아들면 죽어가는 연인들의 목소리가 들린대. 발레 주의 산과 보 주에도 가보았어. 하지만 빅토르, 이 나라는 그런 경이로운 풍경보다 더 큰 즐거움을 주는 것 같아. 스위스의 산이 더 장엄하고 신비롭지만 하늘이 내려준 이 라인강 유역의 매력은 어디에도 견줄 수 없겠어. 저기 절벽 위에 올라앉은 성을 봐. 저쪽 섬에도 성이 있어. 울창한 수풀에 가려져 있지만. 저기 포도 덩굴 사이를 오가는 농부들 보이지? 저 마을은 굽이진 산에 반쯤 가려졌네. 이곳에 사는 수호 정령은 빙하를 돌아다니는 정령이나 고국의 험준한 산봉우리에 숨어 사는 정령보다 인간과 더 잘 어울려 살 것 같다."

클레르발! 사랑하는 내 친구! 이렇게 네가 했던 말을 되풀이하며 네가 마땅히 받아야 할 찬사를 생각하기만 해도 즐거워지는구나. 그는 '지극히 시적인 본성'•을 타고난 친구였어요. 거침없고 열정적인 상상력을 가졌지만 그의 섬세한 감수성이 그것을 순화해주었지요. 가슴에는 뜨거운 애정이 넘쳐 흘렀고 속된 이들은 상상에서나 가능하다고 가르치는 헌신적이고 경이로운 우정을 나눠주는 친구였어요. 하지만 그의 불타는 열정은 인간의 공감으로는 만족할 수 없었지요. 우리

● 영국의 비평가이자 시인인 리 헌트(1784~1859)의 극시 《리미니 이야기》에서 인용(원주).

는 그저 감탄하며 우러르는 자연의 아름다움을 그는 뜨겁게
사랑했답니다.

> ……우렁찬 폭포가 격정처럼 **그를** 사로잡았다.
> 높다란 바위와 산, 깊고 어두운 숲
> 그 색채와 형상이 그때 그에게는
> 그대로 갈망이 되었다.
> 그 감정, 그 사랑에
> 사색이 주는 초연한 매력이나
> 눈에서 발원하지 않은 흥미는
> 어떤 보탬도 되지 않았다. ●

아, 그 친구는 지금 어디에 있을까? 다정하고 사랑스러운
그는 영원히 사라진 것인가? 기발한 생각과 풍부하고 웅장한
상상을 주체하지 못해 하나의 세계를 창조했던 영혼은 자신
이 만든 세계와 함께 영영 떠나버린 것인가? 이제는 나의 기
억 속에만 존재한단 말인가? 아니, 그렇지 않다. 더없이 성스
럽고 아름답게 빛나던 너의 육신은 부패했어도 네 영혼은 지
금도 너의 불행한 친구를 찾아와 위로해주는구나.

느닷없이 애도를 쏟아냈군요. 그래봐야 부질없는 넋두리일

● 영국의 시인인 윌리엄 워즈워스(1770~1850)의 시 〈틴턴 수도원〉에서 인용(원주).

뿐 소중한 앙리를 칭송하기에는 턱없이 부족하지만, 그래도 그를 추억할 때마다 밀려드는 울분을 가라앉혀준답니다. 하던 이야기를 다시 이어가겠습니다.

우리는 쾰른을 지나 네덜란드의 평원으로 내려갔습니다. 역풍이 부는 데다 물살이 너무 잔잔해서 역마차로 갈아타기로 했어요.

이제 아름다운 풍경에 흥분할 일은 없었지만 불과 며칠 만에 로테르담에 도착해 바다 건너 잉글랜드로 향했습니다. 12월 하순의 청명한 아침, 난생처음 잉글랜드의 하얀 절벽을 마주했지요. 템스강 유역에는 새로운 풍경이 펼쳐졌습니다. 평평하면서도 비옥했고 도시마다 특별한 이야기를 간직하고 있더군요. 틸버리 요새를 보는 순간 우리는 에스파냐 무적함대를 떠올렸고, 그레이브젠드와 울리치, 그리니치처럼 고국에서도 이름을 들어본 유명한 도시들도 거쳐갔습니다.

마침내 런던의 수많은 첨탑이 보였어요. 특히 세인트 폴 대성당과 잉글랜드 역사에서 중요한 런던 탑이 눈에 띄었지요.

제2장

우리는 런던에 짐을 풀었습니다. 그 경이롭고 축복받은 도시에 몇 달간 머물기로 했지요. 클레르발은 당시 왕성하게 활동하던 똑똑하고 유능한 인사들과 교류하길 갈망했지만 내게 그런 일은 뒷전이었어요. 그보다는 약속을 처리하는 데 필요한 정보를 얻는 일이 시급했기에 곧바로 저명한 자연과학자들에게 준비해 온 추천서를 돌렸지요.

한창 행복하게 공부에 몰두하던 시절에 그 여행을 했더라면 이루 말할 수 없이 즐거웠을 겁니다. 하지만 이미 어두운 그림자가 드리워진 터라 그저 지독히 골몰해 있는 연구와 관련된 정보를 얻을 목적으로 학자들을 찾아갔지요. 사람들과 교류하는 일이 내게는 무척 성가셨어요. 혼자 있으면 하늘과 땅의 풍경을 마음에 담을 수 있었고 앙리의 목소리가 위안이 되어 잠깐이나마 평화롭다는 착각에 빠지기도 했지요. 하지만 딱히 흥미가 일지 않는 사람들의 즐거운 얼굴을 보면 마음이 다시 무겁게 가라앉았습니다. 나와 사람들 사이에는 허물 수 없는 장벽이 있는 것 같았어요. 이 장벽은 윌리엄과 쥐스틴의 피로 봉인됐지요. 두 사람의 일을 떠올리면 다시 울분이 치솟았어요.

클레르발은 마치 예전의 나를 보는 것 같더군요. 탐구심이 넘쳤고, 경험과 지식을 쌓지 못해 안달했지요. 그가 관찰하는 색다른 풍습은 마르지 않는 샘처럼 끊임없이 배움과 즐거움을 내주었습니다. 그는 늘 분주했어요. 즐길 거리로 가득한 그의 삶에서 유일한 걸림돌은 슬픔과 실의에 빠진 내 모습뿐이었답니다. 나는 어떤 근심이나 괴로운 기억도 없이 새로운 환경을 맛볼 때 마땅히 누려야 하는 기쁨을 방해할까봐 우울한 모습을 숨기려고 노력했어요. 그가 어딘가에 같이 가자고 할 때 다른 약속이 있다며 거절하고 혼자 남을 때도 많았습니다. 새로운 창조 작업에 필요한 재료를 모으기 시작한 터라 몹시 괴롭기도 했고요. 마치 머리 위로 끊임없이 물방울이 똑똑 떨어지는 고문을 당하는 기분이었어요. 그 일과 연관된 생각을 할 때면 극심한 고통이 밀려왔고 그것을 암시하는 말을 내뱉을 때면 입술이 떨리며 가슴이 두근거렸지요.

런던에서 몇 달쯤 지냈을 때 우리는 제네바에서 손님으로 온 적이 있는 스코틀랜드 사람에게 편지를 받았습니다. 자기 고장이 얼마나 아름다운지 묘사하며 자신이 사는 북쪽의 퍼스까지 돌아보면 어떻겠냐고 묻더군요. 클레르발은 몹시 가고 싶어 했어요. 나도 사람들과 어울리기는 싫었지만 산과 물이 그리웠고 대자연의 선택을 받은 인간의 거주지는 얼마나 경이롭게 꾸며져 있는지 둘러보고 싶기도 했지요.

우리가 잉글랜드에 도착한 게 10월 초•였는데 어느새 2월이 되었습니다. 우리는 3월 말에 북부 여행을 시작하기로 했지요. 에든버러까지 대로로 곧장 이동하기보다는 윈저와 옥스퍼드, 매틀록, 컴벌랜드 호수를 둘러본 뒤 7월 말경에 여정을 마무리하기로 했어요. 나는 스코틀랜드 북부의 산악 지방 어딘가에 틀어박혀 맡은 일을 끝내기로 결심하고 화학 기구와 그동안 수집한 재료를 챙겼습니다.

3월 27일에 런던을 떠난 우리는 윈저에서 며칠 머물며 아름다운 숲을 둘러보았지요. 산지에서 자란 우리에게는 색다른 풍경이었어요. 아름드리 참나무와 곳곳에 널린 사냥감, 기품 있는 사슴 떼 등이 모두 진귀한 구경거리였답니다.

다음으로 향한 곳은 옥스퍼드였어요. 도시에 들어서자 한 세기 반쯤 전에 그곳에서 일어난 수많은 사건이 머릿속을 가득 메우더군요. 찰스 1세가 군대를 일으킨 곳이었지요. 온 나라가 그를 등지고 의회와 자유를 지지하고 나선 뒤에도 옥스

● 앞서 "12월 하순의 청명한 아침, 난생처음 잉글랜드의 하얀 절벽을 마주했"다고 했으므로 오류로 보인다.

퍼드는 그에게 의리를 지켰어요. 이 불운한 왕과 그의 지지자들, 온화한 포클런드와 거만한 가워, 왕비와 왕세자가 떠올라서 이후 그들이 살았을지도 모를 도시 구석구석을 더 유심히 살펴보았답니다. 이 도시에는 지난날의 영혼이 깃들어 있었고 그 발자취를 따라가는 일이 우리에게는 무척 즐거웠지요. 설령 이런 상상으로 만족을 얻지 못했다고 해도 도시의 풍경은 그 자체로 감탄을 자아낼 만큼 아름다웠어요. 오래된 대학들은 그림 같았고 거리에서도 숭고미가 느껴지는 듯했답니다. 예쁜 초목들이 우거진 들판 사이로 사랑스러운 아이시스강*이 갈수록 넓어지며 잔잔하게 흘렀고 고목들이 탑과 첨탑, 돔 지붕을 에워싸고 있는 장엄한 풍경이 수면에 비치기도 했어요.

이런 풍경을 한껏 즐기면서도 지난날을 회상하고 앞날을 생각하면 마음 한구석이 편치 않았지요. 나는 평화로운 행복을 누렸던 사람입니다. 어릴 때는 불만을 느낀 적이 없었고 **권태**에 빠졌다가도 아름다운 자연이나 인간이 만든 훌륭하고 숭고한 무언가를 탐구하면 다시 흥미가 일면서 기운이 났어요. 그런데 이제는 타버린 나무 신세가 됐습니다. 내 영혼에 벼락이 떨어진 겁니다. 머지않아 나는 인간다움을 잃어버린 비참한 몰골로 마지막을 맞이하리라는 느낌이 들었어요. 남

● 옥스퍼드 지방을 지나는 템스강의 지류.

들이 보기에는 가련하고 나에게는 진저리 나는 그 마지막 몰골을 보여주기 위해서 살아 있는 것 같았지요.

우리는 옥스퍼드에 꽤 오랫동안 머물면서 주변을 산책하고 잉글랜드 역사에서 가장 변화무쌍했던 시기를 떠올리게 하는 곳을 모조리 찾아다녔습니다. 하나를 발견하면 그와 관련된 것들이 줄줄이 나타나 탐사 항해가 길어지기 일쑤였지요. 우리는 유명한 애국 전사 햄던●의 묘지와 그가 쓰러진 벌판에도 가보았답니다. 이런 곳을 둘러볼 때면 그것이 기리는 자유나 희생 같은 숭고한 이상을 생각하며 잠시나마 비참하고 끔찍한 공포를 잊을 수 있었어요. 나에게 채워진 굴레를 과감히 떨쳐내고 좀 더 원대하고 자유로운 시각으로 주변을 돌아봤지요. 하지만 잠시뿐이었어요. 굴레가 이미 살을 깊이 파고든 터라 나는 절망에 몸부림치며 비참한 자아 속으로 다시 이끌려 들어갔습니다.

우리는 아쉬움을 뒤로하고 옥스퍼드를 떠나 다음 목적지인 매틀록으로 향했어요. 이 마을을 둘러싼 전원 지역의 풍경은 스위스와 아주 비슷하더군요. 다만 모든 것이 좀 더 아기자기했고, 소나무가 울창한 고국의 산봉우리 너머로 아득히 보이는 알프스의 하얀 왕관도 없었습니다. 우리는 신기한 동굴과

● 영국의 정치가이자 의회파 지도자인 존 햄던(1595~1643). 찰스 1세가 직권으로 부과한 선박세를 거부하고 혁명의 불씨를 지폈다.

작은 자연사 전시관을 둘러보았어요. 세르보나 샤모니의 전시관처럼 진귀한 물건들을 전시해놓았는데, 무심결에 앙리의 입에서 샤모니라는 말이 나오자 몸서리가 나더군요. 그래서 끔찍한 장면이 연상되는 매틀록을 서둘러 떠났답니다.

더비에서부터 계속 북쪽으로 올라가다가 컴벌랜드와 웨스트모얼랜드●에서 두 달을 보냈습니다. 정말 스위스의 산지에 와 있는 듯한 착각이 들더군요. 듬성듬성 눈이 남은 북쪽 산기슭과 호수, 바위 사이로 세차게 흐르는 냇물까지, 내게는 너무도 익숙하고 정겨운 풍경이었어요. 새로운 사람들을 사귀기도 했는데 그들과 함께 있으면 행복하다는 착각에 빠지기도 했지요. 당연히 클레르발은 저보다 훨씬 더 즐거워했고요. 재능 있는 사람들과 어울리면서 지식의 범위가 더욱 넓어졌고, 자기보다 열등한 사람들과 어울릴 때는 상상하지 못한 굉장한 능력과 수완을 발견하기도 했어요. 그는 내게 이렇게 말했답니다. "여기서 평생 살 수도 있을 것 같아. 산에 에워싸여 있으니 스위스와 라인강도 아쉽지 않잖아."

하지만 그는 여행자의 삶에 즐거움뿐만 아니라 많은 고통이 따르기도 한다는 것을 깨달았지요. 여행자의 감정은 한시

● 컴벌랜드와 웨스트모얼랜드는 잉글랜드 북서부의 호수가 많은 지역을 일컫는 '레이크 디스트릭트'로, 현재는 국립공원으로 지정됐으며 역사적으로 수많은 문인이 영감을 얻은 곳으로 유명하다.

도 쉴 수 없습니다. 마음을 가라앉히려다가도 금세 새로운 즐거움을 발견하고 거기에 몰두하느라 휴식을 포기해야 하지요. 그러다보면 또 진귀한 무언가가 나타나고요.

컴벌랜드와 웨스트모얼랜드의 여러 호수를 찾아다니는 일이 뜸해지고 그곳에서 알게 된 사람들과 정이 들었을 무렵 우리를 초대한 스코틀랜드 친구와 약속한 날짜가 다가와 다시 길을 떠났습니다. 나는 딱히 아쉽지 않았어요. 한동안 약속을 잊고 지낸 터라 악마가 어떻게 나올지 슬슬 두려워지기도 했고요. 어쩌면 스위스에 남아서 우리 가족에게 복수할지도 모를 일이었지요. 그런 생각이 끈질기게 나를 따라다니며 괴롭히는 통에 한시도 마음 편히 쉴 수 없었습니다. 항상 초조하게 가족의 편지를 기다리다가 조금이라도 늦어지면 오만 가지 걱정에 사로잡혔고, 마침내 아버지나 엘리자베트의 글씨가 눈에 띄어도 얼른 편지를 열어 내 운명을 확인해볼 엄두가 나지 않았어요. 가끔은 악마가 나를 따라왔다면 내 친구를 살해해서 나의 게으름을 벌하지 않을까 걱정되기도 했고요. 그런 생각에 사로잡히면 잠시도 앙리를 혼자 둘 수 없었습니다. 그림자처럼 그를 따라다니며 나의 상상이 만들어낸 파괴자의 분노에서 보호하려고 애썼지요. 엄청난 범죄를 저지르고 죄책감에서 벗어나지 못하는 기분이었어요. 실제로 죄를 짓지는 않았지만 죄책감만큼이나 지독한 저주가 내 머리를 뒤덮고 있었던 겁니다.

눈도 마음도 활기를 잃은 채로 도착한 에든버러는 불행의 나락에 빠진 이의 마음에도 흥미를 불러일으키는 도시였어요. 클레르발은 그곳을 옥스퍼드만큼 좋아하지는 않더군요. 옥스퍼드의 고풍스러운 분위기가 더 좋다고 했답니다. 그래도 아름답고 질서 정연한 에든버러 신시가지와 낭만적인 에든버러성, 견줄 데 없이 매력적인 주변 풍경, 아서의 왕좌●와 성(聖) 베르나르의 우물,●● 펜틀랜드 언덕●●● 등을 둘러보며 클레르발은 감동과 기쁨을 느끼고 기분 전환을 할 수 있었지요. 하지만 나는 한시라도 빨리 이 여행의 종착지에 닿고 싶은 마음이 간절했어요.

일주일 뒤 우리는 에든버러를 떠나 쿠퍼와 세인트앤드루스를 지나고 테이강 줄기를 따라 우리의 친구가 기다리는 퍼스로 향했습니다. 나는 도저히 낯선 사람들과 웃고 떠들 기분이 아니었고 예의를 갖춰 그들의 계획을 따르며 기분을 맞춰줄 수도 없을 것 같더군요. 그래서 클레르발에게 혼자 스코틀랜드를 여행하고 싶다고 말했어요. "너도 마음껏 즐기고 여기서 다시 만나자. 한두 달이면 될 거야. 내가 무얼 하든 신경 쓰지 말고 잠시만 혼자 조용히 지내게 해줘. 홀가분한 마음으로 돌

● 에든버러의 주요 산지 가운데 하나인 사화산.
●● 질병을 치료한다고 알려진 에든버러의 천연 온천.
●●● 에든버러 남서쪽의 구릉지대.

아오면 너와 더 기분 좋게 어울릴 수 있을 거야."

앙리는 말리고 싶은 눈치였지만 내 결심이 확고하다는 것을 깨닫고 불평하지 않았어요. 그저 자주 편지를 보내라고 당부했지요. "난 알지도 못하는 스코틀랜드 사람들과 지내느니 너의 고독한 여행을 함께하고 싶다. 그러니까 빨리 돌아와, 친구. 그래야 내 마음이 다시 편해질 거야. 네가 없으면 불안하단 말이야."

친구와 헤어진 뒤 나는 스코틀랜드의 외딴곳을 찾아 그곳에서 혼자 일을 끝내기로 결심했습니다. 괴물은 나를 따라왔을 테고 내가 일을 마치면 나타나서 동반자를 데려갈 거라고 믿어 의심치 않았어요.

이런 마음으로 북부의 산지를 넘어 오크니 제도의 가장 외딴섬을 작업장으로 골랐습니다. 섬 전체가 바위 하나로 이뤄지다시피 한 이곳은 그런 일을 할 장소로 제격이었지요. 높은 바위 절벽에는 끊임없이 파도가 부딪쳤고, 땅이 척박해서 가엾은 암소 몇 마리를 먹일 풀과 주민들이 먹을 귀리만 간신히 재배할 수 있었지요. 겨우 다섯 명뿐인 주민들의 여위고 앙상한 팔다리가 형편없는 영양 상태를 말해주는 듯했습니다. 채소나 빵은 사치였고 신선한 물조차도 8킬로미터쯤 떨어진 본토에서 조달해야 했어요.

섬 전체를 통틀어 집이라고는 허름한 오두막 세 채가 전부였는데, 내가 갔을 때 그중 한 채가 비어 있었습니다. 나는 그 집을 빌렸어요. 겨우 두 칸이었고 가난의 참상이란 참상은 모조리 보여주는 듯했지요. 초가지붕은 움푹 꺼졌고 벽은 회칠도 하지 않았으며 문의 경첩도 떨어지고 없었어요. 나는 집수리를 지시하고 가구를 조금 산 뒤 그 집에 들어갔습니다. 집주인들이 의아해할 법도 했지만 지독한 생활고 때문에 신경 쓸 겨를이 없는 것 같더군요. 그 덕분에 나는 눈총이나 방해를 받지 않고 지낼 수 있었어요. 음식과 옷을 나눠주고도 고맙다는 인사조차 받지 못했지요. 고달픈 삶은 인간의 가장 원초적인 의식조차 무디게 한답니다.

그곳에서 지내는 동안 오전에는 작업에 매달렸고 날씨가 좋은 날이면 저녁에 바위 해변을 거닐며 발밑에서 울부짖는 파도 소리를 들었습니다. 단조로우면서도 끊임없이 변화하는 풍경을 보니 스위스가 떠오르더군요. 황량하고 쓸쓸한 그곳과는 너무도 달랐으니까요. 스위스의 언덕은 포도 덩굴로 뒤덮여 있고 들판에는 집들이 흩어져 있었지요. 아름다운 호수에는 파랗고 잔잔한 하늘이 비쳤고 바람에 물살이 일어도 거대한 바다의 포효에 비하면 어린아이의 장난에 불과했어요.

처음에는 이처럼 일을 하면서 휴식도 누렸지만 작업이 진행될수록 점점 더 끔찍하고 불편한 모습이 드러났습니다. 때로는 며칠 동안 실험실에 들어갈 엄두를 내지 못하다가 때로는 하루빨리 일을 끝내려고 밤낮으로 매달리기도 했지요. 정말이지 나는 더러운 일에 몰두하고 있었어요. 처음 시도할 때는 미친 듯한 열정에 눈이 멀어 그 일이 얼마나 끔찍한지도 몰랐지요. 한시라도 빨리 결과물을 보려고 혈안이 돼 점점 오싹하게 변해가는 몰골도 눈에 들어오지 않았으니까요. 하지만 냉정한 마음으로 작업하려니 내 손으로 빚어내는 피조물에 욕지기가 났습니다.

잠깐 관심을 돌릴 거리도 없이 오지에 틀어박혀 깊은 고독 속에서 지독하게 몰두하다보니 정신이 피폐해지더군요. 점점 불안하고 초조해졌어요. 나의 박해자가 당장이라도 나타날 것 같았습니다. 고개를 들면 그토록 두려운 대상이 보일까봐 땅바닥만 보고 있을 때도 많았어요. 혼자가 되면 그가 동반자를 내놓으라고 찾아올까봐 사람들의 눈에 띄지 않는 곳으로는 가지도 못했습니다.

그렇게 매달리다보니 작업은 꽤 진척됐어요. 곧 완성된다고 생각하면 불끈 희망이 솟기도 했고요. 차마 의심할 용기가 나지 않았지만 한구석에 자리한 불길한 예감에 가슴이 서늘해지기도 했습니다.

제3장

어느 날 저녁 실험실에 앉아 있을 때였습니다. 해는 이미 넘어갔고 수평선 위로 달이 올라오고 있었지요. 작업을 이어가기에는 너무 어두워서 잠시 손을 놓고 오늘은 이만 접을까 아니면 좀 더 집중해서 한시라도 빨리 마무리할까 고민해 보았어요. 꼬리에 꼬리를 물고 이어지는 상념을 따라가다보니 내가 하는 일이 어떤 결과를 가져올지 생각하게 되더군요. 3년 전에도 똑같은 과정으로 마귀를 만들어냈고, 그는 잔혹한 만행으로 내 가슴을 후벼 판 뒤 쓰디쓴 후회와 자책을 안겨주었어요. 그런 마귀를 또다시 만들려 하다니. 어떤 기질을 갖게 될지도 모르는데. 어쩌면 이 여자 마귀는 제 짝보다 수천 배 더 악독해서 살인과 참혹한 행위를 더욱 즐길지도 모를 일이었지요. 괴물은 인간의 거주지를 떠나 아무도 살지 않는 황야에 숨어 살겠다고 다짐했지만 이 여자는 아닙니다. 이 여자도 분명 사고력과 이성을 가진 존재일 텐데, 자기가 만들어지기도 전에 맺은 약속을 왜 지켜야 하냐고 따지면 할 말이 없지요. 그들이 서로 싫어할 수도 있고요. 먼저 만들어진 놈은 자신의 추한 모습에 진저리를 냈으니 막상 자기처럼 추한 여자가 나타나면 더 혐오할 수도 있지 않을까요? 여자도 흉측한 괴물보다는 아름다운 인간을 탐할지도 모르고요. 그러다 결국 여자가 떠나고 괴물이 다시 혼자가 되면 동족에게도 버림받은 울분을 쉽사리 삭이지 못하겠지요.

설사 그들이 유럽을 떠나 외딴 황야에 산다고 해도 악마가 절실히 원하던 공감의 결과물로 자식이 태어난다면 악마 종족이 이 땅에 번식해 인류의 존속을 위협하고 공포를 부추길지도 모를 일이었어요. 나의 이익을 위해 후대에게 이런 저주를 내리는 것이 과연 옳은 일일까요? 내게 그런 권리가 있을까요? 나는 내가 빚어낸 악마의 궤변에 넘어가고 그의 못된 협박에 판단력을 잃었던 겁니다. 문득 내가 얼마나 파괴적인 약속을 했는지 깨달았습니다. 후대 사람들이 이기심으로 망설임 없이 저 혼자의 평화를 택한 나를 얼마나 저주할까 생각하니 몸서리가 나더군요. 어쩌면 그 선택으로 인류의 생존이 위태로워질 수도 있었지요.

몸이 부들부들 떨리고 숨을 쉴 수 없었습니다. 그러다 문득 고개를 들었는데, 달빛이 들어오는 창문에 악마가 보이는 겁니다. 자신이 지시한 일을 하는 나를 지켜보면서 섬뜩하게 웃는 입술에 소름 끼치는 주름이 지더군요. 그렇습니다. 그는 나를 따라왔고, 줄곧 숲속을 떠돌거나 동굴과 넓은 히스 벌판에 숨어 있다가 내 작업이 얼마나 진행됐는지 확인하고 약속을 독촉하려고 나타난 겁니다.

나는 사악하고 야비하기 이를 데 없는 그의 얼굴을 바라보았습니다. 그런 존재를 하나 더 만들어주겠다고 약속하다니 미친 짓이었다는 생각이 들더군요. 나는 분노에 떨며 내가 만들던 존재를 갈가리 찢어버렸어요. 괴물은 내가 자기 행복을 책임질 미래의 동반자를 파괴하자 지독한 절망과 원망에 휩싸인 듯 울부짖으며 사라졌습니다.

나는 작업실을 나와서 다시는 그 일에 손대지 않으리라 굳게 다짐하며 문을 잠갔어요. 그런 뒤 휘적휘적 나의 거처로 들어갔지요. 나는 철저히 혼자였습니다. 울적한 마음을 달래줄 사람도, 나를 짓누르는 끔찍한 악몽을 떨쳐줄 사람도 없었어요.

그 후 몇 시간 동안 창가를 떠나지 않고 멍하니 바다를 바라보았습니다. 바람이 잦아들어 파도는 잔잔했고 주변의 자연은 고요한 달의 눈길을 받으며 휴식하고 있었지요. 낚싯배 몇 척이 점점이 물 위를 수놓았고, 살랑거리는 바람이 이따금 서로를 부르는 어부들의 목소리를 실어 날랐습니다. 막연히 적막감을 느꼈을 뿐 주위를 에워싼 깊은 정적을 딱히 의식하지 못했어요. 그러다 불현듯 해안 쪽에서 노 젓는 소리가 들리는 겁니다. 내 숙소 근처에서 누군가가 내려서는 것 같았어요.

잠시 후 누군가가 조심스레 문을 여는 듯 끼익하는 소리가 들리더군요. 온몸이 떨렸습니다. 누구인지 직감적으로 알았지요. 근처에 사는 농부를 깨우고 싶었어요. 하지만 위험이 닥칠 줄 알면서도 그 자리에 못 박혀 꼼짝도 할 수 없는 악몽을 꿀 때처럼 아무것도 할 수 없었습니다.

복도를 걸어오는 발소리가 들렸고, 뒤이어 문이 열리더니 예상대로 괴물이 나타났지요. 그는 문을 닫고 다가와 목소리를 내리깔고 말했습니다.

"대체 무슨 생각으로 만들던 것을 파괴했지? 감히 약속을 깨려는 건가? 내가 얼마나 고생하며 여기까지 왔는데. 당신과 함께 스위스를 떠난 뒤 버드나무 섬들 사이를 지나고 높은 산을 넘기도 하며 몰래 라인강을 따라왔어. 잉글랜드의 히스 벌판과 스코틀랜드의 황무지에서 몇 달을 보내기도 했고. 이루 말할 수 없는 피로와 추위, 배고픔을 견뎠는데 감히 내 희망을 짓밟아?"

"꺼져라! 나는 약속을 깨겠다. 너 같은 괴물, 너처럼 끔찍하고 사악한 존재를 다시는 만들지 않겠다."

"넌 노예야. 좋은 말로 설득하려 했는데 그럴 가치가 없다는 것을 스스로 보여주었군. 내가 어떤 힘을 지녔는지 잊지 마라. 넌 이미 네가 불행하다고 생각하겠지만 나는 네가 햇살조차도 진저리 낼 만큼 더 비참하게 만들 수 있다. 넌 나의 창조자이지만 난 너의 주인이야. 그러니 복종해!"

"나약하던 시기는 지나갔다. 더는 너에게 끌려다니지 않겠어. 아무리 협박해도 나를 사악한 일에 끌어들일 수는 없을 거야. 오히려 네게 악의 동반자를 만들어줘선 안 된다는 결심이 더 굳어질 뿐이지. 죽음과 극악한 만행을 즐기는 악마를 내가 제정신으로 세상에 풀어놓을 것 같아? 어서 꺼져! 나는 이미 마음을 굳혔으니 네가 더 얘기해봐야 화만 돋을 뿐이다."

괴물은 나의 단호한 얼굴을 보고 이를 갈며 울분을 터뜨렸습니다. "남자는 저마다 아내를 가슴에 품고 짐승도 저마다 짝이 있는데 나는 혼자 살아야 하나? 한때 애정이라는 감정을 품었다가 혐오와 멸시에 시달렸지. 인간이여! 증오하는 것은 네 마음이지만 조심해라! 앞으로 너는 두려움에 떨며 비참하게 살게 될 테니. 곧 벼락이 떨어져 너의 행복을 영원히 앗아 갈 거야. 내가 고통스럽게 사는 동안 넌 행복하게 살 거라고 생각하나? 네가 나의 열정을 모조리 앗아 가도 복수심은 건드리지 못할걸. 앞으로 나는 빛이나 양분보다 복수심을 더 소중히 보듬겠다! 나도 언젠가는 죽을 테지만 그전에 나를 억압하고 고문한 네가 너의 비참한 신세를 내려다보는 태양을 저주하게 해주겠다. 조심해라. 나처럼 두려울 게 없는 자는 막강한 법이지. 뱀처럼 교활하게 지켜보다가 뱀처럼 치명적인 독을 쏘겠다. 결국 네가 자초한 상처를 보고 후회할 날이 올 거야."

"그만해라, 악마. 악랄한 말로 공기를 더럽히지 마라. 나는 이미 결심을 전했고 그런 협박에 뜻을 굽힐 겁쟁이도 아니다. 물러가라. 내 마음은 변하지 않아."

"좋아. 가지. 하지만 명심해. 네 결혼식 날 밤에 찾아가겠다."

나는 그에게 달려들며 소리쳤습니다. "사악한 놈! 내 죽음을 맹세하기 전에 네 신변이나 살펴라."

나는 그를 붙잡으려 했지만 그는 어느새 나를 피해 후다닥 집을 나갔습니다. 얼마 뒤 그가 배에 오르는 모습이 보이더군요. 그는 쏜살같이 물살을 가르고 이내 파도 속으로 사라졌어요.

주위는 다시 고요해졌지만 그의 말이 귓가를 맴돌았습니다. 내 평화를 죽인 자를 따라가 바다에 처넣고 싶은 마음이 간절했지요. 나는 방을 서성이며 속을 끓였어요. 오만 가지 상상이 나를 고문하며 물어뜯었습니다. 왜 곧장 그를 따라가서 죽자 사자 싸워보지 않았을까요? 나는 그를 그저 쫓아버렸고 그는 이미 본토 쪽으로 사라졌어요. 그 지독한 복수의 다음 희생자가 누구일까 생각하니 몸서리가 났지요. 그의 말을 곱씹어보았습니다. **"네 결혼식 날 밤에 찾아가겠다."** 그렇다면 내 운명의 날이 정해진 셈이었어요. 그때가 되면 나는 죽을 테지만 동시에 그의 원한도 풀어지는 겁니다. 그렇게 생각하니 두렵지 않더군요. 그러다 사랑하는 엘리자베트가 떠올랐어요. 사랑하는 연인을 잔인하게 빼앗긴 그녀가 얼마나 눈물 흘리며 슬퍼할까요? 생각이 거기에 미치자 몇 달 만에 눈물이 쏟아졌습니다. 결국 싸워보지도 않고 적 앞에 쓰러지지는 않겠다고 다짐했지요.

밤이 지나고 바다 위로 태양이 떠오르자 마음이 한결 차분해지더군요. 평화를 찾았다기보다는 격렬하게 타오르던 분노가 깊은 절망으로 바뀌었을 뿐입니다. 나는 집을 나섰습니다. 간밤에 격한 싸움이 벌어진 오싹한 현장을 떠나 바닷가를 거닐었어요. 바다가 마치 나와 다른 인간들 사이를 가르는 넘을 수 없는 장벽처럼 느껴졌지요. 아니, 차라리 정말 그랬으면 하는 바람이 슬며시 들기도 했습니다. 황량한 바위섬에서 남은 인생을 보내고 싶더군요. 조금 따분하겠지만 느닷없이 불행을 겪을 일은 없을 테니까요. 돌아가면 내가 희생양이 되거나 가장 사랑하는 이들이 내 손으로 만든 악마의 손에 죽는 광경을 보거나 둘 중 하나였지요.

나는 사랑하는 사람들을 두고 다른 세계로 넘어와 비참하게 살아가는 망령처럼 섬을 서성였습니다. 한낮이 되어 해가 더 높이 떠오르자 풀밭에 누워 나도 모르게 깊은 잠에 빠졌어요. 밤을 꼬박 새운 탓에 신경이 곤두서 있었고 불안과 긴장으로 눈이 아팠거든요. 단잠이 원기를 보충해주었는지 자고 일어나자 내가 속한 인간 세상으로 다시 돌아온 기분이었습니다. 지나간 일을 더 차분하게 돌아볼 수 있게 됐지요. 하지만 여전히 악마의 말이 죽음의 전조처럼 귓가를 맴돌았어요.

꿈인 듯 생시인 듯 아득하면서도 선명하게 나를 옥죄었지요.

　해가 넘어간 뒤에도 한참 동안 해안에 앉아서 귀리 빵으로 허기진 배를 채우고 있을 때 낚싯배 한 척이 다가오더니 한 선원이 꾸러미를 건네주었습니다. 제네바에서 온 편지 몇 통과 다시 만나자는 클레르발의 편지였어요. 그는 우리가 스위스를 떠난 지 1년 가까이 지났는데 아직 프랑스에 가지 못했다며 혼자 섬에 틀어박혀 있지 말고 일주일 뒤에 퍼스에서 자신과 만나 남은 일정을 계획해보자고 제안했어요. 편지를 읽고 조금 활력을 되찾은 나는 이틀 뒤에 섬을 떠나기로 마음먹었습니다.

　하지만 떠나기 전에 할 일이 있었지요. 생각만 해도 진저리가 났지만 화학 기구들을 챙겨야 했어요. 그러려면 끔찍한 작업 현장에 다시 들어가서 보기만 해도 속이 메슥거리는 도구들을 만져야 했고요. 다음 날 동이 트자 간신히 용기를 내서 잠가놓은 실험실의 문을 열었습니다. 내가 만들다 파괴해버린 잔해가 바닥에 흩어져 있었어요. 마치 내가 산 사람의 육신을 난도질한 기분이었습니다. 나는 마음을 가다듬고 안으로 들어갔어요. 부들부들 떨리는 손으로 도구들을 가지고 나오자 내 작업의 잔해를 두고 가면 섬 주민들의 의심과 두려움을 사겠다는 생각이 들더군요. 그래서 그것을 바구니에 담고 돌멩이를 잔뜩 채운 뒤 밤이 되면 바다에 던져버리기로 하고 바닷가에 앉아 화학 기구들을 닦고 정리하며 시간을 보냈습니다.

악마가 나타난 그날 밤 내 마음은 비할 데 없이 확고하게 바뀌었어요. 그전에는 어떻게든, 어떤 결과가 따르든 약속을 지켜야 한다는 생각에 비통한 절망에 빠져 있었지만 마치 눈앞을 가린 막이 걷히기라도 한 듯 모든 것이 분명해졌습니다. 하던 일을 다시 시작해야 한다는 생각은 한순간도 들지 않았어요. 귓가를 울리는 협박이 머릿속을 무겁게 짓눌렀지만 어차피 내 힘으로 피할 방법은 없다고 생각했지요. 처음에 만든 악마와 똑같은 존재를 만드는 것은 더없이 야비하고 극악무도한 이기적 행위라고 마음을 굳혔고 다른 결론으로 이어질 만한 생각은 머릿속에서 모조리 밀어냈어요.

새벽 2시에서 3시 사이 달이 떠오르자 나는 작은 배에 바구니를 싣고 해안에서 6킬로미터쯤 떨어진 곳으로 나갔습니다. 주위에는 아무도 없었어요. 육지로 돌아가는 배가 몇 척 보였지만 나는 그들과 멀찍이 떨어졌습니다. 마치 끔찍한 범죄를 저지르려는 사람처럼 불안에 떨며 아무도 마주치지 않으려고 피했지요. 환하게 빛나던 달이 어느 순간 짙은 구름에 가려지자 나는 어둠을 틈타 바구니를 물에 던졌습니다. 바구니가 꾸르륵거리며 가라앉는 소리를 듣고는 그곳을 떠났지요. 하늘에는 구름이 가득했지만 공기는 맑았어요. 북동쪽에서 살랑살랑 불어오던 바람이 점점 거세지면서 쌀쌀한 기운이 감돌았지만 그 덕분에 머리가 상쾌해지고 기분이 한결 좋아지더군요. 그래서 바다에 좀 더 머물기로 하고 키를 한 방향으로 고정한 뒤 배에 누웠습니다. 구름이 달을 가린 탓에 시야는 흐릿했고 배의 용골이 파도를 가르는 소리만 들리더군요. 잔잔한 소리가 자장가 같아서 금세 깊은 잠에 빠졌습니다.

시간이 얼마나 지났는지 잠에서 깨보니 해가 중천에 떠 있었어요. 바람이 거세게 불면서 파도가 끊임없이 내 작은 배를 위협했습니다. 북동풍이 불고 있었으니 내가 배를 띄운 해안에서 멀리 떠밀려 온 게 분명했지요. 배를 돌리려 했지만 그러면 금세 배에 물이 찰 것 같았습니다. 내가 할 수 있는 일이라곤 바람에 밀려가는 것뿐이었어요. 솔직히 조금 겁이 났습니다. 나침반도 없었고 그쪽 지리에는 어두운 탓에 태양의 위치도 딱히 도움이 되지 않았거든요. 그러다 대서양 한가운데로 흘러가면 굶주림에 시달리거나 주위를 에워싼 거대한 물살에 휩쓸릴지도 모를 일이었지요. 벌써 시간이 한참 지난 터라 앞으로 겪을 고난을 예고하듯 목이 타들어갔어요. 하늘을 보니 구름이 잔뜩 끼었고 바람이 구름을 밀어내도 다른 구름이 그 자리를 메웠습니다. 바다를 바라보며 여기가 내 무덤이구나 생각했지요. 나는 이렇게 소리쳤습니다. "악마여, 넌 이미 뜻을 이룬 것 같구나!" 엘리자베트와 아버지, 클레르발이 떠올랐어요. 끔찍하고 절망적인 상상이 머릿속을 떠나지 않았지요. 그 상상이 영원히 막을 내리려 하는 지금 이 순간에도 그날을 생각하면 몸서리가 난답니다.

그렇게 몇 시간이 흘렀어요. 해가 수평선으로 기울면서 바람이 조금씩 잦아들어 온화해지더니 하얗게 부서지는 파도가 사라졌습니다. 하지만 엄청난 너울이 일어 멀미가 나더군요. 키를 잡고 있을 수도 없었어요. 그때였습니다. 남쪽에 불룩하게 솟아오른 육지가 보이는 겁니다.

오랜 시간 피로와 지독한 불안에 시달리며 녹초가 된 터에 갑자기 살았다는 희망이 생기면서 따뜻한 기쁨이 밀려들고 눈물이 쏟아졌어요.

인간의 마음이란 얼마나 변덕스러운지요. 더없이 처참한 상황에서 삶에 애착을 느끼는 것은 참으로 묘한 일이지요. 나는 옷으로 돛을 하나 더 만든 뒤 육지를 향해 열심히 나아갔습니다. 언뜻 바위투성이의 황무지인가 싶었는데 가까이 가보니 경작지가 보이더군요. 해안에 선박들이 정박해 있었고요. 어느새 나는 문명의 세계로 돌아온 겁니다. 구불구불한 해안선을 열심히 훑어보다가 마침내 작은 곶 너머로 솟아오른 첨탑을 발견했지요. 몹시 지친 터라 곧장 마을로 가서 먹을 것을 구해야겠다고 생각했어요. 다행히 돈은 갖고 있었습니다. 곶을 끼고 돌자 작고 깨끗한 마을과 훌륭한 항구가 보였어요. 그리로 들어가면서 뜻밖의 탈출구를 발견한 기쁨에 가슴이 설렜지요.

배를 정박하고 돛을 정리하느라 정신이 없을 때 사람들이 몰려왔습니다. 그들은 내 몰골을 보고 몹시 놀라는 것 같았지만 도와주겠다고 하기는커녕 수상한 몸짓으로 저희끼리 속 닥거리더군요. 평소라면 그런 행동에 적잖이 경계했을 겁니다. 나는 가까스로 그들이 영어를 쓴다는 것을 알아차리고 그들의 언어로 말을 걸었어요. "안녕하세요. 혹시 이 도시의 이름이 무엇인지, 여기가 어디인지 알려주시겠습니까?"

한 사내가 걸걸한 목소리로 대꾸하더군요. "곧 알게 될 거요. 여기가 그쪽 입맛에 썩 맞지는 않겠지만, 어차피 묵을 곳을 걱정할 일도 없을걸."

처음 보는 사람에게 그렇게 무례하다니 기가 막혔습니다. 게다가 옆에 있는 사람들도 화가 난 듯 얼굴을 잔뜩 찌푸리고 있어서 마음이 편치 않았지요. "왜 그렇게 거칠게 대답하는 겁니까? 낯선 사람을 적대적으로 대하는 건 잉글랜드의 풍습이 아닐 텐데요."

그러자 사내가 대꾸했어요. "잉글랜드의 풍습은 내 알 바 아니고, 어쨌든 아일랜드 사람들에게는 범죄자를 증오하는 풍습이 있소."

이렇게 기묘한 대화가 오가는 동안 사람들이 끊임없이 몰려들더군요. 호기심과 분노가 섞인 얼굴들을 보니 화가 나기도 하고 긴장되기도 했어요. 여관이 어디 있는지 물었지만 아무도 대답하지 않았지요. 그래서 무작정 앞으로 나아가자 사람들이 웅성거리며 나를 따라와 주위를 에워싸는 겁니다. 험악한 인상의 사내가 다가오더니 내 어깨를 두드리며 말했어요. "갑시다. 나랑 같이 커윈 판사님께 가서 해명을 해야 할 것 같소."

"커윈 판사님이요? 무슨 해명을 하라는 말씀이지요? 여긴 자유국가가 아닙니까?"

"정직한 사람에게는 자유국가지. 커윈 치안판사님 앞에 가서 어젯밤 이곳에서 살해된 채로 발견된 남성의 죽음에 관해 설명해야 할 것 같소."

기가 찼지만 곧 마음을 가라앉혔습니다. 나의 결백은 쉽게 증명할 수 있을 테니까요. 그래서 조용히 안내자를 따라 근처에서 가장 근사한 건물로 향했습니다. 피곤하고 허기가 져서 금방이라도 쓰러질 것 같았지만 사람들이 에워싸고 있어서 어떻게든 힘을 내는 편이 좋겠다고 생각했어요. 지친 모습을 보이면 불안이나 양심의 가책 때문이라는 오해를 살 수도 있으니까요. 잠시 후 나를 산 채로 집어삼킬 재앙을, 엄청난 공포와 절망으로 불명예나 죽음에 대한 두려움 따위는 모조리 잊게 해줄 재앙을 마주하게 될 줄은 꿈에도 몰랐습니다.

여기서 잠깐 쉬어야 할 것 같군요. 그 후에 겪었던 끔찍한 일들을 상세하게 떠올리려면 마음의 준비가 필요하거든요.

제4장

나는 곧 치안판사 앞으로 안내됐습니다. 판사는 차분하고 온화한 태도를 지닌 인자한 노인이었어요. 하지만 꽤 엄한 눈으로 나를 바라보았지요. 그는 나를 데려온 사람들을 돌아보며 사건의 목격자들을 불러오라고 했습니다.

대여섯 명이 앞으로 나왔고 그중 판사의 지목을 받은 사람이 먼저 증언했지요. 그는 간밤에 아들과 처남인 대니얼 뉴전트와 함께 낚시를 나갔다가 10시쯤 북쪽에서 강풍이 이는 것을 보고 항구 쪽으로 배를 돌렸다고 했습니다. 달이 뜨기 전이라 주위는 칠흑같이 어두웠고 그들은 항구가 아니라 평소처럼 항구에서 3킬로미터쯤 떨어진 만에 배를 댔답니다. 그가 낚시 도구 일부를 들고 앞장서 걸어갔고 아들과 처남은 조금 뒤처져서 따라갔다는군요. 모래밭을 걸어가던 중 그는 무언가에 발이 걸려 철퍼덕 엎어졌습니다. 일행이 달려와 그를 일으키고 등불을 비춰보니 그의 발에 걸린 것은 죽은 듯한 사람의 몸이었습니다. 물에 빠져 죽은 시신이 파도에 떠밀려 온 모양이라고 넘겨짚었는데, 자세히 보니 옷이 젖지 않았고 아직 체온도 남아 있었다는군요. 그들은 얼른 그 사람을 인근 노파의 집으로 옮기고 어떻게든 살려보려고 했지만 소용없었습니다. 스물다섯 살쯤 돼 보이는 잘생긴 청년이었는데, 목이 졸려 죽은 것 같더랍니다. 폭행의 흔적은 없고 목에 시커먼 손자국만 남아 있었다고 했지요.

그의 진술을 무심히 흘려듣던 나는 손자국 얘기가 나오자 내 동생의 죽음이 떠올라 몹시 불안해졌습니다. 다리가 후들거리고 눈앞이 캄캄해져서 의자에 몸을 기댔어요. 예리한 눈으로 나를 관찰하던 치안판사는 당연히 내 태도에서 미심쩍은 조짐을 느꼈겠지요.

아들이 아버지의 진술을 확인해주었고, 다음으로 불려 나간 대니얼 뉴전트는 매형이 넘어지기 직전에 해안 근처에서 한 남자가 탄 작은 배를 보았는데, 별빛이 그리 밝지는 않았지만 분명히 내가 타고 온 배와 똑같았다고 주장했습니다.

해변에 살고 있다는 여자는 문 앞에 서서 낚시를 나간 사내들을 기다리다가 남자 혼자 타고 있는 배가 해안에서 멀어지는 광경을 보았고, 그로부터 한 시간쯤 뒤 그쪽 해안에서 시체가 발견됐다는 소식을 들었다고 증언했지요.

어부들이 시신을 옮겨 갔다는 집의 주인 여자도 시신에 온기가 남아 있었다고 진술하더군요. 그들은 시신을 침대에 눕힌 뒤 몸을 씻어주었고 대니얼이 약사를 부르러 갔지만 이미 숨이 끊어진 뒤였다고 했어요.

나의 상륙 정황에 관해서도 여러 명이 심문을 받았습니다. 밤새도록 강한 북풍이 불었으니 내가 몇 시간 동안 바람을 거슬러 가려다가 결국 출발 지점 근처로 되돌아왔을 가능성이 아주 높다고 모두 입을 모으더군요. 그들은 또 내가 시체를 다른 곳에서 옮겨 온 것으로 보이며, 이쪽 지리를 잘 모르는 것으로 보아 어쩌면 해안에 시체를 버려놓고 그곳에서 이 도시까지의 거리를 모른 채 항구로 들어왔을 가능성도 있다고 주장했습니다.

증언을 들은 커윈 판사는 시신을 매장하기 전에 잠시 안치해놓은 곳으로 나와 함께 가보고 싶다고 하더군요. 내가 시신을 보고 어떻게 반응하는지 살펴보려는 심산이었겠지요. 틀림없이 증인이 살인의 방식을 설명할 때 내가 몹시 불안해 보인 탓이었을 겁니다. 결국 나는 치안판사와 다른 사람 몇 명의 안내를 받아 여관으로 향했어요. 하필 그렇게 힘든 밤을 겪은 뒤 이런 일까지 겹치다니 묘한 우연의 일치에 기가 막혔습니다. 하지만 시신이 발견된 시각에는 내가 살던 섬의 주민들과 이야기를 나누기도 했으니 이 사건이 어떻게 마무리될지는 전혀 걱정하지 않았어요.

나는 시체가 놓인 방으로 들어가 관 앞으로 안내됐습니

다. 관을 본 순간 내가 어떤 심정이었는지는 말로 설명할 길이 없습니다. 지독한 공포에 지금도 입이 바싹 마르는 것 같네요. 그 끔찍한 순간을 떠올리면 여전히 고통에 몸서리가 납니다. 시신의 얼굴을 본 순간 밀려들었던 극심한 고통도 떠오르고요. 눈앞에 앙리 클레르발이 늘어져 있었거든요. 그를 본 순간, 방금 전에 있었던 심문과 치안판사, 증인들의 존재는 마치 꿈처럼 기억에서 사라졌습니다. 숨이 턱 막히더군요. 나는 시신 위로 풀썩 몸을 던지며 소리쳤어요. "내 소중한 친구 앙리, 내 흉악한 계획이 결국 네 목숨마저 앗아 갔구나. 벌써 두 사람이 짓밟히고 희생이 또 이어질 줄은 알았지만, 설마 네가, 내 친구, 나의 은인인 클레르발 네가……."

내가 겪은 고통은 이미 인간의 몸으로 견딜 수 있는 수준을 넘어섰습니다. 나는 심한 발작을 일으켜 실려 나갔지요.

그때부터 열병에 시달렸습니다. 두 달 동안 사경을 헤맸고 나중에 들어보니 무시무시한 헛소리를 해댔다고 하더군요. 내가 윌리암과 쥐스틴, 클레르발을 모두 죽였다고 소리치더랍니다. 간병인들에게 나를 괴롭히는 악마를 죽이도록 도와달라고 애원했고, 괴물이 내 목을 조르고 있다며 공포와 고통의 비명을 지르기도 했습니다. 다행히 그럴 때면 모국어가 튀어나와 내 말을 알아듣는 사람은 커윈 판사뿐이었지요. 하지만 내 몸짓과 비통한 울부짖음에 다른 사람들도 겁을 먹었답니다.

나는 왜 죽지 않았을까요? 세상 누구보다도 비참했던 내가 왜 망각의 영면에 들지 않았을까요? 아직 피어나지 못한 수많은 아이들, 맹목적인 사랑을 받으며 부모들에게 유일한 희망이 돼주는 아이들도 무수히 죽음을 맞이하는데. 희망을 갖고 건강하게 살아가던 수많은 젊은 남녀도 어느 날 갑자기 구더기의 먹이가 되어 무덤에서 썩어가는데! 대체 나는 무엇으로 만들어졌기에 바퀴를 굴리듯 끊임없이 이어지는 고통스러운 충격을 모두 견디는 것일까요?

하지만 나는 살 운명이었지요. 두 달 뒤 꿈에서 깬 듯 정신을 차려보니 감옥의 허름한 침대에 누워 있었고 간수와 옥지기들, 빗장, 지하 감옥의 끔찍한 도구들 따위가 눈에 들어왔습니다. 그렇게 주위를 알아보기 시작한 때는 아침으로 기억하는데, 내가 무슨 일을 겪었는지 구체적으로 떠오르지는 않았지만 엄청난 불행이 나를 집어삼킨 느낌이 들었어요. 그러다 창살이 달린 창문과 내가 누워 있는 더러운 방을 둘러보자 섬광처럼 불현듯 모든 기억이 떠올라 괴로운 신음을 내뱉었습니다.

침대 옆의 의자에서 자고 있던 노파가 그 소리에 잠이 깼지요. 간병인으로 고용된 노파는 옥지기의 아내였는데, 그 계층의 사람들이 대개 그렇듯 얼굴에 온갖 나쁜 특징들이 드러나 있었어요. 참상을 보고도 딱히 연민을 느끼지 않는 사람처럼 깊고 진한 주름이 자리 잡았고 말투도 무심했지요. 영어로 내게 말을 걸었는데, 그러고 보니 앓는 동안 들어본 적이 있는 목소리였습니다.

"좀 나아졌어요?"

나는 힘없이 영어로 대답했습니다. "그런 것 같습니다. 하지만 이 모든 게 꿈이 아니라 생시라면 이렇게 살아서 다시 고통과 두려움에 시달리게 된 것이 유감이네요."

그러자 노파가 대꾸했어요. "그야 그렇지. 당신이 죽인 청년 얘기를 하는 거라면 내가 보기에도 차라리 죽는 편이 나아요. 앞으로 험한 꼴을 당할 테니! 하지만 어차피 재판이 다시 열리면 교수형에 처해질 테지. 그런 건 내가 상관할 바가 아니에요. 난 당신을 간호하러 온 사람이니 양심적으로 맡은 일을 할 뿐이죠. 다들 그렇게만 하면 아무 탈이 없을 텐데."

막 죽음의 문턱에서 살아 돌아온 사람에게 그렇게 매정하게 말하다니 욕지기가 나서 고개를 돌렸습니다. 하지만 기력이 달려서 지나간 일을 모두 떠올릴 수 없었어요. 내 삶에 일어난 모든 일이 한 편의 꿈처럼 느껴졌지요. 머릿속에 떠오르는 기억에도 도무지 현실감이 없어서 가끔은 실제로 일어난 일일까 의심이 들기도 했어요.

그런 기억들이 차츰 뚜렷하게 눈앞에 펼쳐지면서 다시 열이 올랐습니다. 어둠이 나를 짓눌렀지만 애정 어린 다정한 목소리로 달래주는 이도, 부드러운 손길로 나를 부축해주는 이도 없었지요. 의사가 와서 처방을 하면 노파가 약을 지어주었지만 의사의 얼굴은 더없이 무심했고 노파의 얼굴은 잔인하기 이를 데 없었어요. 돈을 받고 일하는 교수형 집행인이 아니고서야 누가 살인자의 운명에 관심을 갖겠습니까?

처음에는 이렇게 생각했지만, 곧 커윈 판사가 내게 굉장한 호의를 베풀었다는 사실을 깨달았답니다. 감옥에서 가장 좋은(여전히 허름했지만 다른 방보다 훨씬 나은) 방을 배정해준 사람도, 의사와 간병인을 보내준 사람도 커윈 판사였지요. 물론 나를 보러 오는 일은 아주 드물었어요. 아무리 모든 인간의 고통을 덜어주려 애쓰는 사람이라고 해도 살인자의 비참한 광기와 고통을 직접 마주하고 싶지는 않았을 테지요. 제대로 간호를 받는지 확인하러 오긴 했지만 아주 가끔이었고 잠깐 머물다 떠났습니다.

차츰 회복해가던 어느 날, 나는 의자에 앉아 있었습니다. 눈은 반쯤 감겼고 뺨은 시체처럼 푸르뎅뎅했지요. 침울하고 참담한 기분에 사로잡혀 어차피 비참하게 갇혀 있다 풀려난들 암울한 삶이 펼쳐질 텐데, 그럴 바에는 죽는 편이 낫겠다고 자주 생각했어요. 가엾은 쥐스틴에 비하면 아주 결백하다고 할 수도 없으니 죄를 인정하고 형벌을 받아야 하지 않나 싶기도 했지요. 그런 생각을 하고 있을 때 문이 열리더니 커윈 판사가 들어왔습니다. 동정과 연민의 표정이 엿보였지요. 그는 의자를 끌고 와서 앉더니 프랑스어로 말했습니다.

"이런 곳에 오다니 충격이 크겠군. 좀 더 편하게 지내도록 내가 도울 일이 있을까?"

"말씀은 감사하지만 그런 건 아무래도 상관없습니다. 지상의 어느 곳에서도 저는 편하게 지낼 수 없을 겁니다."

"이렇게 기이한 불행을 겪고 있는 사람에게 낯선 이의 동정이 큰 위로가 되지 않는다는 건 잘 알고 있네. 하지만 곧 이 암울한 곳에서 나가게 될 거야. 자네의 혐의를 벗겨줄 증거야 쉽게 찾을 테니까."

"아무래도 좋습니다. 어차피 저는 기이한 사건을 연달아 겪으면서 세상 누구보다도 비참한 신세가 됐습니다. 고문과 괴롭힘에 무수히 시달렸는데 죽음이 대수겠습니까?"

"하기야 최근에 겪은 사건보다 더 불행하고 괴로운 일이 있을까 싶군. 기막힌 우연으로 이 해안까지 떠밀려 왔는데, 인심 좋기로 유명한 이곳에서 갑자기 살인자로 몰려 붙잡히질 않나. 게다가 하필 이곳에서 가장 먼저 보게 된 광경이 웬 악마가 알 수 없는 방법으로 살해해서 자네 앞길에 놓아둔 친구의 시신이었고."

커윈 판사의 말을 들으면서 다시금 고통스러운 기억이 떠올라 심란했지만 한편으론 그가 나에 관해 많은 것을 알아냈다는 사실에 놀랐어요. 표정에도 놀란 기색이 드러났는지 커윈 판사는 황급히 덧붙이더군요.

"자네가 쓰러지고 하루 이틀 기다려도 차도가 없어서 옷을 뒤져서라도 자네의 불행과 건강 상태를 가족에게 알려야겠다고 생각했네. 편지 몇 통이 나와서 하나를 열어보니 아버지가 보낸 것이더군. 나는 곧장 제네바로 편지를 보냈네. 그게 벌써 두 달쯤 전의 일이야. 하지만 아직 병이 다 낫지 않았고 지금도 이렇게 떨고 있는 것을 보니 절대 안정해야 할 것 같군."

"이런 긴장감이 가장 끔찍한 사건보다 천배는 더 괴롭습니다. 이번엔 또 누가 죽었는지, 또 누구의 죽음을 애도해야 하는지 말씀해주세요."

커윈 판사는 온화하게 대답했습니다. "자네 가족은 모두 무사하네. 그리고 자네를 만나러 온 사람이 있어. 친구라고 하더군."

대체 어떤 연상 작용 때문이었는지는 몰라도 문득 살인마가 나의 불행을 비웃고 클레르발의 죽음을 조롱하며 내가 다시 자신의 흉악한 욕망을 채워주도록 강요하러 왔다는 생각이 들었습니다. 나는 손으로 눈을 가리고 고통스럽게 울부짖었습니다.

"아! 가라고 하세요! 만날 수 없습니다. 제발 들어오지 못하게 해주세요!"

커윈 판사는 난처한 표정으로 나를 바라보더군요. 내가 죄책감 때문에 흥분했다고 생각했을 테지요. 그는 엄숙한 어조로 말했습니다.

"이보게, 나는 자네가 아버지를 반길 줄 알았는데 그렇게 격렬한 반감을 보이다니 의외군."

"아버지라고요?" 내가 소리쳤어요. 고통으로 굳었던 표정과 근육이 풀어지면서 기쁨이 밀려들었습니다. "정말 아버지가 오셨어요? 이렇게 고마울 데가! 그런데 어디 계시죠? 왜 빨리 들어오시지 않고요?"

돌변한 나의 태도에 치안판사는 놀라면서도 흐뭇한 표정을 지었습니다. 잠깐 망상이 재발했던 모양이라고 판단했는지 금세 평소처럼 인자한 모습이 됐지요. 그는 자리에서 일어나 내 간병인을 데리고 나갔고 잠시 후 아버지가 들어오셨어요.

그 순간 아버지는 세상에 둘도 없이 반가운 존재였습니다. 나는 아버지에게 손을 내밀며 울음을 터뜨렸어요.

"무사하셨군요. 엘리자베트는요? 에르네스트는요?"

아버지는 모두 잘 있으니 걱정하지 말라고 다독인 뒤 내가 궁금해할 법한 이야기들을 들려주며 침울한 기분을 달래주려고 애쓰셨어요. 하지만 감옥에서는 아무래도 기운이 나지 않았지요. 아버지는 창살이 달린 창문과 누추한 방을 애처롭게 둘러보며 말씀하셨어요. "내 아들이 이런 곳에 있다니! 행복을 찾아 여행을 떠났는데 비운이 너를 따라온 것 같구나. 그리고 불쌍한 클레르발……."

불행하게 살해된 친구의 이름을 듣는 순간 쇠약해진 몸으로는 견딜 수 없는 감정이 북받쳤습니다. 결국 눈물이 터졌지요.

"아! 맞아요, 아버지. 지독한 비운이 나를 따라다니고 있어요. 내가 살아서 마주해야 할 운명이에요. 그게 아니었다면 앙리의 관 앞에서 죽었을 거예요."

우리는 긴 대화를 나눌 수 없었습니다. 내 건강이 아직 위태로운 상태라 안정이 필요했지요. 커윈 판사가 들어오더니 내가 무리해선 안 된다고 했습니다. 그래도 수호천사처럼 든든한 아버지 덕분에 나는 차츰 건강을 되찾았어요.

병이 낫고 나자 무엇으로도 떨칠 수 없는 깊고 어두운 우울증이 나를 맞이했습니다. 죽은 클레르발의 섬뜩한 모습이 눈앞을 떠나지 않았어요. 환영을 보고 불안에 떠는 내 모습에 주위에서 병이 재발한 모양이라고 걱정한 적도 여러 번이었답니다. 아! 그들은 왜 비참하고 혐오스러운 이 삶을 붙잡았을까요? 나에게는 정해진 운명이 있는 게 틀림없습니다. 이제 그 운명이 머지않았어요. 곧, 아니 지금 당장이라도 죽음이 이 맥박을 끊어버릴지 모릅니다. 그러면 나를 짓누르는 엄청난 고통에서 벗어나겠지요. 그리고 정의를 실현한 대가로 편히 쉴 수 있을 겁니다. 하지만 그때는 끊임없이 염원하는 죽음이 어찌나 멀게 느껴지던지요. 나는 몇 시간 동안 입을 다물고 꼼짝없이 앉아 어떤 격변이 일어나기를, 그래서 그 폐허 속에 나와 함께 나의 파괴자를 묻어버리기를 기원하곤 했습니다.

그러는 사이 순회재판의 시기가 다가왔지요. 어느새 나는 감옥에서 석 달을 보냈고, 여전히 쇠약한 데다 재발의 위험이 남아 있는데도 재판이 열리는 주도(州都)까지 160킬로미터쯤 가야 했습니다. 커윈 판사는 부지런히 증인을 모으고 내 변호를 준비했어요. 내 사건은 사형 여부를 판가름하는 법정까지 가지 않았고, 그 덕분에 나는 사람들 앞에 범죄자로 서는 수모를 면할 수 있었어요. 친구의 시신이 발견된 시각에 내가 오크니 제도에 있었다는 사실이 입증돼 대배심에서 소장이 기각됐고, 혐의를 벗은 지 이 주 만에 나는 감옥에서 풀려났습니다.

아버지는 내가 억울한 혐의를 벗고 다시 신선한 공기를 마시며 고국으로 돌아갈 수 있게 되자 뛸 듯이 기뻐하셨어요. 나는 함께 기뻐할 수 없었답니다. 어차피 내게는 지하 감옥이나 궁전이나 똑같았으니까요. 삶이라는 잔에 퍼진 독극물은 걸러낼 수 없었습니다. 행복하고 즐거운 이에게나 나에게나 똑같이 햇살이 내리쬤지만 내 주위에는 온통 오싹하고 짙은 어둠이 깔렸고 빛이라고는 어둠을 뚫고 나를 노려보는 한 쌍의 번뜩이는 눈뿐이었지요. 때로는 죽어서 늘어져 있던 앙리의 의미심장한 눈이 보였어요. 길고 짙은 속눈썹 아래 검은 눈동자가 거의 가려져 있었지요. 때로는 잉골슈타트의 작업실에서 처음 마주한 괴물의 축축하고 흐릿한 눈이 보이기도 했어요.

아버지는 내 안에 잠들어 있는 애정을 다시 깨워보려고 무던히 노력하셨지요. 곧 돌아가게 될 제네바, 그리고 엘리자베트와 에르네스트의 이야기를 끊임없이 들려주셨지만 내 입에서는 깊은 신음만 나왔습니다. 가끔은 행복을 바라기도 했지요. 울적한 기분으로나마 사랑하는 사촌을 떠올리며 기쁨에 젖었고, 때로는 향수병에 시달리며 어린 시절 사랑했던 푸른 호수와 론강의 급물살을 다시 보기를 바라기도 했어요. 하지만 대개는 아무런 의욕을 느끼지 못했고, 그런 상태라면 기막힌 자연의 절경 속에서 살든 감옥에서 살든 별 차이가 없었습니다. 그렇게 무감각하게 지내다가도 가끔은 울분과 절망감이 폭발하기도 했지요. 그럴 때면 진저리 나는 삶을 끝내려 들었답니다. 그래서 내가 끔찍한 자해를 저지르지 않도록 끊임없이 누군가가 곁에서 지켜봐야 했어요.

감옥에서 나올 때 누군가가 이렇게 말하는 것을 들었습니다. "저 사람은 살인범은 아니라도 분명히 어떤 가책에 시달리고 있어." 그 말이 가슴에 사무치더군요. 가책! 맞습니다. 나는 가책을 느끼고 있었지요. 윌리암과 쥐스틴, 클레르발은 모두 나의 흉악한 계획 때문에 목숨을 잃었으니까요. 나는 이렇게 울부짖었어요. "대체 누가 죽어야 이 비극이 끝날까? 아! 아버지, 어서 이 지독한 도시를 떠나요. 나를, 나의 존재와 온 세상을 잊을 수 있는 곳으로 저를 데려가주세요."

아버지는 나의 바람을 들어주셨어요. 커윈 판사와 작별한 뒤 우리는 서둘러 더블린으로 갔습니다. 정기 우편선을 타고 순풍을 받으며 아일랜드에서 멀어지자 엄청난 고통의 현장이었던 나라를 영원히 떠났다는 생각에 마음이 한결 가벼워지더군요.

깊은 밤이었습니다. 아버지는 선실에서 잠이 들었지만 나는 갑판에 누워 별을 바라보며 철썩거리는 파도 소리에 귀를 기울였어요. 아일랜드를 시야에서 가려주는 어둠이 어찌나 반갑던지요. 그리고 곧 제네바를 보게 된다고 생각하니 설레는 마음에 가슴이 뛰더군요. 과거의 일이 그저 무서운 악몽처럼 느껴졌습니다. 하지만 내가 타고 있는 배와 진저리 나는 아일랜드 해안에서 불어오는 바람, 그리고 나를 에워싼 바다가 확실하게 일깨워주었지요. 보이지 않는다고 사라진 것은 아니라고, 나의 친구, 둘도 없이 소중한 나의 동행 클레르발은 나에게, 내가 만든 괴물에게 희생됐다고. 나는 기억을 더듬어 내가 살아온 삶을 돌아보았습니다. 가족과 함께 제네바에서 조용하고 행복하게 살던 시절, 어머니의 죽음, 잉골슈타트로 떠난 일까지. 지독한 적을 만들도록 나를 몰아붙인 광기에 몸서리가 났고 그가 처음 깨어난 밤이 떠올랐어요. 더는 생각을 이어갈 수 없었지요. 수많은 감정이 밀려들어 나는 서럽게 울었습니다.

열병에서 회복한 뒤로 매일 밤 아편을 조금씩 복용하는 습관이 생겼답니다. 그래야만 간신히 눈이라도 붙이고 삶을 이어갈 수 있었거든요. 내가 겪은 수많은 불행의 기억에 짓눌려 그날은 두 배를 복용하고 곧 깊은 잠에 빠졌습니다. 하지만 자면서도 괴로운 생각에서 벗어날 수 없었어요. 무시무시한 장면들이 꿈에 나타났지요. 아침이 밝아올 무렵에는 가위눌리기도 했습니다. 악마가 내 목을 움켜쥐고 있는데 도무지 벗어날 수 없었어요. 귓가에 신음과 울부짖는 소리가 들렸습니다. 나를 지켜보던 아버지는 심상치 않다고 생각했는지 나를 깨우셨지요. 그러고는 우리가 들어가고 있는 홀리헤드● 항구를 가리켰습니다.

● 웨일스 북서쪽 끝 홀리헤드 섬의 북안에 있는 항구 겸 해변 휴양지.

제5장

우리는 런던으로 가지 않고 잉글랜드를 가로질러 포츠머
스로 가서 르아브르●행 배를 탈 계획이었습니다. 이 경로를
택한 가장 큰 이유는 소중한 클레르발과 평온한 시간을 보낸
곳들을 다시 보기가 두려워서였어요. 그와 함께 자주 찾아갔
던 사람들을 마주치는 일은 생각하기도 싫었습니다. 그들이
캐묻기라도 하면 여관에서 클레르발의 늘어진 몸을 봤을 때
받은 충격이 되살아날 테니까요.

아버지는 그저 내가 건강과 마음의 평화를 되찾기를 바라
며 갖은 애를 쓰셨어요. 끊임없이 나를 보살피고 배려하셨지
요. 나의 슬픔과 우울함은 집요했지만 아버지는 좌절하지 않
으셨답니다. 가끔은 내가 살인 누명을 쓴 일로 치욕을 느낀다

● 프랑스 센강 북안의 항구도시.

고 생각하셨는지 자존심이란 얼마나 부질없는 것인지 보여
주려고 노력하시기도 했어요.

　나는 이렇게 말했지요. "아! 아버지, 저를 잘 모르셔서 그래
요. 저처럼 형편없는 인간이 자존심을 느끼는 건 인간의 가치
를, 인간의 감정과 열정의 가치를 떨어뜨리는 일이에요. 쥐스
틴, 그 가여운 소녀도 저처럼 억울하게 살인 누명을 썼고 결국
목숨을 잃었잖아요. 저 때문이에요. 제가 쥐스틴을 죽였어요.
윌리엄과 쥐스틴, 앙리…… 모두 제 손에 죽었어요."

　아버지는 감옥에서도 이런 말을 자주 들으셨지요. 내가 자
책할 때면 가끔은 설명을 바라시는 눈치였지만 때로는 그저
헛소리라고, 병을 앓을 때 찾아온 망상이 이따금 재발하는 모
양이라고 생각하시는 것 같았어요. 나는 설명을 회피하며 내
가 만든 악마에 관해 끝까지 침묵했습니다. 그 치명적인 비밀
을 털어놓을 수만 있다면 온 세상을 내줄 수도 있었지만 미
친 사람 취급을 받게 된다는 두려움이 내 혀를 영원히 묶어
버린 겁니다.

　아버지는 내 말에 몹시 놀란 얼굴로 되물으셨어요. "그게
무슨 말이니, 빅토르? 정신이 나간 거니? 아들아, 제발 다시
는 그런 소리 하지 마라."

　나는 힘껏 소리쳤습니다. "정신은 멀쩡합니다. 하늘과 태양
이 제가 한 일을 모두 지켜보았으니 진실을 증명해줄 겁니다.
저는 누구보다도 결백한 사람들을 죽인 암살자예요. 그들은

제 끔찍한 계획 때문에 죽었어요. 제가 피를 흘려 그들을 살릴 수 있다면 얼마든지 그렇게 하겠어요. 하지만 그럴 수 없었어요. 아버지, 온 인류를 위험에 빠뜨릴 수는 없었어요."

이야기가 이렇게 끝나자 아버지는 내가 잠시 혼란에 빠진 모양이라고 여기며 얼른 화제를 바꿔 생각을 돌리려고 애쓰셨습니다. 아일랜드에서 일어난 일을 되도록 기억에서 지우고 싶으셨는지 다시는 그 일을 언급하지 않았고 나도 그 얘기를 꺼내지 못하게 하셨지요.

시간이 갈수록 나는 안정을 되찾았습니다. 가슴에 자리한 불행은 떠나지 않았지만 이제는 나의 죄를 운운하며 횡설수설 떠들어대지 않았고 그저 그것을 의식하는 데 그쳤지요. 이따금 나의 불행을 온 세상에 떠벌리고픈 충동에 시달렸지만 지독한 자해로 억눌렀고, 얼음의 바다에 다녀온 이후 보기 드물게 차분하고 침착한 태도를 유지했습니다.

우리는 5월 8일에 르아브르에 내려 곧장 파리로 향했습니다. 그곳에서 아버지의 볼일이 있어서 몇 주간 머물렀지요. 그 도시에서 엘리자베트의 편지를 받았습니다.

빅토르 프랑켄슈타인 앞

소중한 나의 친구에게,

삼촌이 파리에서 보내주신 편지를 받고 얼마나 기뻤는지 몰라. 이제 우리 사이의 거리가 더욱 가까워졌고 다시 만날 날이 이 주도 채 안 남았잖아. 불쌍한 나의 사촌, 얼마나 고생이 많았을까! 아마도 제네바를 떠날 때보다 더 초췌한 모습이 됐겠지. 지난겨울은 나도 무척 견디기 힘들었어. 불안과 걱정으로 괴로운 나날을 보냈거든. 그래도 네 마음에서 위안과 평온이 완전히 사라지지 않았기를, 평화로운 얼굴로 돌아오기를 기대할게.

1년 전 너를 힘들게 했던 감정이 여전히 남아 있거나 시간이 지나 오히려 더 깊어지지 않았을까 걱정이야. 수많은 불행에 짓눌려 있을 너를 괴롭히고 싶지는 않지만 외삼촌이 떠나시기 전 하신 말씀 때문에 우리가 만나기 전에 이 문제를 짚고 넘어가야 할 것 같아.

문제라니! 엘리자베트가 무슨 문제를 말하는 것일까? 너는 이렇게 생각할지도 몰라. 정말 그렇다면 내 의문은 이미 풀렸으니 이만 작별 인사를 하고 편지를 마무리해도 될 거야. 하지만 조금 두렵긴 해도 멀리 떨어져 있는 지금 이 문제를 짚어보는 편이 낫지 않을까? 이런 생각으로 네가 없는 동안 여러 번 얘기하고 싶었지만 차마 엄두를 내지 못했던 이야기를 더는 미룰 수 없었어.

잘 알다시피 네 부모님은 우리가 아주 어릴 때부터 우리의 결혼을 염원하셨지. 우리는 어려서부터 그런 이야기를 듣고 자라며 그것을 당연한 일로 받아들였고. 어린 시절 우리는 사이좋은 소꿉친구였고 커서도 서로에게 소중하고 가치 있는 친구라 믿었어. 하지만 오누이들은 서로를 아껴주면서도 그보다 더 친밀한 관계를 바라지는 않잖아. 혹시 우리도 그런 걸까? 소중한 빅토르, 말해줘. 우리 두 사람 모두의 행복을 위해 솔직하게 대답해줘. 혹시 사랑하는 사람이 따로 있는 건 아니니?

지금 너는 여행 중이고 잉골슈타트에서도 여러 해를 보냈잖아. 고백하자면, 지난가을 네가 무척 불행한 얼굴로 사람들을 피해 혼자 있고 싶어 하는 모습을 보고 혹시 우리 사이가 부담스러운 것은 아닐까, 원치 않아도 부모님의 소망이니 무조건 존중하고 따라야 한다고 믿는 것은 아닐까 하는 생각이 들었어. 그래선 안 돼. 나의 사촌, 솔직하게 말하면 나는 너를 사랑하고 네가 영원히 나의 친구이자 동반자로 곁을 지켜주는 미래를 늘 꿈꿨어. 하지만 너의 행복과 나의 행복이 모두 중요하니까 분명하게 말할게. 만약 네가 이 결혼을 원하지 않으면서도 어쩔 수 없어서 하려는 거라면 나는 영원히 비참해질 거야. 잔인하리만치 커다란 불행에 짓눌려 있는 네가 **도의** 때문에 사랑과 행복에 대한 희망마저 버려야 한다고 생각하면 지금도 눈물이 앞을 가려. 그런 희망이라도 있어야 예전처럼 살아갈 수 있을 텐데 말이야. 사랑에 눈이 먼 내가 네 희망에 걸림돌이 되어 몇 곱절의 고통을 안겨주고 있는지도 모르잖아. 아, 빅토르, 그렇게 생각하면 가슴이 미어질 만큼 나는 사촌이자 소꿉친구인 너를 깊이 사랑하고 있어. 부디 행복을 포기하지 마, 나의 친구. 이 부탁만 들어준다면 세상 무엇도 나의 평온을 방해하지 않을 거야.

이 편지 때문에 불편하지 않기를 바랄게. 곤란하다면 내일이나 모레까지, 아니 돌아올 때까지 답장하지 않아도 돼. 네 건강은 외삼촌이 알려주실 거야. 이 편지 때문이든 나의 다른 노력 때문이든 우리가 만날 때 미소를 보여주기만 한다면 다른 행복은 바라지 않을게.

17××년 5월 18일, 제네바에서

엘리자베트 라벤차

이 편지는 그동안 잊고 있던 기억을 불러왔습니다. **"네 결혼식 날 밤에 찾아가겠다"**라는 악마의 위협 말입니다. 그것이 내가 받은 선고였으니, 결혼식 날 밤에 악마는 나를 짓밟고 나의 고통을 덜어줄 행복을 완전히 파괴하기 위해 갖은 수단을 동원할 게 분명했어요. 그는 그날 밤 나를 죽임으로써 그동안 저지른 범죄의 대미를 장식하겠다고 다짐한 겁니다. 할 테면 해보라지. 목숨을 걸고 결투를 벌여 그가 승리하면 나는 영면에 들 테고 그는 내게 더는 어떤 힘도 휘두를 수 없게 될 테지요. 만약 그가 패하면 나는 자유의 몸이 될 테고요. 아!
무슨 자유? 눈앞에서 가족이 학살되고 집은 불타고 땅은 불
모지가 되어 집 없는 무일푼 떠돌이로 혼자 남게 된 농부의
자유일까요? 기껏해야 그럴 테지만, 그래도 내게는 엘리자베
트라는 보물이 있었습니다. 아! 그래도 죽는 날까지 가책과
죄책감이 나를 따라다닐 테지만.

　다정하고 사랑스러운 엘리자베트! 그녀의 편지를 몇 번이
고 다시 읽었습니다. 조금씩 마음이 누그러지면서 잠시 사랑
과 기쁨이 가득한 낙원을 꿈꾸기도 했어요. 하지만 나는 이미
금단의 열매를 먹었고, 천사의 팔이 나를 희망의 땅에서 밀어
내더군요. 그래도 엘리자베트의 행복을 위해서라면 죽음도
마다하지 않을 생각이었어요. 만약 괴물이 자신의 맹세를 지
킨다면 죽음은 피할 수 없을 겁니다. 그렇다면 결혼으로 운명
을 앞당길 수도 있겠다 생각했지요. 나의 파멸이 몇 달 더 빨
라지겠지만, 어차피 나의 고문자는 내가 자신의 협박 때문에
결혼을 미루고 있다고 의심하면 다른 방법, 어쩌면 더 끔찍한
방법으로 복수할 게 분명했어요. **"네 결혼식 날 밤에 찾아가겠
다"**라는 말이 그전에는 건드리지 않겠다는 약속은 아니었으
니까요. 피를 향한 갈망을 보여주려는 듯 나를 위협한 직후에
클레르발을 죽였잖아요. 그러니 나와 엘리자베트의 혼인이
그녀와 아버지를 조금이라도 기쁘게 해준다면 원수가 나를
죽이려 하든 말든 미뤄서는 안 되겠다고 결심했습니다.

그런 마음으로 엘리자베트에게 답장을 썼어요. 차분하고 사랑이 넘치는 편지였지요. "사랑하는 나의 여인에게, 과연 우리에게 행복이 남아 있을까 걱정되지만 언젠가 내가 조금이라도 행복을 누릴 수 있다면 오직 네가 곁에 있기 때문일 거야. 그러니 쓸데없는 걱정은 하지 마. 나는 오로지 너를 위해 살고 너를 위해 행복해지려고 노력할 테니까. 엘리자베트, 내게는 한 가지 끔찍한 비밀이 있어. 네가 들으면 오싹함에 몸서리칠 테고 내가 왜 이토록 불행한지도 이해하게 될 거야. 오히려 내가 지금까지 죽지 않고 살아 있다는 사실에 더 놀라겠지. 끔찍하고 참혹한 이 비밀 이야기는 우리가 결혼한 다음 날 들려줄게. 소중한 나의 사촌, 우리는 서로에게 비밀이 없어야 하니까. 하지만 그때까지는 모른 척하고 아무것도 묻지 말아줘. 나의 간곡한 부탁이니 들어줄 거라고 믿을게."

엘리자베트의 편지를 받고 일주일쯤 뒤에 우리는 제네바로 돌아갔습니다. 나의 사촌은 따뜻하게 맞아주었지만 내 수척한 몸과 열에 달아오른 뺨을 보고 눈물을 흘리더군요. 엘리자베트도 달라져 있었습니다. 더 여위었고 나를 사로잡았던 활기 넘치는 모습을 찾아볼 수 없었어요. 하지만 온화하고 연민어린 부드러운 태도가 오히려 나처럼 피폐하고 비참한 사람의 동반자로 더욱 잘 어울렸지요.

마음이 평온해졌지만 그리 오래가지는 않았습니다. 기억은 광기를 몰고 왔지요. 지나간 일을 생각하면 심한 광기에 사로잡혔습니다. 가끔은 울분을 이기지 못해 길길이 날뛰었고 가끔은 우울과 절망에 빠져들었어요. 그럴 때면 나를 집어삼킨 수많은 불행에 짓눌려 아무도 만나지 않고 그저 말없이 틀어박혔답니다.

이런 발작에서 나를 끌어낼 수 있는 사람은 엘리자베트뿐이었어요. 격정에 사로잡힐 때면 열정이 가득한 그녀의 온화한 목소리가 나를 달래주었고 무기력에 빠질 때면 그녀가 다시 인간의 감정을 불어넣어주었지요. 엘리자베트는 나를 위해 함께 울어주고, 내가 이성을 되찾으면 나를 타이르며 체념하게 하려고 애썼어요. 아! 그저 불운하기만 한 사람은 체념하면 그만이지만, 죄를 지은 사람은 마음이 편할 날이 없지요. 가책의 고통 속에서는 깊은 슬픔에 빠지는 것마저 사치가 되니까요.

돌아온 직후 아버지는 엘리자베트와 당장 결혼하면 어떻겠냐고 물으셨어요. 나는 대답하지 않았습니다.

"혹시 다른 사람을 마음에 품고 있니?"

"절대 아니에요. 저는 엘리자베트를 사랑합니다. 한시라도 빨리 결혼하고 싶어요. 날짜를 정해주시면 살아서든 죽어서든 제 사촌을 행복하게 해주려 노력하겠습니다."

"빅토르, 그렇게 말하지 마라. 뼈아픈 불행을 겪었지만 남은 사람들끼리 똘똘 뭉쳐서 떠난 이들의 몫까지 서로 사랑해야지. 함께 불행을 겪었고 변치 않는 애정이 있으니 작지만 더 끈끈한 가족이 될 수 있을 게다. 시간이 흐르면 너의 절망도 무뎌질 테고 새로운 사랑과 관심의 대상이 태어나 잔인하게 빼앗긴 사람들의 자리를 메워줄 거야."

아버지는 이렇게 다독이셨지만 악마의 위협이 다시 떠올랐어요. 지금껏 엄청난 힘으로 잔혹한 행위를 저질러온 그는 무적의 존재 같았습니다. 그런 그가 **"네 결혼식 날 밤에 찾아가겠다"**라고 했으니 정해진 운명을 피할 수 있을까요? 하지만 엘리자베트를 지킬 수만 있다면 내가 죽는 건 아무것도 아니었습니다. 나는 흡족한 표정으로, 아니 심지어 쾌활한 표정으로 엘리자베트만 허락한다면 아버지가 정해준 대로 열흘 뒤에 결혼식을 올리겠다고 했습니다. 이로써 나의 운명이 봉인됐다고 생각했지요.

아! 사악한 원수의 추악한 의도를 조금만 더 깊이 생각해봤더라면 비극적인 결혼을 포기하고 영영 고향을 떠나 아무도 모르는 곳에서 혼자 떠돌이로 살았을 겁니다. 하지만 괴물은 마법의 힘이라도 지닌 듯 내게 그 저의를 철저히 숨겼지요. 나는 죽을 각오가 됐다고 생각했지만 사실은 훨씬 더 소중한 사람의 죽음을 앞당긴 꼴이 됐습니다.

결혼식 날짜가 다가오자 두려워서인지 불길한 예감 때문인지 마음이 한없이 가라앉더군요. 그래도 애써 감정을 숨기고 쾌활한 모습을 보이려 노력했어요. 아버지의 얼굴에는 미소와 기쁨이 가득했지만 눈썰미가 좋고 눈치가 빠른 엘리자베트는 속일 수 없었지요. 그녀는 담담하게 우리의 결혼을 기대하면서도 조금 불안해 보였습니다. 손에 잡힐 듯한 행복이 물거품처럼 사라지고 영원히 깊은 후회만 남으면 어쩌나 걱정하는 모습이었어요.

결혼식 준비가 이뤄지고 하객들이 찾아왔습니다. 하나같이 미소 띤 얼굴이었지요. 나는 가슴을 좀먹는 불안감을 최대한 숨기고 열의를 가장하며 내 비극의 장식으로 전락할지도 모를 아버지의 계획을 순순히 따랐습니다. 우리는 시골의 경치를 누리면서도 아버지를 매일 뵐 수 있는 콜로니 근처에 집을 마련했어요. 아버지는 학교에 다니는 에르네스트 때문에 제네바 성벽 안에서 지내셔야 했으니까요.

한편 저는 어디선가 악마가 공격할 때를 대비해 신변을 지키려 단단히 대비했습니다. 항상 권총과 단검을 지니고 다녔고 교묘한 계략에 당하지 않으려고 주위를 살폈어요. 그러다 보니 마음이 한결 편해지더군요. 시간이 갈수록 어쩌면 그의 위협이 그저 망상이 아닐까, 내가 괜한 걱정으로 불안해하는 것이 아닐까 싶기도 했습니다. 오히려 결혼 생활에서 누리게 될 행복이 악마의 위협보다 훨씬 더 실감나게 다가왔어요. 결혼식 날이 가까워질수록 주위에서 사람들이 결혼은 무엇으로도 막을 수 없는 일처럼 끊임없이 이야기했으니까요.

엘리자베트는 행복해 보였습니다. 내 평온한 태도가 마음을 가라앉히는 데 큰 도움이 되었겠지요. 하지만 내 소망과 운명이 실현되는 날이 오자 그녀는 우울해졌고 불길한 예감에 사로잡혔어요. 내가 결혼식 다음 날 알려주겠다고 약속한 끔찍한 비밀도 한몫했을 테지요. 아버지는 마냥 기뻐하셨습니다. 준비가 한창일 때도 조카의 우울한 모습을 보고 그저 여느 신부처럼 수줍어하는 모양이라고 생각하셨어요.

식이 끝난 뒤 아버지의 집에서 성대한 축하연이 열렸지만 엘리자베트와 나는 그날 오후부터 에비앙에 머물렀다가 다음 날 아침 콜로니로 돌아갈 예정이었습니다. 쾌청한 날씨에 마침 순풍이 불어서 우리는 배를 타고 가기로 했어요.

내 삶에서 마지막으로 행복을 누린 시간이었습니다. 우리의 배는 빠르게 나아갔어요. 햇볕은 뜨거웠지만 차양이 그늘을 만들어준 덕에 아름다운 풍경을 즐겼답니다. 호수의 한쪽 기슭을 따라가며 몽살레브와 몽탈레그르의 아늑한 둔덕, 멀리서 모든 것을 굽어보는 아름다운 몽블랑, 그리고 부질없이 몽블랑을 모방하려는 눈 덮인 산들을 감상했지요. 그러다 반대편 기슭으로 가서 고국을 떠나는 야심가들에겐 어두운 면을 드러내고 나라를 정복하려는 침입자에게는 넘을 수 없는 장벽으로 맞서는 막강한 쥐라산맥을 구경하기도 했어요.

나는 엘리자베트의 손을 잡으며 말했습니다. "사랑하는 엘리자베트, 슬픈 얼굴이구나. 아! 내가 지금껏 무슨 일을 겪었으며 앞으로 또 무엇을 겪게 될지 안다면 오늘 하루만이라도 절망에서 벗어나 평온한 시간을 음미하게 해줄 텐데."

엘리자베트는 이렇게 대구했어요. "마음껏 즐겨, 빅토르. 바라건대 무엇도 너를 괴롭히지 않을 거야. 내 얼굴에 생생한 기쁨이 드러나지 않아도 마음은 평온하니까 걱정하지 마. 우리 앞에 펼쳐진 가능성을 너무 믿지 말라는 속삭임이 들리는 것 같지만 그런 사악한 목소리는 듣지 않을래. 배가 얼마나 빨리 나아가는지 봐. 구름이 몽블랑의 봉우리를 가렸다가 그 위로 떠오르면서 아름다운 풍경에 흥미를 더해주네. 맑은 물속에서 헤엄치는 물고기 떼를 봐. 바닥에 깔린 조약돌까지 다 보이잖아. 정말 아름다운 날이다! 자연이 온통 행복하고 평온해 보여!"

그렇게 엘리자베트는 우리의 머릿속에서 우울한 생각을 떨쳐내려고 노력했어요. 하지만 그녀도 안심하지 못했지요. 눈에서 잠시 기쁨의 빛이 반짝이는가 싶다가도 금세 다른 생각이나 몽상에 빠져들고는 했습니다.

해가 나지막이 걸렸을 때 우리는 드랑스강을 지나며 깊은 협곡과 야트막한 언덕 사이로 흘러가는 강물을 보았어요. 여기서는 알프스가 호수에 더 가까이 있었지요. 우리는 산맥이 원형 분지를 이루는 알프스의 동쪽 경계로 다가갔습니다. 주변을 에워싼 숲 아래서 에비앙의 첨탑이 반짝거렸고 그 위로는 산맥이 첩첩이 쌓여 있었어요.

놀라운 속도로 우리를 밀어준 바람은 해가 지면서 가벼운 산들바람으로 바뀌었어요. 부드러운 바람에 잔물결이 일고 나무들이 기분 좋게 흔들거렸습니다. 호숫가로 다가가자 향긋한 꽃향기와 건초 냄새가 풍겨왔지요. 해가 넘어갈 때 우리는 배에서 내렸습니다. 땅을 밟는 순간, 걱정과 두려움이 되살아나더군요. 그것은 곧 나의 목을 움켜쥐고 영원히 떨어지지 않을 운명이었습니다.

제6장

우리는 8시쯤 배에서 내렸습니다. 잠시 호숫가를 거닐며 빛이 사그러지는 광경을 즐기다가 숙소로 가서 어둠 속에서도 검은 윤곽을 뽐내는 아름다운 물과 숲, 산을 감상했어요.

남쪽 바람은 잦아들었지만 서쪽에서 거센 바람이 일더군요. 달은 정점을 지나 기울기 시작했고 구름이 독수리보다 빠르게 하늘을 가로지르며 달빛을 흐려놓았습니다. 분주한 하늘의 풍경을 비추던 호수가 거세진 물결 때문에 더욱 부산해졌지요. 갑자기 폭우가 쏟아졌어요.

낮에는 마음이 평온했지만 밤이 되면서 사물의 형체가 흐릿해지자 수많은 걱정이 다시 고개를 들었습니다. 나는 안절부절못하고 바싹 긴장하며 오른손으로 가슴에 숨겨놓은 권총을 움켜쥐었어요. 조그만 소리에도 화들짝 놀라곤 했지요. 하지만 나와 원수, 둘 중 어느 한쪽의 목숨이 끝날 때까지 싸움을 피하지 않겠다고 다짐했습니다.

엘리자베트는 불안해하는 나를 걱정스럽게 지켜보다가 마침내 묻더군요. "빅토르, 왜 그렇게 불안해하는 거야? 뭐가 그렇게 두려워?"

"아! 걱정하지 마. 괜찮아. 오늘 밤에도, 앞으로도 아무 일 없을 거야. 그래도 오늘 밤은 좀 불길하네. 아주 불길해."

그렇게 한 시간쯤 지나고 나자 문득 내가 예상한 대로 싸움이 벌어진다면 내 아내가 얼마나 무서울까 하는 생각이 들었습니다. 그래서 적의 상황을 파악할 때까지 아내와 떨어져 있기로 마음먹고 그녀에게 들어가 있으라고 애원했지요.

엘리자베트가 들어가고 나자 나는 한동안 숙소를 돌아보며 적이 숨어 있을 만한 곳을 모조리 살펴보았어요. 흔적조차 찾을 수 없더군요. 혹시 어떤 행운이 깃들어 놈이 자신의 협박을 실행할 수 없게 된 것이 아닐까 생각하는 찰나, 날카롭고 소름 끼치는 비명이 들려왔어요. 엘리자베트가 들어간 방에서 나는 소리였지요. 그걸 듣는 순간 똑똑히 깨달았습니다. 팔에 힘이 빠지고 온몸의 근육이 멈추는 듯했어요. 혈관을 흐르던 피가 느려지는 느낌이 들면서 손끝 발끝이 저릿하더군요. 하지만 그런 느낌은 아주 잠깐이었습니다. 다시 비명이 들렸고 나는 얼른 방으로 뛰어갔지요.

아, 세상에! 내가 왜 그 자리에서 죽지 않았을까요! 왜 지금 여기서 나의 가장 큰 희망과 세상 누구보다도 순수한 여인이 파멸에 이른 이야기를 들려주고 있는 걸까요. 엘리자베트는 침대에 가로누워 늘어져 있었고 일그러진 채로 침대 가장자리에 걸쳐진 얼굴은 머리칼에 반쯤 가려져 있었어요. 아무리 고개를 돌려도 그 광경이 눈앞을 떠나지 않네요. 마치 침대가 신부의 상여라도 되는 양 내팽개쳐진 몸과 핏기 없는 팔. 그런 광경을 보고 어떻게 살아 있는 걸까요? 아! 목숨이라는 게 어찌나 질긴지 진저리를 낼수록 더 지독히 들러붙는 것 같습니다. 나는 잠시 의식을 잃고 쓰러졌어요.

정신을 차려보니 여관 사람들이 나를 에워싸고 있더군요. 그들의 얼굴에서 숨 막히는 공포가 엿보였지만 그저 공포를 흉내 내는 것 같았습니다. 나를 짓누르는 감정의 그림자에 불과한 듯했지요. 나는 그곳을 벗어나 엘리자베트가 누워 있는 방으로 갔어요. 나의 사랑, 조금 전까지 살아 숨 쉬던 귀하고 소중한 나의 아내. 처음 봤을 때와는 자세가 달라져 있더군요. 머리는 한쪽 팔을 벴고 얼굴과 목에 손수건이 덮여 있었습니다. 그저 잠이 든 것 같았어요. 달려가서 힘껏 끌어안았지만 싸늘하게 식은 채 늘어진 팔다리는 지금 내가 품에 안은 이 시신은 내가 사랑하고 아끼는 엘리자베트가 아니라고 말해주더군요. 악마가 살해한 흔적이 목에 남았고 벌어진 입술에선 숨결이 흘러나오지 않았습니다.

절망에 몸부림치며 그녀를 부둥켜안고 있다가 고개를 들었을 때였어요. 아까는 창문이 컴컴했는데 방을 비추는 희미한

달빛을 보고 가슴이 덜컥 내려앉더군요. 덧문이 열려 있었던 겁니다. 형언할 수 없는 공포가 밀려든 순간, 열린 창문으로 흉측하고 끔찍하기 이를 데 없는 형체가 보였어요. 괴물은 히죽 웃고 있었습니다. 그러곤 조롱하듯 사악한 손가락으로 아내의 시신을 가리키더군요. 나는 창문으로 달려가 가슴에 넣어둔 총을 꺼내 쏘았습니다. 하지만 그는 훌쩍 뛰어 총알을 피한 뒤 번개처럼 달려가 호수로 뛰어들었지요.

총소리에 사람들이 방으로 몰려왔어요. 나는 괴물이 사라진 곳을 가리켰습니다. 우리는 곧장 배를 타고 악마를 쫓아가 그물을 던졌지만 소용없었어요. 몇 시간이 지난 뒤 포기하고 돌아왔지요. 함께 간 사람들은 대부분 내가 헛것을 보았다고 믿는 눈치였습니다. 그래도 배에서 내린 뒤 삼삼오오 무리를 지어 계속해서 숲과 포도밭을 수색하더군요.

나는 함께 가지 않았어요. 몹시 피곤했지요. 눈앞이 흐릿했고 열이 올라 피부가 타들어가는 것 같았어요. 그 상태로 무슨 일이 일어났는지도 잊은 채 침대에 누웠습니다. 그저 잃어버린 무언가를 찾는 사람처럼 두 눈은 하염없이 방을 둘러보았지요.

문득 엘리자베트와 내가 함께 오길 기다리고 있는 아버지에게 혼자 돌아가야 한다는 사실이 떠올랐어요. 눈물이 쏟아져 한참 울었습니다. 그런 상황에서도 끊임없이 이런저런 생각이 떠오르더군요. 내가 겪은 불행과 그 원인을 생각해보았어요. 참으로 기가 차고 경악할 노릇이었지요. 윌리엄의 죽음, 쥐스틴의 처형, 클레르발의 살해, 마지막으로 아내의 죽음까지. 당장 남은 식구들도 악마의 흉계에서 안전하리라는 보장이 없었어요. 어쩌면 아버지가 그의 손에 목이 졸려 몸부림치고 있을지도 모를 일이었지요. 에르네스트가 그의 발밑에 죽어 있을지도 모르고요. 생각이 여기에 미치자 몸이 부들부들 떨리며 당장 움직여야 한다는 생각이 들더군요. 나는 벌떡 일어나 최대한 빨리 제네바로 돌아갈 채비를 했어요.

말을 구할 수 없어서 배를 타야 했습니다. 하지만 역풍이 부는 데다 폭우가 내리고 있었어요. 그래도 아직 이른 새벽이라 밤이 오기 전에는 도착할 거라 기대했지요. 노잡이들을 구하고 나도 노를 하나 잡았습니다. 마음이 괴로울 때 몸을 움직여 위안을 얻은 경험이 있으니까요. 하지만 이번 불행은 감당할 수 없었고 한시도 쉬지 못한 탓에 몸을 제대로 움직일 수 없었습니다. 나는 노를 내팽개치고 두 손에 머리를 묻은 채 한없이 우울한 생각에 빠져들었어요. 고개를 들면 행복한 시절에 보았던 풍경이 보였습니다. 바로 어제 그 풍경을 함께 보았던 여인은 이제 망령이 되어 기억에만 남았지요. 하염없이 눈물이 흐르더군요. 잠깐 비가 그쳤을 때 물속에서 뛰노는 물고기들이 보였어요. 불과 몇 시간 전에 엘리자베트와 함께 보았던 광경이지요. 갑작스러운 변화가 가져오는 마음의 고통은 어디에도 견줄 수 없습니다. 햇볕이 내리쬐든 구름이 드리우든 무엇도 어제와 똑같이 보이지 않았어요. 언젠가는 행복해질 거라는 희망도 악마에게 완전히 빼앗겼지요. 나처럼 비참한 존재가 또 있을까요? 인류 역사를 통틀어 그렇게 무시무시한 일은 없을 겁니다.

이 황망한 사건에 이어진 일들까지 다시 떠올릴 필요가 있을까요? 어차피 나의 이야기는 한 편의 공포담이었고 이미 **절정**을 지났으니 뒷이야기는 따분할 겁니다. 남은 가족을 하나씩 차례로 잃어 결국 내가 혼자가 됐다는 것만 알면 되겠네요. 이제 기운도 다 빠졌으니 이 오싹한 이야기의 결말은 간략하게 줄이겠습니다.

제네바에 가보니 아버지와 에르네스트는 아직 살아 있었어요. 하지만 아버지는 내가 들고 온 소식에 쓰러지셨지요. 덕망 있고 훌륭하신 모습이 지금도 눈에 선한데! 아버지의 눈은 기쁨과 즐거움을 주던 대상을 잃고 허공을 헤맸습니다. 아버지에게 엘리자베트는 친딸보다 더 귀했으니까요. 많은 것을 잃은 노년의 삶에서 남은 사랑을 모두 쏟아부은 조카였지요. 백발의 아버지에게 불행을 안겨주고 고통스러운 운명을 맞이하게 한 저주받은 악마 같으니! 아버지는 거듭 닥쳐온 충격을 견디지 못하셨어요. 결국 뇌졸중으로 쓰러졌고 며칠 뒤 내 품에서 숨을 거두셨지요.

그 후 나는 어떻게 됐을까요? 나도 모릅니다. 쇠사슬과 어둠이 짓누르는 것을 느꼈을 뿐 다른 감각은 모두 잃었지요.

가끔 어릴 적 친구들과 함께 꽃이 만발한 들판과 상쾌한 골짜기를 거니는 꿈을 꾸었지만 깨어보면 눈앞에는 어김없이 감옥이 펼쳐졌습니다. 몹시 울적했지만 차츰 내가 겪은 불행과 나의 비참한 상황을 깨달았고 얼마 뒤 감옥에서 풀려났습니다. 미치광이 취급을 받고 몇 달 동안 독방에 감금돼 있었던 겁니다.

하지만 이성을 되찾으면서 복수심이 깨어나지 않았더라면 내가 얻은 자유는 쓸모없는 선물이었을 겁니다. 과거에 겪은 갖가지 불행의 기억이 다시 나를 짓눌렀고 그 원인을 따져보기 시작했습니다. 내가 만든 괴물, 내가 세상에 풀어놓은 탓에 나를 파멸로 이끈 그 한심한 악마가 원인이었지요. 놈을 생각하면 광기 어린 분노가 나를 집어삼켰습니다. 나는 그를 붙잡아서 빌어먹을 머리에 지독한 복수를 퍼붓기를 염원하고 기도했어요.

나의 증오는 공허한 바람에 그치지 않았습니다. 어떻게 하면 그를 잡을까 고심하기 시작했고, 풀려난 지 한 달 만에 제네바의 판사를 찾아가 고소하고 싶다고 말했습니다. 내 가족을 파멸로 이끈 자를 알고 있으니 살인자를 체포하는 데 모든 공권력을 동원해달라고 청했어요.

치안판사는 인자하게 내 이야기를 들은 뒤 이렇게 말했습니다. "걱정하지 마십시오. 어떤 대가와 노력이 따르더라도 그 악당을 찾아내겠습니다."

"고맙습니다. 그럼 저의 진술을 잘 들어주십시오. 워낙 이상한 이야기라 판사님께서 믿으실지 걱정되지만 지어낸 이야기 같아도 꼭 믿으셔야 합니다. 꿈으로 치부하기에는 너무도 많은 사건이 일관적으로 일어났고 제게는 이야기를 꾸며낼 동기가 없습니다." 나는 진지하고 차분하게 이야기를 시작했습니다. 나를 파멸에 이르게 한 자를 찾아서 죽이겠다는 각오를 다지고 나자 목적의식이 고통을 잠재우고 잠시나마 삶을 받아들이게 해주었지요. 비난이나 감탄사를 자제하고 정확한 날짜를 짚어가며 간략하면서도 단호하고 분명하게 지난 일을 이야기했어요.

치안판사는 처음에는 전혀 믿지 않는 눈치였지만 갈수록 관심을 보이며 귀를 기울이더군요. 때로는 경악하며 몸서리쳤고 때로는 한 치의 의심도 없이 순수하게 놀란 표정을 짓기도 했어요.

나는 이렇게 이야기를 마무리했지요. "그를 고발하겠습니다. 총력을 기울여 검거하고 처벌해주십시오. 그것이 판사님의 의무이기도 하지만, 도의적으로도 이 사건에 노력을 쏟는데 반대하지 않으실 거라 믿고, 또 그러길 바랍니다."

이 말을 듣더니 치안판사의 표정이 완전히 바뀌었습니다. 마치 정령의 이야기나 초자연적인 사건의 전말을 듣는 듯 반신반의하는 얼굴로 귀를 기울이던 그는 정식으로 사건을 다뤄달라고 청하자 다시 의심 가득한 얼굴이 되더군요. 하지만 온화하게 대답했어요. "모든 수단을 동원해 추적하고 싶지만, 말씀을 들어보니 우리가 아무리 노력해도 대적할 수 없는 존재인 듯하군요. 얼음 바다를 훌쩍 뛰어넘고 인간이 다가갈 수 없는 동굴에 사는 야수를 누가 쫓겠습니까? 그리고 범죄를 저지른 지도 몇 달이 지났는데 그사이에 어디로 갔을지, 지금 어느 지역에 살고 있을지 알 길이 없지 않습니까?"

"틀림없이 제 주변을 맴돌고 있을 겁니다. 그리고 그가 알프스에 숨어 있다면 영양을 사냥하듯 추적해서 맹수처럼 죽이면 되지요. 하지만 판사님 생각을 알 것 같군요. 제 진술을 믿지 않으시는 거잖아요. 제 적을 추적해 응당한 벌을 내릴 의사도 없으시고요."

분노가 번득이는 내 눈을 보고 치안판사는 겁을 먹더군요. "오해하신 것 같네요. 저는 최선을 다할 겁니다. 제가 그 괴물을 잡는다면 죄에 상응하는 처벌을 받게 해야지요. 하지만 설명하신 특징으로 봐선 현실적으로 불가능합니다. 그러니 적절한 조처를 모두 취할 테지만 큰 기대는 하지 말라는 말씀입니다."

"그럴 수야 없지요. 하지만 어떤 말씀을 드려도 소용이 없을 것 같군요. 제 복수는 판사님에게 조금도 중요하지 않을 테니까요. 복수가 나쁘다는 것은 인정하지만 솔직히 말씀드리면 저에게 남은 유일한 열정은 복수심뿐입니다. 제가 세상에 풀어놓은 살인자가 여전히 살아 있다고 생각하면 말할 수 없이 화가 치민답니다. 판사님이 제 정당한 요구를 거절하셨으니 남은 방법은 한 가지뿐이네요. 살아서든 죽어서든 그를 파괴하는 데 이 한 몸을 바칠 겁니다."

말을 하면서 점점 감정이 격해져 몸이 떨렸습니다. 나는 몹시 격앙돼 있었지요. 틀림없이 옛 순교자들이 지녔다는 고귀한 맹위 같은 무언가가 엿보였을 겁니다. 하지만 헌신이나 영웅적 행동과는 거리가 먼 사건들로 머릿속이 복잡한 제네바의 치안판사에게는 이 숭고한 정신이 그저 광기처럼 보였겠지요. 그는 아이를 달래는 유모처럼 나를 토닥이며 내 이야기를 망상에서 나온 헛소리로 치부해버리더군요.

나는 이렇게 소리쳤습니다. "됐습니다. 지혜롭다고 자부하는 분이 이렇게 무지하다니요! 그만두세요. 스스로도 무슨 말을 하는지 모르시는 것 같네요."

나는 화가 나고 속이 상한 채로 그곳을 뛰쳐나와 다른 방법을 찾아보기로 했습니다.

제7장

이제 나는 자유의지로 사고할 수 없었습니다. 그저 분노에 휩쓸렸고 내게 힘과 평정을 주는 것은 오로지 복수심뿐이었 지요. 내 감정을 결정하는 것도, 내가 차분하게 머리를 굴리게 해주는 것도 복수심이었습니다. 그게 아니었더라면 망상에 빠져 헛소리를 해대거나 죽음에 이르렀겠지요.

먼저 나는 제네바를 영원히 떠나겠다고 결심했습니다. 사랑받으며 행복하게 살던 시절에는 소중했던 고향이 불운을 겪은 뒤 진저리 나는 곳이 됐거든요. 돈과 어머니의 보석 몇 점을 챙겨 그곳을 떠났습니다.

그렇게 나의 방랑이 시작됐어요. 이 방랑은 나의 죽음과 함께 끝이 나겠지요. 지구상의 많은 곳을 지나왔고 사막과 미개한 나라에서 나그네들이 겪는 온갖 역경을 견뎠습니다. 어떻게 여태 살아 있는지도 모르겠어요. 팔다리가 움직이지 않아서 모래벌판에 누워 죽음을 달라고 기도한 적도 많습니다. 하지만 복수심이 나를 지탱해주었지요. 적을 살려둔 채로 죽을 수는 없으니까요.

제네바를 떠나면서 사악한 적을 추적할 단서를 찾는 일부터 시작했습니다. 하지만 마땅한 계획이 없었지요. 어느 쪽으로 가야 할지 몰라서 몇 시간 동안 제네바 언저리를 돌아다녔습니다. 밤이 다가올 무렵 어느새 나는 윌리암과 엘리자베트, 아버지가 잠들어 있는 묘지 앞에 있더군요. 안으로 들어가 그들의 무덤을 표시한 묘비로 다가갔습니다. 주위는 고요했고 바람에 나지막이 바스락거리는 나뭇잎 소리만 들려왔어요. 날이 컴컴해지자 엄숙한 풍경이 펼쳐졌지요. 무심코 들어온 구경꾼조차도 마음이 움직일 것 같더군요. 망자의 혼령들이 주위를 떠돌며 그림자를 드리우는 듯했습니다. 눈에 보이지는 않았지만 그림자가 애도자의 머리를 에워싸는 느낌이 들었어요.

처음엔 그런 풍경을 보고 깊은 슬픔에 젖었지만 슬픔은 이내 분노와 절망으로 바뀌었습니다. 모두 죽고 나만 살아 있다니. 그들을 죽인 자도 살아 있었지요. 그를 죽이기 위해 나는 지친 몸을 끌고 나아가야 했습니다. 나는 풀밭에 무릎을 꿇고 앉아 땅에 입을 맞추며 떨리는 입술로 외쳤습니다. "내가 무릎 꿇은 이 신성한 땅과 내 주위를 떠도는 망령들, 그리고 영원히 떨쳐내지 못할 나의 깊은 슬픔을 걸고 맹세합니다. 밤이

여, 그리고 밤을 지배하는 혼령들이여, 나는 깊은 불행을 안겨준 악마를 끝까지 쫓아가 둘 중 하나가 죽을 때까지 싸우겠다고 맹세합니다. 이 목표를 위해 살아 있을 것입니다. 저하늘의 태양도 이 땅의 파릇한 풀도 내 눈에서 영원히 사라져야 마땅하지만, 고귀한 복수를 위해 나는 다시 태양을 보고 풀을 밟겠습니다. 그러니 혼령들과 구천을 떠도는 복수의 사신들이여, 내가 뜻을 이루도록 도와주소서. 저주받을 지독한 괴물이 쓰디쓴 고배를 마시게 하소서. 나를 괴롭히는 이 절망을 그도 느끼게 하소서."

나는 엄숙하고 경건하게 기도를 시작했습니다. 살해된 가족의 망령들이 나의 간절한 마음을 듣고 있을 거라 생각했거든요. 그러다 마지막에 이르러 분노에 사로잡혔고 울분이 터져 목이 메었습니다.

밤의 정적 속에서 요란하고 기분 나쁜 웃음소리가 마치 대답처럼 들려오더군요. 그 소리는 오래도록 무겁게 귓가에 머물렀어요. 그리고 산에 부딪혀 다시 메아리치자 조롱과 비웃음으로 가득 찬 지옥에 있는 듯한 기분이 들었지요. 맹세하지 않았더라면, 복수가 걸려 있지 않았더라면 나는 그 순간 화를 참지 못하고 비참한 삶을 끝내버렸을 겁니다. 웃음소리가 사그라지더니 진저리 나는 익숙한 목소리가 마치 내 귀에 대고 속삭이는 듯 말하더군요. "다행이군, 불쌍한 인간! 네가 살기로 결심했다니 안심해도 되겠어."

나는 소리가 나는 쪽으로 달려갔지만 악마는 내 손을 피해 갔습니다. 하필 그때 넓적한 원반 같은 달이 떠올라 그의 오싹하고 끔찍한 모습을 온전히 비추었어요. 그는 인간이 따라잡을 수 없는 속도로 달아나고 있었지요.

나는 그를 쫓아갔습니다. 몇 달 동안 그것이 나의 일이었어요. 희미한 단서에 이끌려 구불구불한 론강을 뒤졌지만 허사였지요. 푸른 지중해가 나타났고 우연히 악마가 밤의 어둠을 틈타 흑해로 가는 배에 숨어드는 것을 보았습니다. 같은 배에 올라탔지만 어째서인지 그는 빠져나가고 없었어요.

타타르와 러시아의 황야에서도 나를 피해 달아나는 그를 끊임없이 뒤쫓았습니다. 가끔은 소름 끼치는 유령을 본 듯 겁먹은 농부들이 그가 어디로 갔는지 알려주었고 때로는 그가 자기를 놓치면 내가 좌절해서 죽어버릴까봐 단서를 남기기도 했어요. 머리 위로 눈이 내리면 새하얀 평원에 그의 커다란 발자국이 보였습니다. 이제 막 세상에 나와서 걱정이라곤 모르고 고생도 해보지 않은 선장님이 그때나 지금의 내 심정을 어떻게 이해하겠습니까? 추위와 궁핍, 피로는 내가 겪은 고통 가운데 가장 가벼운 것에 불과했습니다. 하지만 악마의 저주로 영원한 지옥을 가슴에 품고 다니는 중에도 선한 정령이 따라와 길을 안내해주었고 헤어날 수 없을 듯한 곤궁에 빠져 투덜거리는 나를 불쑥 구해주기도 했습니다. 허기와 피로가 겹쳐 쓰러질 때면 사막에서도 성찬이 차려져 기운을 북돈 위주었지요. 시골 농부들이 먹는 거친 음식이었지만 내가 도움을 청한 정령들이 차려준 것이 틀림없습니다. 하늘에 구름 한 점 없고 주위가 바싹 말라 갈증에 시달리고 있을 때는 엷은 구름이 하늘을 덮고 비를 몇 방울 뿌려 나를 살린 뒤에 사라진 적도 많았습니다.

나는 되도록 강을 따라 이동했지만 강가는 대개 사람들이 모여 사는 곳이라 악마는 이런 곳을 피해 다녔지요. 인적이 드문 곳에서는 주로 눈에 띄는 야생동물을 잡아먹었어요. 수중에 돈이 있었으니 마을에서 사람들에게 돈을 주거나 잡은 짐승을 조금만 남기고 나눠주는 대가로 불과 조리 도구를 얻기도 했습니다.

이 진저리 나는 생활에서 그나마 기쁨을 맛보는 시간은 잘 때뿐이었습니다. 아, 축복받은 잠이여! 몸서리치게 비참하다가도 쓰러져 잠이 들면 황홀한 꿈을 꿀 때가 많았습니다. 나를 지켜준 혼령들이 이런 행복한 시간을 마련해준 덕분에 순례를 이어갈 힘을 얻었지요. 그런 휴식마저 없었더라면 고난을 이기지 못하고 쓰러졌을 겁니다. 밤을 고대하며 희망을 품고 낮을 견뎠습니다. 잠이 들면 가족과 아내, 사랑하는 고향을 볼 수 있었으니까요. 아버지의 인자한 얼굴이 보였고 낭랑한 엘리자베트의 목소리가 들렸으며 젊고 건강한 클레르발을 보기도 했습니다. 고된 행군에 지칠 때마다 지금은 꿈을 꾸고 있다고, 밤이 되면 사랑하는 사람들의 품에서 현실을 즐길 수 있다고 스스로를 다독였어요. 그들이 얼마나 아리도록 그리웠는지! 소중한 그들의 모습에 너무 의지한 나머지 가끔은 깨어 있는 동안 헛것을 보기도 했고 모두가 아직 살아 있다는 착각에 빠지기도 했어요! 그럴 때면 가슴에서 타오르던 복수의 열정이 사그라졌지요. 악마의 파멸을 쫓는 일은 내 영혼이 갈망하는 일이라기보다는 하늘이 명한 일처럼, 내가 의식하지 못하는 어떤 힘의 기계적인 이끌림처럼 느껴졌습니다.

쫓기는 자의 심정은 어떠했는지 나로서는 알 길이 없지요. 그는 가끔 나무껍질이나 돌에 나를 유인하며 화를 돋우는 글귀를 새겨놓기도 했습니다(이런 글귀도 있었어요). "나의 지배는 아직 끝나지 않았다. 너는 살아 있고 나의 힘은 완벽하다. 나를 따라와라. 나는 북쪽의 만년빙을 찾아간다. 그곳에서 너는 추위와 얼음에 괴로워할 테지만 나는 아무렇지도 않을 것이다. 네가 너무 뒤처지지 않았다면 이 근처에서 죽은 토끼를 찾아 그것을 먹고 기운을 차릴 수 있을 것이다. 따라오라, 나의 적이여. 우리는 목숨을 걸고 싸워야 하지만 그 순간까지 수많은 고난과 불행의 시간을 견뎌야 한다."

악마의 조롱이라니! 반드시 복수할 테다. 지독한 악마, 네가 고통 속에서 죽어가게 해주겠다. 둘 중 하나가 죽을 때까지 나는 절대 포기하지 않겠다. 일을 끝내고 나면 나의 엘리자베트를, 지금 이 순간에도 끈질긴 고행과 지독한 순례의 보상을 준비하는 가족을 만나 기쁨을 누릴 것이다!

북쪽으로 갈수록 눈발이 거세지고 견딜 수 없이 추위가 심해졌습니다. 농민들은 집에서 나오지 않았고 몇몇 강인한 사람만 굶주림에 먹잇감을 찾아 나선 짐승들을 잡으러 나왔어요. 강이 얼음으로 뒤덮인 탓에 내 목숨을 이어주던 물고기도 잡을 수 없었지요.

내가 힘들어질수록 적은 기고만장해졌습니다. 이런 글을 남겨놓기도 했어요. "각오해라! 너의 고난은 이제 시작이다. 모피로 몸을 감싸고 식량을 준비해라. 이제부터 시작될 여정에서는 고생하는 너를 보며 식지 않는 나의 증오를 달랠 터이니."

이런 조롱의 글귀가 나의 용기와 인내를 북돋웠습니다. 나는 반드시 목적을 이루겠다고 다짐하고 하늘에 도움을 청하며 수그러들지 않는 열정으로 광활한 황무지를 건너갔습니다. 마침내 멀리 바다가 펼쳐졌고 끝없는 수평선이 보이더군요. 아! 남쪽의 푸른 바다와는 얼마나 다른지! 얼음으로 뒤덮인 바다는 육지와 구분되지 않았습니다. 더 험하고 울퉁불퉁할 뿐이었지요. 그리스 사람들은 아시아의 언덕에서 지중해를 보고 기쁨의 눈물을 흘리며 고난의 끝을 황홀하게 맞이했다지요.● 나 역시 울지는 않았지만 무릎을 꿇고 나를 무사히 이곳으로 안내해준 수호 정령에게 진심으로 고마움을 표했

● 고대 그리스의 군인이자 작가인 크세노폰(기원전 431~350?)의 수기 《아나바시스》에 나오는 페르시아 원정 작전을 말한다.

습니다. 적이 아무리 비웃어도 나는 이곳에서 그와 맞서고 싶었으니까요.

그 몇 주 전에 나는 썰매 한 대와 개들을 구해 놀랄 만큼 빠르게 눈밭을 달려갔습니다. 악마도 같은 방법을 썼는지는 알 길이 없었지만 매일 뒤처지던 내가 이제야 빠르게 그를 따라잡고 있었지요. 처음 바다가 눈에 들어온 그날, 놈이 하루쯤 앞서 있다는 사실을 알게 됐습니다. 그가 해안에 닿기 전에 따라잡고 싶었어요. 그래서 다시 마음을 다잡고 힘을 내 이틀 뒤 어느 허름한 해안 마을에 도착했지요. 마을 사람들을 통해 악마가 어떤 상태인지 정확히 알 수 있었어요. 전날 밤 몸집이 거대한 괴물이 엽총 한 자루와 권총 여러 자루로 무장하고 마을에 들어와서는 기괴한 외모로 외딴집의 사람들을 겁주어 몰아냈다는 겁니다. 그러고는 그 집 사람들이 비축해놓은 겨울 식량을 노련한 개들이 끄는 썰매에 실었다더군요. 그날 밤 그가 바다로 나가 육지도 없는 곳으로 향하자 겁에 질렸던 마을 사람들은 안도의 한숨을 쉬었지요. 그들은 그가 오래 버티지 못할 거라고 했습니다. 얼음이 깨져 물에 빠져 죽거나 만년빙에 얼어 죽을 거라고 입을 모았지요.

그 얘기를 듣고 나는 잠시 좌절했습니다. 결국 그는 해안을 빠져나갔고 이제 바다의 빙산을 끝없이 건너가는 죽음의 여정을 시작해야 했으니까요. 그곳의 추위는 주민들도 오래 견디기 힘들었으니 온화하고 따스한 기후에서 나고 자란 내가 살아남을 가망은 없었습니다. 하지만 악마가 살아서 승리감에 젖을 생각을 하니 분노와 복수의 의지가 다시 깨어나 거대한 파도처럼 다른 모든 감정을 집어삼켰지요. 잠시 잠을 청했는데, 꿈에서 죽은 자들의 혼령이 주위를 떠돌며 고행과 복수를 이어가라고 부추기더군요. 결국 나는 다시 떠날 채비를 했습니다.

얼어붙은 바다를 달리기에 적합한 썰매를 찾아 땅에서 쓰는 썰매와 맞바꾸고 식량을 충분히 사서 육지를 떠났어요.

그로부터 시간이 얼마나 흘렀는지 몰라도 가슴에서 끝없이 타오르는 정당한 복수의 의지가 아니었다면 견딜 수 없을 만큼 비참한 여정을 겪었습니다. 거대하고 거친 빙산이 수없이 앞을 가로막았고 목숨을 위협하는 파도 소리에 귀가 먹먹해지기도 했어요. 그러다가도 다시 혹한이 찾아와 바닷길이 안전해졌지요.

소비한 식량으로 봐서 삼 주쯤 그렇게 이동한 것 같습니다. 희망이 돌아오는가 싶다가도 끊임없이 멀어지면서 낙담과 슬픔에 빠져 쓰라린 눈물을 흘린 적도 많았어요. 절망은 이미 나를 먹잇감으로 잡은 듯 놓지 않았고 곧 나는 그 안으로 비참하게 집어삼켜질 판이었습니다. 한번은 나를 끌고 가는 가여운 동물들이 힘겹게 빙산을 올라 정상에 이르렀을 때 한 마리가 피로를 못 견디고 쓰러져 죽었습니다. 괴로운 심정으로 눈앞에 펼쳐진 드넓은 풍경을 바라보았지요. 그때 어스름한 평원 위에서 검은 점 하나가 눈길을 끌더군요. 눈을 찌푸리며 한참 바라보던 나는 썰매 한 대와 눈에 익은 기괴한 형체를 발견하고 환호성을 질렀어요. 아! 그 순간에 가슴에서 다시 활활 타오르던 희망이란! 눈시울이 붉어져서 악마의 모습을 가릴세라 얼른 닦았지만 여전히 뜨거운 눈물이 앞을 가렸지요. 결국 감정이 북받쳐 엉엉 울고 말았답니다.

하지만 지체할 수 없었지요. 죽은 개를 풀어내고 남은 개들에게 먹이를 넉넉히 주었습니다. 몹시 조바심이 났지만 개들에게 휴식이 필요했으므로 한 시간쯤 쉬게 한 뒤 길을 떠났어요. 썰매는 여전히 시야에 있었고 울퉁불퉁한 바위를 품은 얼음덩어리에 잠시 가려지긴 했지만 끝까지 사라지지 않았습니다. 나는 열심히 따라갔어요. 이틀을 달리고 나자 약 1.5킬로미터 거리까지 따라잡았답니다. 가슴이 마구 뛰었지요.

그런데 적이 손안에 들어왔다고 느끼는 순간, 불현듯 희망이 깨졌습니다. 갑자기 그가 흔적도 없이 사라진 겁니다. 거센 파도 소리가 들렸어요. 요란하게 울리는 소리가 가까워지더니 발밑에서 물살이 넘실거리며 부풀어 오르더군요. 갈수록 불길한 예감에 겁이 났습니다. 다시 나아가려 했지만 소용없었어요. 바람이 거세지면서 바다가 울부짖는 듯했고 지진이 난 듯 엄청난 충격과 함께 얼음이 끔찍한 소리를 내며 갈라졌습니다. 순식간에 일어난 일이었지요. 잠시 후 요동치는 바다가 나와 적을 갈라놓았고 나는 얼음 조각 위에 홀로 남아 표류하기 시작했어요. 얼음 조각이 계속 줄어들며 나를 오싹한 죽음으로 몰고 가려 했지요.

그런 상태로 많은 시간이 흘렀고 그사이에 개도 여러 마리 죽었습니다. 첩첩이 쌓인 고난의 무게에 짓눌려 가라앉으려던 찰나, 닻을 내린 선장님의 배가 보였어요. 구조돼 살아날 수 있다는 희망이 샘솟았지요. 이렇게 먼 북쪽까지 오는 배가 있으리라고는 생각도 못 했습니다. 나는 얼른 썰매 한쪽을 뜯어내 노를 만든 뒤 기력이 다할 때까지 열심히 저어서 내가 탄 얼음 조각을 이리로 몰았어요. 이 배가 남쪽으로 간다면 내 뜻을 접지 않고 그저 바다의 자비에 몸을 맡기기로 마음먹었습니다. 작은 배를 한 척 내달라고 청해서 원수를 계속 쫓아갈 생각이었지요. 그런데 북쪽으로 간다고 하더군요. 선장님이 태워주지 않았더라면 기력이 다한 데다 무수한 고난을 겪은 탓에 결국 죽음에 이르렀을 겁니다. 하지만 여전히 뜻을 이루지 못하고 죽을까봐 걱정되네요.

아! 나를 악마에게로 인도해준 수호 정령은 이토록 갈망하는 휴식을 언제쯤 허락해줄까요? 혹시 끝내 그의 죽음을 보지 못하고 내가 죽게 되는 걸까요? 그렇다면 월턴 선장님, 절대 그가 이대로 도망치지 못하게 하겠다고, 그를 찾아 죽임으로써 나의 원한을 풀어주겠다고 맹세해주십시오. 하지만 감히 나 대신 순례를 이어가달라고, 내가 겪은 고난을 견뎌달라고 부탁할 수 있을까요? 그럴 수야 없지요. 나는 그렇게 이기적인 인간이 아닙니다. 하지만 내가 죽은 뒤에 그가 나타난다면, 복수의 사신들이 그를 선장님에게 인도한다면, 절대 그를 살려두지 않겠다고 다짐해주십시오. 그동안 내게 수많은 고통을 안긴 그가 승리하지 않게 하겠다고, 나뿐만 아니라 다른 사람의 인생도 망쳐놓게 두지 않겠다고 맹세해주십시오. 그는 언변과 설득력이 뛰어납니다. 나도 그의 말에 넘어갔지요. 하지만 절대 그를 믿지 마십시오. 그의 영혼은 외모만큼이나 추악하고 위선과 지독한 악의로 가득 차 있습니다. 그의 말을 듣지 마세요. 윌리엄과 쥐스틴, 클레르발, 엘리자베트, 내 아버지, 그리고 비참한 이 빅토르의 혼령을 생각하며 그의 가슴에 칼을 꽂아주십시오. 내가 곁에 남아서 칼날이 빗나가지 않도록 돕겠습니다.

이어지는 월턴의 편지.

17××년 8월 26일

마거릿 누님, 기이하고 오싹한 이야기는 여기까지예요. 너무 섬뜩해서 피가 얼어붙는 것 같지 않나요? 저는 지금도 간담이 서늘하네요. 이따금 그는 고통이 밀려와서 말을 잇지 못했고, 가끔은 날카롭지만 갈라지는 목소리로 고뇌에 찬 이야기를 힘겹게 토해냈습니다. 선하고 아름다운 눈에는 분노가 번뜩였고 때로는 슬픔이 드리웠으며 한없는 괴로움이 엿보이기도 했어요. 더없이 오싹한 일을 들려주면서도 흥분을 억누르고 표정과 말투를 통제하며 평온한 목소리를 내다가도 마치 화산이 폭발하듯 분노가 솟구치는 얼굴로 자신을 괴롭힌 괴물을 향해 저주의 말을 외쳐대기도 했지요.

그의 이야기는 논리적이고 더없이 진실하게 느껴집니다. 솔직히 말씀드리면 그가 제게 보여준 펠릭스와 사피의 편지, 우리가 배에서 본 괴물의 모습이 그의 일관적이고 진실한 이야기에 신빙성을 보태주었어요. 그러니까 그런 괴물이 실제로 존재한다는 겁니다. 의심할 수는 없지만 놀랍고 신기한 건 사실이네요. 몇 차례 프랑켄슈타인에게 괴물을 정확히 어떻게 만들었는지 물어보았지만 그는 아주 완강했답니다.

"제정신입니까, 친구? 경솔한 호기심 때문인가요? 사악한 적을 직접 만들어보려고요? 아니라면 왜 묻는 겁니까? 정신 차려요! 나의 불행을 교훈으로 삼아 부디 자신을 고통에 빠뜨리지 말란 말입니다."

프랑켄슈타인은 내가 자신의 과거를 받아 적는다는 것을 알고 보여달라고 하더니 여기저기 직접 고치고 살을 붙여주었어요. 주로 적과 나눈 대화를 좀 더 생생하게 바꾸면서 이렇게 말했답니다. "이왕 이렇게 기록됐으니 후대에 온전한 이야기가 전해지면 좋겠네요."

상상으로도 지어낼 수 없는 기이한 이야기를 듣는 사이 꼬박 일주일이 흘렀습니다. 이 손님의 이야기와 더불어 그의 고상하고 기품 있는 태도가 자아내는 매력에 온 마음과 생각을 빼앗겨버렸네요. 그를 위로할 수 있다면 얼마나 좋을까요? 하지만 헤아릴 수 없는 불행에 빠져 위안의 희망을 모두 잃은 사람에게 삶을 강요할 수 있을까요? 그럴 수는 없습니다! 그에게 기쁨이 조금이라도 남아 있다면 무너진 마음을 추스르고 평화로운 죽음에 이를 때에야 마주할 수 있겠죠. 그래도 고독과 섬망이 가져다주는 환영이 그에게는 위안이 되는 것 같네요. 그는 꿈에서 친구들과 대화하고 교감하며 그동안의 불행을 위로받거나 복수심을 불태운답니다. 그럴 때면 그들이 환영이 아니라 실제로 다른 세계에서 자신을 만나러 왔다고 생각하죠. 이런 믿음 때문에 그의 몽상이 더욱 진지해지고, 그래서 내게도 현실 못지않게 인상적이고 흥미롭게 느껴진답니다.

　우리의 대화가 그의 과거나 불행에만 국한되는 건 아니에요. 그는 문학 전반에 걸쳐 무한한 지식을 가졌을 뿐 아니라 민첩하고 예리한 통찰력을 지녔답니다. 유려한 말솜씨는 설득력이 있는 데다 심금을 울리고요. 그가 애처로운 사건에 대해 들려주거나 연민이나 사랑의 감정을 자극할 때면 눈물 없이 들을 수 없어요. 만신창이가 돼서도 이토록 고결하고 성스러운 사람이라면 한창때는 얼마나 아름다웠을까요. 자신이 얼마나 고귀한 사람인지, 또 얼마나 추락했는지 스스로도 느끼고 있는 것 같아요. 한번은 이렇게 말하더군요.

"한때는 내가 큰일을 할 사람이라고 믿었습니다. 감정이 풍부한 편이었지만 걸출한 업적을 이룰 만큼 냉철한 판단력도 있었지요. 다른 감정이 모두 짓눌려 있을 때도 이런 자긍심이 나를 지탱해주었어요. 쓸데없는 슬픔에 빠져 인류에게 유용할지도 모를 재능을 썩히는 것은 죄악이라고 생각했습니다. 나는 이성과 감정을 지닌 동물을 만들어냈어요. 그 점을 생각하면 스스로를 그저 평범한 발명가로 치부할 수 없었습니다. 하지만 연구를 시작할 때 힘이 됐던 이런 감정이 이제는 나를 수렁으로 더 깊이 밀어 넣을 뿐이네요. 나의 모든 포부와 희망은 물거품이 됐고 이제는 전지전능을 갈망했던 대천사처럼 영원한 지옥에 쇠사슬로 묶였습니다. 나는 상상력이 풍부하면서도 분석력과 응용력이 뛰어났지요. 이 모든 자질이 합쳐져 기발한 생각을 품었고 결국 인간을 창조하기에 이르렀어요. 작품이 완성되기 전 머릿속에 그렸던 꿈을 떠올려보면 지금도 열정이 솟는답니다. 그 생각을 하면 천국을 거니는 기분이지요. 나의 뛰어난 능력에 기운이 솟고 그 영향력을 상상하면 온몸이 뜨거워졌어요. 어려서부터 원대한 희망과 높은 포부를 품었던 내가 이렇게 나락으로 떨어지다니! 아! 친구여, 나의 예전 모습을 알았더라면 이렇게 비천해진 나를 알아보지도 못했을 겁니다. 그때는 낙담이라는 것을 몰랐고 숭고한 운명이 나를 지탱해준다고 생각했어요. 그런데 결국 쓰러져서 다시 일어날 수 없는 신세가 됐지요."

이토록 훌륭한 사람을 잃어야 하나요? 얼마나 친구를 갈망했는데. 저에게 공감해주고 애정을 쏟아줄 사람을 간절히 원했죠. 드디어 황량한 바다에서 그런 친구를 찾았는데 진가를 알게 된 순간 그를 잃게 될 것 같네요. 어떻게든 삶의 의지를 되찾아주고 싶지만 그는 한사코 거절합니다.

"나처럼 비참한 인간에게 친절을 베풀어주어서 고맙습니다, 월턴 선장님. 선장님은 새로운 관계를 맺고 새로이 우정을 쌓으면 된다고 하지만, 떠난 사람의 자리를 다른 사람이 메울 수 있을까요? 누군가가 내게 클레르발이나 엘리자베트가 될 수 있을까요? 딱히 남다른 정을 나누지 않았다고 해도 어릴 적 친구는 나중에 사귄 친구들과는 달리 우리 마음에 특별한 힘을 발휘하지요. 어린 시절의 성향을 다 알고 있으니까요. 그런 건 커가면서 바뀔 수는 있어도 절대 사라지지 않습니다. 따라서 어떤 행동을 했을 때 그 행동의 진짜 동기를 더 확실하게 판단할 수 있지요. 형제자매는 서로가 어린 시절부터 거짓말을 하거나 남을 속이지 않았다면 어떤 행동을 해도 그런 식으로 판단하지 않습니다. 커서 만난 친구는 아무리 돈독한 사이라고 해도 어쩔 수 없이 의심할 때가 있지요. 하지만 내가 친구들을 좋아한 것은 단순히 습관적으로 함께 어울리기 때문만은 아니었어요. 내가 그들을 좋아한 것은 그들의 장점 때문이기도 했지요. 어디에 있든 내 귓가에는 엘리자베트의 다정한 목소리와 클레르발의 대화 소리가 들려올 겁니다. 그들은 죽었고 이처럼 지독한 고독 속에서 내가 계속 살아야 할 이유를 찾는다면 한 가지뿐입니다. 내가 인류에게 큰 이익이 되는 고귀한 임무나 계획을 실행하고 있다면 그것을 이루기 위해 살아갈 수도 있겠지요. 하지만 그건 나의 운명이 아닌 것 같네요. 나는 내 손으로 빚은 존재를 쫓아가 없애야 합니다. 그러고 나면 지상에서 나의 임무가 끝날 테니 마음 편히 죽을 수 있습니다."

9월 2일

사랑하는 누님,

위험에 빠졌습니다. 사랑하는 잉글랜드와 그곳에 있는 소중한 친구들을 다시 볼 수 있을지조차 모르는 채로 누님에게 편지를 씁니다. 빙산이 사방에서 우리를 에워싼 채 빠져나갈 틈을 주지 않고 시시각각 배를 부수려 합니다. 제가 설득해서 데려온 용감한 동료들은 저만 바라보고 있는데 할 수 있는 일이 아무것도 없네요. 무시무시한 상황이지만 아직 용기와 희망을 버리지 않았습니다. 우리는 살아날 거예요. 아니라면 세네카의 교훈을 되새기며 용감하게 죽을 겁니다.

그런데 누님의 마음은 어떨까요? 내가 죽은 줄도 모르고 돌아오기만 초조하게 기다리시겠죠. 몇 년이 지나 수없이 절망하면서도 한편으로는 희망을 버리지 못할 테고요. 아! 사랑하는 누님, 누님의 절절한 기대가 부서지는 순간을 생각하니 내 죽음보다 더 두렵네요. 하지만 누님에게는 남편과 사랑하는 자식들이 있으니 행복하게 사시겠지요. 누님에게 하늘의 축복이 있기를!

제 불행한 손님은 진심으로 안타깝게 여기며 제게 희망을 주려 노력합니다. 마치 스스로 삶을 소중히 여기기라도 하는 것처럼 얘기하네요. 이쪽 바다를 모험한 다른 항해자들이 같은 사고를 얼마나 자주 겪었는지 상기시키며 기운을 북돋워 주려 합니다. 그의 유창한 말솜씨는 선원들에게도 힘을 발휘한답니다. 그가 말하면 그들도 더는 좌절하지 않거든요. 그의 말에 기운이 나는 모양입니다. 그의 목소리를 듣는 동안에는 우리를 에워싼 거대한 빙산이 한낱 두더지의 흙더미처럼 인간의 결의 앞에서 사라져버릴 거라고 믿는답니다. 하지만 그런 마음이 오래가지는 않네요. 하루하루 기대가 멀어지면서 선원들은 두려움에 사로잡히고 있어요. 절망이 깊어지면 폭동이 일어날까 걱정입니다.

방금 아주 기이한 광경을 목격한 터라 이 편지가 누님에게 닿지 않는다고 해도 기록해두려 합니다.

우리는 여전히 빙산에 갇혀 있고 얼음덩어리가 충돌하기라도 하면 언제든 배가 부서질 수 있는 상황이에요. 극심한 추위 때문에 벌써 많은 동료가 안타깝게도 이 황량한 곳을 무덤으로 삼았답니다. 프랑켄슈타인의 건강도 나날이 나빠지고 있고요. 눈은 여전히 이글거리지만 기력이 많이 쇠했고 갑자기 기운을 차렸다가도 금세 힘이 빠져 늘어지네요.

지난번 편지에서 폭동이 일어날까 걱정이라고 말씀드렸죠. 오늘 아침 친구의 창백한 얼굴을 보며 앉아 있을 때였습니다. 그의 눈은 반쯤 감겼고 팔다리는 힘없이 늘어져 있었어요. 그때 선원 대여섯 명이 선실에 들여보내달라고 하더군요. 그들이 들어오자 주동자가 입을 열었습니다. 그들은 다른 선원들을 대표해서 내가 정당하게 거부할 수 없는 요구를 하러 왔다고 하더군요. 우리는 얼음에 갇혀 있고 빠져나가지 못할 가능성이 크지만, 혹시라도 얼음이 흩어져 길이 열리면 간신히 위기를 모면할 거라고, 그런데 내가 무모하게 항해를 계속하면 다시 위험에 빠질까봐 걱정이라고 했어요. 그러니 우리가 여기서 빠져나가게 된다면 곧장 남쪽으로 항로를 돌리겠다고 약속해달더군요.

그 얘기를 듣고 심란했어요. 나는 아직 좌절하지 않았고 여기서 빠져나가도 돌아갈 생각은 없었거든요. 하지만 내가 그들의 요구를 거절할 수 있었을까요? 그것이 정당한 일일까요? 아니, 가능하긴 할까요? 이런 생각으로 대답을 망설이고 있는데, 끼어들 힘도 없는 듯 잠자코 있던 프랑켄슈타인이 불쑥 일어나는 겁니다. 눈은 반짝거렸고 기운이 솟는 듯 뺨이 발그레했어요. 그는 선원들을 돌아보며 이렇게 말했어요.

"그게 무슨 말입니까? 선장님에게 무슨 요구를 하는 겁니까? 이렇게 쉽게 포기하려는 겁니까? 영광스러운 탐험이라고 하지 않았습니까? 그렇게 말한 이유가 뭡니까? 남쪽 바다처럼 잔잔하고 순탄해서가 아니라 위험과 공포가 도사리고 있어서, 새로운 일이 닥칠 때마다 불굴의 의지를 발휘해야 하니까, 사방을 에워싼 위험과 죽음의 공포를 용감하게 극복해야 하니까 영광스러운 것 아닙니까? 그래서 영광스러운 탐험이 되는 겁니다. 인류에게 공헌한 인물로 길이 남기 위해서, 인류의 영광과 이익을 위해 죽음을 무릅쓴 용감한 사람으로 기억되기 위해서 여기까지 오지 않았습니까? 그런데 보십시오. 아직 닥치지도 않은 위험에 잔뜩 움츠러들어 추위와 위기를 버틸 힘조차 없는 겁쟁이로 돌아간단 말입니까? 이건 용기를 시험하는 엄격하고 무서운 첫 관문이나 마찬가지입니다. 그 앞에서 나약한 인간들은 추위에 떨다가 따뜻한 화롯가로 돌아가버렸지요. 그러려면 이런 준비도 필요 없었습니다.

기껏 자기가 겁쟁이인 걸 확인하려고 여기까지 와서 선장님에게 패배의 수치를 안기다니. 아! 사내가 되십시오. 강인한 사내가 되란 말입니다. 목적의식을 잃지 말고 바위처럼 단단해집시다. 이 얼음은 여러분의 마음과는 달리 쉽게 변합니다. 꿋꿋이 버티는 상대 앞에서는 버틸 수 없는 법이지요. 이마에 불명예의 낙인을 찍고 돌아가서야 되겠습니까? 적과 용감하게 싸워 이긴 영웅, 적에게 등을 보일 줄 모르는 영웅으로 돌아가란 말입니다."

그는 원대한 포부와 영웅심이 빛나는 눈으로 자신이 표현하는 감정에 걸맞게 목소리까지 바꿔서 이야기했습니다. 선원들이 감동할 수밖에요. 그들은 서로 눈길을 주고받으며 아무 말도 하지 못하더군요. 그래서 제가 입을 열었죠. 돌아가서 방금 들은 얘기를 곱씹어보라고, 그래도 원한다면 더는 북쪽으로 가지 않을 테지만, 다시 생각해보고 용기를 되찾기 바란다고 말했습니다.

그들이 물러가자 저는 친구를 돌아보았습니다. 하지만 그는 축 늘어져서 활력이라곤 찾아볼 수 없는 모습이었죠.

이 모든 상황이 어떻게 끝날지 모르겠지만 저는 뜻을 이루지 못하고 부끄럽게 돌아가느니 차라리 죽음을 택하겠어요. 하지만 그것이 제 운명이 될까봐 두렵기도 하네요. 영광과 명예 같은 이상에 끌리지 않는 선원들은 지금 같은 고난을 계속 견디려 하지 않겠죠.

9월 7일

주사위는 던져졌습니다. 배가 무사히 빠져나간다면 돌아가기로 합의했어요. 소심하고 우유부단한 자들이 결국 저의 희망을 무참히 짓밟네요. 저는 무지와 실망을 품고 돌아갑니다. 이 억울함을 견디려면 지금과는 다른 인생관이 필요할 것 같네요.

9월 12일

다 끝났습니다. 저는 잉글랜드로 돌아가고 있어요. 공익에 이바지하고 영광을 얻겠다는 희망은 물거품이 됐고 친구도 잃었습니다. 그래도 사랑하는 누님에게 비통한 상황을 상세히 전하려 합니다. 누님이 계신 잉글랜드로 가고 있으니 낙담하지 않을게요.

9월 9일, 얼음이 움직이는가 싶더니 멀리서 천둥처럼 요란한 소리가 들리고 사방에서 섬들이 쪼개지고 부서졌습니다. 아주 긴박하고 위험한 상황이었죠. 하지만 어차피 지켜보는 수밖에 없으니 저는 위중한 상태로 침대에서 꼼짝도 하지 않는 불행한 손님에게 관심을 쏟았습니다. 배 뒤쪽에서 깨진 얼음이 북쪽으로 밀려갔습니다. 서쪽에서 잔잔한 바람이 일었고 11일에는 남쪽 항로가 완전히 뚫렸어요. 선원들은 고국으로 돌아갈 수 있다는 희망에 들떠 한동안 떠들썩하게 기쁨의 함성을 질러댔죠. 잠에 빠져들던 프랑켄슈타인이 깨더니 웬 소동이냐고 묻더군요. "곧 잉글랜드로 돌아가게 되어서 소리를 지르는 겁니다."

"정말 돌아가는 겁니까?"

"안타깝지만 그렇답니다. 저들의 성화를 이길 수 없네요. 원치 않는 사람들을 위험으로 내몰 수는 없으니 돌아가는 수밖에요."

"그럼 돌아가세요. 나는 안 갑니다. 선장님은 목표를 포기할 수 있어도 나의 임무는 하늘이 정한 것이라 포기할 수 없어요. 기력이 쇠했지만 내 복수를 도와주는 정령들이 충분한 힘을 줄 겁니다." 이렇게 말하면서 그는 병상에서 일어나려 했지만 기력이 달려서 다시 쓰러져 정신을 잃었답니다.

한참이 지나도 깨지 않아서 목숨이 완전히 끊어졌나 생각했어요. 마침내 그는 눈을 떴지만 숨이 거칠고 말도 하지 못했죠. 의사가 진정제를 주고는 그를 건드리지 말고 쉬게 하라고 지시했습니다. 그러고는 내게 친구가 몇 시간밖에 살지 못할 거라고 귀띔했어요.

죽음의 선고가 내려졌으니 저는 그저 슬퍼하며 기다리는 수밖에 없었죠. 병상 옆에 앉아서 그를 지켜보았습니다. 눈을 감고 있기에 자는 줄 알았는데 그가 힘없는 목소리로 나를 부르더니 가까이 오라고 하더군요. "아! 더는 버틸 힘이 없습니다. 곧 죽을 것 같네요. 나를 괴롭힌 적은 여전히 살아 있겠지요. 월턴 선장님, 내가 마지막 순간까지 예전처럼 불타는 증오와 뜨거운 복수의 욕망을 느낀다고 생각하지는 마십시오. 하지만 원수의 죽음을 바라는 것은 정당하다고 생각합니다. 최근 며칠 동안 지난날의 내 행적을 돌아보았습니다. 비난받을 일이라고 생각하지는 않아요. 한때 광기 어린 열정에 취해서 생각할 줄 아는 존재를 만들었으니 힘닿는 데까지 행복하고 평안한 삶을 보장해주어야 했지요. 그것이 내 의무였지만 그보다 더 중요한 의무가 있었습니다. 내게는 인류에 대한 의무가 더 중요했어요. 더 많은 사람의 행복과 불행이 달려 있었으니까요. 이런 생각으로 첫 피조물의 동반자를 만들어달라는 청을 거절했고, 그것은 옳은 선택이었습니다. 그는 비할 데 없는 악의와 사악한 이기심을 보여주었으니까요. 내가 사랑하는 사람들을 죽음으로 몰아넣었지요. 섬세한 감각과 행복, 지혜를 가진 존재들을 파괴하는 데 혈안이 됐고요. 복수를 향한 그의 갈망이 어디까지 갈지도 알 수 없습니다. 비참한 그는 다른 누군가를 또 비참한 상황으로 몰고 가지 않도록 죽어야 마땅합니다. 내가 죽였어야 했지만 실패하고 말았네요. 이기적이고 못된 마음으로 내가 끝내지 못한 일을 맡아달라고 부탁했었는데, 이제는 오로지 합리적이고 도덕적인 동기로 다시 한번 부탁합니다.

하지만 고국과 친구들을 저버리면서까지 이 일을 맡아달라고 할 수는 없습니다. 잉글랜드로 돌아가는 길에서 그를 마주칠 가능성은 작겠지요. 그런 점들을 고려하고 스스로 생각하는 의무와 균형을 맞추는 일은 선장님의 판단에 맡기겠습니다. 나는 죽음을 앞둔 터라 제대로 판단할 수 없습니다. 내가 옳다고 생각하는 일을 강요할 수는 없지요. 나 역시 여전히 열정에 이끌려 그릇된 생각을 하고 있을지도 모르니까요.

그가 살아서 못된 짓을 이어갈 거라고 생각하면 심란하지만, 그것을 제외하면 해방을 코앞에 둔 지금 몇 년 만에 처음 행복을 맛보네요. 앞서간 사랑하는 이들의 모습이 눈앞에 아른거려서 빨리 그들의 품으로 가고 싶습니다. 잘 있어요, 월턴 선장님! 평온한 삶에서 행복을 찾기 바랍니다. 무언가를 발견해 과학 분야에서 특별한 업적을 쌓고자 하는 야망은 아무리 순수해 보여도 되도록 멀리해야 합니다. 하긴, 내가 왜 이런 얘기를 할까요? 나는 그런 희망으로 파멸에 이르렀지만 누군가는 성공할 수도 있는데 말입니다."

그의 목소리는 갈수록 작아졌고 마침내는 기력이 다했는지 입을 다물더군요. 삼십 분쯤 뒤에 그는 다시 말을 하려고 했지만 그럴 수 없었어요. 그는 힘없이 제 손을 잡고 영원히 눈을 감았습니다. 그의 입가에 번졌던 희미한 미소도 사라져버렸죠.

마거릿 누님, 훌륭한 영혼이 너무도 일찍 져버렸네요. 제가 무슨 말을 할 수 있을까요? 뭐라고 말해야 누님이 저의 깊은 슬픔을 이해할까요? 제 심정을 충분히 표현할 말을 찾을 수 없네요. 눈물이 흐르고 절망의 구름이 제 마음을 뒤덮었습니다. 그래도 이제 잉글랜드로 가고 있으니 그곳에서 위안을 찾을 수 있겠죠.

무슨 일이 일어난 모양이에요. 이게 무슨 소리일까요? 지금은 한밤중입니다. 바람이 거세지도 않고 갑판의 불침번도 웬만해선 움직이지 않는데 말이에요. 또 소리가 들리네요. 사람 목소리와 비슷한데 좀 더 거친 것 같아요. 프랑켄슈타인의 시신이 있는 선실에서 나는 소리 같으니 일어나 살펴봐야겠어요. 안녕히 주무세요, 누님.

세상에, 세상에! 방금 굉장한 일이 벌어졌어요! 다시 생각해도 현기증이 나네요. 제대로 설명할 수 있을지 모르겠지만, 이 아찔한 대단원을 빼놓는다면 지금까지 기록한 이야기가 제대로 완성되지 않을 겁니다.

불행한 운명을 맞이한 친구의 시신이 있는 선실로 들어가 보니 뭐라 형언할 수 없는 형체가 그를 굽어보고 있더군요. 거대한 몸집에, 비율이 기이하고 끔찍했어요. 관을 굽어보는 얼굴은 길고 헝클어진 머리칼에 가려져 있었지만 앞으로 뻗은 거대한 손은 미라 같은 피부색과 질감을 가졌고요. 그 형체는 슬픔과 경악이 뒤섞인 말을 중얼거리다가 내가 다가오는 소리에 입을 다물고 창문 쪽으로 뛰어가더군요. 그렇게 흉측한 얼굴을 본 적이 없습니다. 추한 모습에 입이 다물어지지 않았고 진저리가 났죠. 저도 모르게 눈을 질끈 감았답니다. 그러다 간신히 그 파괴자에 대해 저에게 주어진 임무를 떠올렸어요. 저는 그를 불러 세웠답니다.

그는 걸음을 멈추고 의아한 눈으로 저를 보았죠. 그러곤 죽어 있는 자신의 창조자를 다시 돌아보더니 내 존재를 금세 잊은 듯했어요. 표정과 몸짓으로 봐선 억누를 수 없는 울분에 휩싸인 것 같았죠. 그는 이렇게 소리쳤어요.

"이자도 내 희생자다! 그를 죽이는 것으로 내 죄는 완성됐군. 굴곡진 내 비참한 삶도 이제 막바지에 이르렀다! 아, 프랑켄슈타인! 고결하고 헌신적인 존재여! 그대에게 나를 용서하라고 애원한들 무슨 소용이 있을까? 나는 당신이 사랑하는 사람들을 모두 파괴함으로써 당신을 돌이킬 수 없이 무너뜨렸지. 아! 이제는 차갑게 식어 나에게 대꾸할 수도 없구나."

그는 목이 메는 듯했습니다. 처음에는 적을 파괴해달라는 친구의 마지막 청을 들어줘야겠다고 생각했지만 어느새 호기심과 연민이 저를 막아서더군요. 저는 거대한 괴물에게 다가갔지만 차마 얼굴을 마주할 엄두가 나지 않았어요. 그의 추악한 모습에는 오싹하면서도 이 세상의 것이 아닌 듯한 무언가가 있었거든요. 말을 하려고 했지만 입이 떨어지지 않았어요. 괴물은 계속 횡설수설하며 자책의 말을 늘어놓았죠. 그의 격정적인 탄식이 잠시 잦아들었을 때 저는 마음을 굳게 먹고 말을 걸었어요. "이제 와서 후회해봐야 소용없다. 이렇게까지 잔인하게 복수를 밀어붙이기 전 양심의 목소리에 귀를 기울이고 가책의 괴로움을 느꼈더라면 프랑켄슈타인은 아직 살아 있었을 텐데."

"정말 그렇게 생각하나? 나라고 고통이나 가책을 느끼지 않았을 거라고 생각해?" 그는 시신을 가리키며 말을 이었습니다. "이 모든 일이 완성되기까지 저자보다 내가 더 괴로웠다. 아! 오랜 시간에 걸쳐 조금씩 복수를 완성해가는 동안 나는 그보다 만 배 이상의 고통을 느꼈어. 지독한 이기심이 나를 밀어붙이는 동안 내 가슴은 가책으로 무너져 내렸다. 클레르발의 신음이 내 귀에는 음악 소리처럼 들렸을까? 사랑과 연민을 느끼도록 만들어진 나의 가슴은 비참한 삶을 거치면서 증오와 악으로 뒤틀려버렸다. 그런 무자비한 변화에는 상상할 수 없는 고통이 따르지.

클레르발을 죽인 뒤 나는 가슴이 미어지는 것을 느끼며 스위스로 돌아갔다. 프랑켄슈타인이 측은했어. 끔찍할 정도로 측은했지. 나 자신에게 환멸을 느꼈다. 하지만 나를 만든 동시에 내게 말할 수 없는 고통을 안겨준 그가 감히 행복한 삶을 꿈꾸더군. 나에게는 영원히 금지된 감정과 열정을 누리려한다는 것을 알고 무기력한 질투와 쓰디쓴 분노가 일었고 복수를 향한 갈망이 다시 고개를 들었다. 내가 협박한 일을 기억해내고 그것을 실행에 옮기기로 마음먹었어. 얼마나 극심한 고통에 시달릴지 알면서도 충동을 억누르지 못하고 노예처럼 이끌렸지. 혐오스러운 충동을 따르지 않을 수 없었다. 하지만 그녀가 죽었을 때! 아니, 나는 불행하지 않았어. 이미 나를 지독한 절망에 빠뜨릴 고통을 억누르고 모든 감정을 내던졌으니까. 그때부터 악이 내 선이 됐다. 여기까지 온 이상 내가 기꺼이 택한 원칙에 내 성향을 맞추는 수밖에 없었지. 내 사악한 계획을 완성하는 데 모든 열정을 쏟아부었어. 이제 다 끝났군. 나의 마지막 희생자가 여기 누워 있다!"

처음에는 그의 비참한 절규에 마음이 뭉클했어요. 그러다 문득 프랑켄슈타인이 그의 언변과 설득에 넘어가지 말라고 당부한 일이 떠올랐죠. 죽어 있는 친구를 다시 보는 순간 화가 치밀어 이렇게 말했습니다. "비열한 놈! 고독한 삶을 자초해놓고 어디서 불평이냐. 집에 횃불을 던져놓고 다 타버리고 나니까 잔해 속에 앉아 한탄하는 꼴이군. 위선적인 악마 같으니! 네가 애도하는 자가 아직 살아 있었다면 그는 여전히 네 지독한 복수의 먹잇감으로 시달리고 있겠지. 너는 연민을 느끼는 게 아니다. 네가 한탄하는 건 네 악행의 대상이 이제 너의 힘을 벗어났기 때문이지."

"아니, 그렇지 않다. 그렇지 않아. 하지만 내 행동의 동기를 오해한다면 그런 인상을 받을 수도 있겠지. 나는 내 불행에 공감해달라는 게 아니다. 공감은 끝내 구할 수 없을 테지. 처음에 내겐 행복과 애정, 선에 대한 사랑이 넘쳤고 누군가가 그런 감정을 함께 나눠주기를 바랐다. 하지만 이제 내게 선은 그림자만 남았고 행복과 애정은 괴롭고 역한 절망으로 변했으니 무슨 공감을 원하겠는가? 고통이 지속되는 동안에는 기꺼이 혼자 고통을 견딜 것이고 죽고 나면 혐오와 비난이 나의 기억을 가득 메워도 만족하겠다. 한때는 덕을 쌓고 명예를 얻고 즐거움을 누리는 꿈을 꾸며 마음을 달랬다. 나의 겉모습을 뛰어넘어 훌륭한 자질을 보고 나를 사랑해주는 사람을 만나리라는 허황된 희망을 품기도 했어. 영광과 헌신이라는 고귀한 이상에 젖기도 했고. 하지만 악은 나를 가장 비천한 짐승만도 못한 존재로 추락시켰어. 그 어떤 범죄나 악행, 불행도 나의 것에 견줄 수 없다. 내가 저지른 무시무시한 행동을 하나하나 돌아보면 나도 한때는 선의 위엄과 아름다움에 취해 숭고하고 탁월한 이상에 젖어 있었다는 사실이 믿기지 않는다. 하지만 그렇게 되기도 하지. 타락한 천사는 사악한 악마가 되는 법. 그러나 신과 인간의 적인 타락 천사에게도 외로움을 나눌 친구가 있었지만 나에겐 아무도 없다.

프랑켄슈타인을 친구라고 부르는 당신은 내가 저지른 죄악과 그가 겪은 불행을 모두 알고 있는 것 같군. 하지만 그가 아무리 자세히 들려줬어도 내가 무력한 열정 속에서 비참하게 견딘 시간의 이야기는 그 안에 담기지 않았겠지. 나는 그의 희망을 짓밟았지만 그렇다고 나의 욕망을 채운 것도 아니었다. 늘 끝없이 갈망했을 뿐이지. 사랑과 우정을 그토록 원했지만 언제나 거부당했어. 부당하다고 생각하지 않나? 모든 인간이 나에게 죄를 지었는데 왜 나만 죄인으로 몰려야 하지? 친구를 오만불손하게 내쫓은 펠릭스는 왜 증오하지 않지? 제 자식을 구해준 자를 죽이려 했던 농부는 왜 비난하지 않지? 그래, 그들은 선하고 무결한 존재겠지. 나는, 버림받고 비참하게 살아온 나는 멸시당하고 걷어차이고 짓밟혀야 마땅한 실패작이고. 그런 부당한 대우를 생각하면 지금도 피가 끓어오른다.

하지만 내가 몹쓸 놈인 것도 사실이다. 사랑스럽고 힘없는 인간들을 죽였으니까. 무고한 사람들이 자고 있을 때 목을 졸랐지. 나뿐만 아니라 살아 있는 어떤 존재도 해치지 않은 자의 목을 움켜쥐고 숨통을 끊었어. 누구보다도 사랑받고 존경받을 만한 인간인 나의 창조자를 불행에 빠뜨렸고, 끝까지 쫓아가서 돌이킬 수 없는 파멸에 이르게 했다. 그의 창백하고 차가운 시신이 여기 누워 있어. 당신은 나를 증오하겠지만 나만큼은 아니겠지. 그런 짓을 저지른 이 손을 볼 때면, 그런 짓을 계획한 이 가슴을 생각할 때면, 더는 이 손을 보지 못하는 순간을, 더는 그런 생각을 떠올리지 못하는 순간을 얼마나 갈망하는지 모른다.

내가 다시 악행을 저지를까 걱정하지 마라. 내가 할 일은 거의 끝났다. 내 굴곡진 삶을 완성하기 위해, 내가 할 일을 다 끝내기 위해 필요한 건 당신이나 다른 누군가의 죽음이 아닌

바로 나의 죽음이다. 나를 제물로 바치는 일을 미룰 거라고 생각하지 마라. 나는 이 배를 떠나 내가 타고 온 얼음 뗏목을 타고 북쪽 끝의 땅으로 갈 것이다. 거기서 장작을 모아다가 이 비참한 몸뚱이를 태워 재로 만들겠다. 어떤 불경한 인간이 호기심에 이끌려 나 같은 존재를 또 만드는 일이 없도록. 나는 죽을 것이다. 지금 나를 압도하는 고통에 더는 시달리지 않을 것이다. 아직 충족되지도 꺼지지도 않은 감정에 더는 이끌리지 않을 것이다. 나를 존재하게 한 이는 죽었고 나까지 죽는다면 우리 둘에 대한 기억은 금세 사라질 테지. 나는 이제 태양과 별을 보지 못할 것이고 뺨을 간질이는 바람도 느끼지 못할 것이다. 빛과 감정, 감각이 모두 사라질 것이다. 그러면 행복을 찾을 수 있겠지. 몇 년 전 세상이 내어준 풍경이 처음 눈앞에 펼쳐졌을 때, 여름의 기분 좋은 열기를 느끼고 바스락거리는 나뭇잎 소리와 새들의 지저귐을 들었을 때, 그것이 내가 아는 전부였을 때 울다가 죽었어야 했다. 이제는 죽음이 나의 유일한 위안이 됐지. 죄로 얼룩지고 쓰디쓴 후회로 만신창이가 됐으니 죽지 않으면 어디서 안식을 찾는단 말인가?

그럼 안녕히! 나는 이만 떠나겠다. 당신이 이 두 눈에 담은 마지막 인간일 것이다. 안녕, 프랑켄슈타인! 그대가 살아 있었다면, 아직 나에게 복수할 욕망을 품고 있었다면 내가 죽지 않고 살아서 한을 풀어주는 편이 나았겠지. 하지만 그렇게 되지 않았어. 당신은 내가 더 큰 고통을 일으키지 않도록 나를 죽이려 했지. 만약 나로서는 알 수 없는 방식으로 당신이 여전히 생각하고 느낄 수 있다면 나처럼 비참하게 사느니 차라리 죽음을 택했을 것이다. 당신은 고통에 시달렸지만 내가 당신보다 더 괴로웠다. 쓰디쓴 가책의 고통은 죽음으로 모든 것이 영원히 끝날 때까지 나의 상처를 후벼 팔 테니까."

그러더니 그는 다시 비통하고 엄숙하게 소리쳤어요. "하지만 나는 곧 죽을 테고 지금 느끼는 모든 감정을 더는 느끼지 못하겠지. 이 강렬한 불행도 모두 사라질 테고. 나는 당당하게 장작더미에 올라가 화마의 고문 속에서 환희를 느낄 거야. 활활 타오르던 불이 사위고 나면 나의 재가 바람에 실려 바다로 날아가겠지. 나의 영혼은 평화롭게 잠들 것이다. 영혼이 생각을 한다면, 틀림없이 그렇게 생각하지는 않겠지. 그럼 이만."

이 말과 함께 그는 선실의 창문에서 얼음 뗏목으로 훌쩍 뛰어내렸어요. 그러고는 곧 파도에 휩쓸려 어둠 속으로 멀리 사라졌답니다.

부록

1831년판 저자 서문

스탠더드 노블스 시리즈의 두 발행인은 《프랑켄슈타인》을 수록작으로 선정하면서 작품의 탄생 배경에 관한 설명을 추가하면 좋겠다는 의사를 전했다. 그동안 "어린 여자가 어떻게 이토록 해괴한 소재를 구상하고 이야기로 만들었냐"는 질문을 수없이 받아온 터라 이에 개략적으로 답할 수 있겠다는 생각에 흔쾌히 수락했다. 지면에 나를 드러내기는 꺼리는 편이지만 이 설명은 기존 작품에 부록으로 수록될 예정이고, 저작과 관련된 주제로 논의의 범위를 한정한다면 작품에 큰 방해가 되지 않을 거라고 생각한다.

저명한 두 문필가의 딸인 내가 아주 어릴 때부터 글쓰기를 꿈꾼 것은 그리 이상한 일이 아니다. 어린 시절 나는 늘 무언가를 끼적거렸고 여가 시간이 생기면 '이야기를 쓰며' 소일했다. 하지만 그보다 즐거운 것은 허공에 성을 짓는 일, 즉 백일

몽에 빠지는 일이었다. 나는 꼬리에 꼬리를 물고 이어지는 생각을 따라가며 상상 속에서 이런저런 사건들을 엮어보곤 했다. 내가 쓴 글보다 이런 공상이 더 환상적이고 만족스러웠다. 글을 쓸 때는 주로 모방에 의존했다. 내 생각을 써 내려가기보다는 다른 사람의 글을 흉내 내는 경우가 많았다는 뜻이다. 글을 쓸 때는 나의 소꿉친구나 다른 누군가가 볼 거라는 점을 염두에 두었다. 하지만 공상은 온전히 나만의 세상이었다. 공상은 누군가에게 얘기할 필요가 없었다. 속상할 때는 피난처가 돼주었고 자유로울 때는 가장 소중한 기쁨의 원천이었다.

어릴 때 나는 주로 교외에 살았고 스코틀랜드에서도 많은 시간을 보냈다. 가끔 그림처럼 아름다운 곳을 방문하기도 했지만 우리가 살던 곳은 황량하고 음울한 던디 인근의 테이강 북쪽 유역이었다. 물론 지금 돌아보면 황량하고 음울한 곳이지만 그 시절의 나에게는 그렇지 않았다. 오히려 내게는 자유의 둥지, 사람들의 눈을 피해 상상 속의 인물들과 교류할 수 있는 즐거운 곳이었다. 그때도 글을 썼지만 모두 흔하고 평범한 졸작이었다. 내 진짜 창작물이 탄생한 곳, 나의 상상력이 날개를 펴고 자유롭게 날아다닌 곳은 우리 집 정원의 나무 밑 또는 집 근처 민둥산의 황량한 산비탈이었다. 이야기의 주인공은 내가 아니었다. 내 삶은 너무도 평범하게 느껴졌다. 낭만적 비애나 경이로운 사건은 도무지 내 차지가 될 것 같지 않았다. 하지만 나라는 좁은 세상에서 벗어나 상상을 넓힌 덕분에 어린 나이에 흔히 느끼는 감정을 뛰어넘어 훨씬 더 흥미로운 세계를 만들며 시간을 보냈다.

나이를 먹으면서 삶은 분주해졌고 허구의 자리에는 현실이 들어섰다. 그러나 남편은 처음부터 내가 문필가 집안의 자녀답게 이름을 떨쳐야 한다고 열을 올렸다. 그는 끊임없이 문필가로 명성을 쌓으라고 독려했고 나 역시 시간이 갈수록 무뎌지긴 했지만 당시에는 그와 같은 꿈을 꾸었다. 그때 남편이 나의 글쓰기를 부추긴 것은 내가 당장 뛰어난 작품을 쓰리라고 확신했기 때문이 아니라 앞으로 좋은 작품을 쓸 수 있을지 가늠해보기 위해서였다. 하지만 나는 아무것도 쓰지 않았다. 여행을 다니고 잡다한 집안일을 하다보니 도통 시간을 낼수 없었다. 그나마 문학과 관련된 활동이라고는 책을 읽는 일 또는 나보다 훨씬 더 교양 있는 남편과 대화하며 생각을 넓히는 일이 전부였다.

1816년 여름, 스위스를 방문한 우리는 바이런 경과 가까이 지냈다. 처음에는 호수에서 즐겁게 시간을 보내거나 산책하며 소일했고, 일행 가운데 자기 생각을 글로 표현하는 사람은 당시 《차일드 해럴드의 편력》 제3편을 쓰고 있던 바이런 경뿐이었다. 그가 연이어 우리에게 보여준 이 작품은 시 특유의 찬란한 광채와 조화 속에서 하늘과 땅의 영광을 거룩하게 보여주는 듯했고, 우리도 그 영향에 감화되었다.

그해 여름은 유난히 축축하고 우울했다. 비가 줄기차게 내리는 탓에 며칠씩 집 안에 틀어박히기 일쑤였다. 마침 프랑스어로 번역된 독일 공포소설 몇 편이 우리 손에 들어왔다. 그중《지조 없는 연인의 이야기》는 주인공 남자가 신부에게 서약을 한 뒤 그녀를 껴안고 보니 자기가 예전에 버린 여인의 창백한 혼령이더라는 이야기였다. 죄가 많은 탓에 비참한 운명에 처한 어느 가문의 창시자 이야기도 있었다. 그는 저주받은 자기 집의 어린 아들들이 일정한 나이에 이르면 그들에게 죽음의 입맞춤을 건네야 했다. 희미한 달빛 속에서 그림자 같은 그의 거대한 형체가 햄릿의 혼령처럼 갑옷으로 무장하고 턱받이를 올린 채 어둑한 거리를 천천히 나아가는 모습이 목격되곤 했다. 이 형체가 성벽의 그림자 속으로 사라지고 나면 이내 성문이 젖혀지고 발소리와 함께 방문이 열리면서 그가 곤히 잠든 꽃다운 청년들에게로 다가갔다. 그런 뒤 그는 영원한 슬픔이 깃든 얼굴로 허리를 굽혀 청년들의 이마에 입을 맞추었고, 입맞춤을 받은 청년들은 줄기에서 꺾여나간 꽃들처럼 시들기 시작했다. 그 뒤로 이 괴담들을 다시 접하지는 못했지만 그 안에 담긴 장면들은 마치 어제 읽은 것처럼 지금도 기억에 생생하다.

바이런 경은 "각자 괴담을 한 편씩 써보자"고 제안했고 우리는 흔쾌히 받아들였다. 우리는 모두 네 명이었다. 저명한 작가인 바이런 경은 이야기 한 편을 써서 그 일부를 자신의 시

〈마제파〉 끝부분에 실었다. 남편은 줄거리 위주의 이야기를 지어내기보다는 막연한 개념과 감정을 눈부신 심상으로, 언어를 장식하는 아름다운 운율의 음악으로 구현하는 데 소질이 있었다. 그는 자신의 어린 시절 경험을 바탕으로 이야기를 써 내려갔다. 고(故) 폴리도리•는 한 여자가 열쇠 구멍으로 아주 충격적이고 기이한 무언가를(정확히 무엇인지는 잊었다) 들여다보고 그 벌로 머리가 해골이 되는 끔찍한 이야기를 구상했다. 이 여자는 유명한 코번트리의 톰••보다도 비참한 신세가 되는데, 폴리도리는 그 후 여자를 어떻게 할까 고민하다가 결국 캐풀릿 가문의 묘지•••가 어울린다고 생각해 그리로 보냈다. 하지만 이 두 걸출한 시인은 끝내 따분한 산문에 염증을 내고 적성에 맞지 않은 과제를 금세 포기해버렸다.

나는 열심히 **이야기를 구상**했다. 애초 우리에게 영감을 준 괴담들에 견줄 만한 이야기를 쓰고 싶었다. 우리 안에 내재한 미지의 두려움을 건드리고 오싹한 공포를 자극하는 이야기,

---

• 영국의 작가이자 의사인 존 윌리엄 폴리도리(1795~1821). 바이런 경의 주치의였으며, 현대 뱀파이어 장르의 창시자로 인정받는다.

•• 정숙한 부인 고다이바가 부당하게 세금을 징수당하는 백성을 돕기 위해 알몸으로 코번트리를 돌며 영주인 남편을 설득하려 했을 때 그녀를 엿보다가 눈이 멀었다는 전설상의 인물.

••• 셰익스피어의 《로미오와 줄리엣》에서 줄리엣이 죽었다고 생각한 로미오가 자살하는 공간.

무서워서 고개를 돌릴 수도 없고 간담이 서늘해지면서 심장 박동이 빨라지는, 그런 이야기를 간절히 원했다. 이런 반응을 일으키지 않는다면 괴담이라고 부를 가치도 없으니까. 아무리 생각해도 마땅한 소재가 떠오르지 않았다. 아무것도 창작할 수 없는 아득한 느낌, 애타는 기도에도 응답이 없을 때 작가들이 느끼는 지독한 고통이 밀려들었다. 매일 아침 "뭔가 떠올랐냐"는 물음에 아니라고 씁쓸하게 대답하곤 했다.

《돈키호테》의 하인 산초가 말했듯 모든 일에는 시작이 있고 그 시작은 지나간 무언가와 연결돼 있다. 힌두교의 우주론에서는 코끼리가 세상을 떠받치지만 코끼리를 떠받치는 것은 거북이다. 우리는 창작이 무(無)에서 만들어지는 것이 아니라 혼돈에서 나오는 것임을 겸허히 받아들여야 한다. 창작을 위해서는 먼저 소재가 주어져야 한다. 창작은 어두운 무형의 물질에 형태를 부여하는 것이지 물질 자체를 만들어내는 것이 아니다. 발견과 발명뿐 아니라 상상력과 관련해서도 우리는 끊임없이 콜럼버스의 달걀 이야기를 상기하게 된다. 발명도 창작도 특정 대상의 가능성을 포착하는 능력, 대상에 관한 발상이나 느낌을 주무르고 단련하는 능력에서 나온다.

바이런 경과 내 남편은 수없이 긴 대화를 나눴고 나는 거의 침묵하며 그들의 대화를 경청했다. 어느 날 두 사람은 다양한 학설을 논하다가 생명 원리의 본질과 그것이 밝혀질 가능성에 관해 토론하기 시작했다. 그러면서 다윈 박사의 실험이 거론되었는데(다윈 박사가 실제로 그런 실험을 했거나 스스로 했다고 밝힌 것이 아니라 당시 소문에 떠돌던 실험을 말한다), 베르미첼리 국수 한 조각을 유리 상자에 넣고 신기한 방법을 적용해 그것이 절로 움직이게 한다는 것이었다. 어쨌든 그런 식으로 생명을 부여할 수는 없겠지만 시체를 다시 움직이게 하는 것은 가능할 수도 있었다. 갈바니즘●이 대표적인 증거였다. 생명체의 각 구성 요소를 만들어 조립하고 생명의 온기를 불어넣으면 가능하지 않을까?

밤늦도록 이런 대화가 이어졌고, 우리는 마법이 횡행한다는 시간이 지나서야 잠자리에 들었다. 나는 베개를 베고 누웠지만 잠이 오지 않았다. 그렇다고 딱히 생각을 하는 것도 아니었다. 별안간 상상력이 나를 사로잡더니 이리저리 끌고 다니며 평소의 공상보다 훨씬 더 생생한 장면들을 연달아 보여 주었다. 불경한 기술을 지닌 창백한 학생이 자신이 만든 존재 앞에 무릎을 꿇고 앉아 있는 모습이 보였다. 눈은 감은 채였지만 머릿속에 선명하게 그려졌다. 바닥에 누워 있던 오싹하고 기괴한 모습의 사내가 어떤 강력한 발동기의 작용으로 갑자기 생의 징후를 보이더니 느릿느릿 움직이며 부스스 깨어났다. 얼마나 무시무시한 광경인가. 세상을 창조한 조물주

● 죽은 근육조직에 전기를 흘려보내 경련을 관찰한 이탈리아의 해부학자이자 물리학자인 루이지 갈바니(1737~1798)의 이름을 딴 이론.

의 막강한 원리를 인간이 모방한 결과물이라면 그보다 더 무서운 것이 어디 있겠는가. 창조자는 자신의 성공에 겁을 먹고 그 오싹한 작품을 버려둔 채 황급히 달아난다. 자기가 붙인 생의 미약한 불꽃이 절로 꺼져버리기를, 불완전하게 움직이는 존재가 무생물로 돌아가기를 바라며. 혹은 자신이 생명의 요람이라고 여겼던 오싹한 시체가 잠시 깨어났다가 무덤의 정적 속에서 다시 영원히 잠들기를 바라며 잠에 빠질지도 모른다. 어느 틈에 까무룩 잠이 든 그를 누군가가 깨운다. 눈을 떠보니 오싹한 존재가 침대 옆에 서서 커튼을 젖히고 그를 바라보고 있다. 누렇고 축축한, 호기심 가득한 눈으로.

나는 기겁하며 눈을 떴다. 상상에 완전히 사로잡혀 온몸에 공포의 전율이 흘렀다. 머릿속에서 오싹한 상상을 밀어내고 그 자리에 주변의 현실을 욱여넣고 싶었다. 지금도 눈에 보이는 듯하다. 어두운 세공 마룻바닥이 깔린 방, 닫힌 덧문 틈으로 새어 들어오는 달빛. 그리고 보지 않아도 느낄 수 있는 유리처럼 매끈한 호수와 그 너머에 자리한 높고 하얀 알프스. 하지만 오싹한 환영은 쉽사리 머릿속을 떠나지 않고 계속 주위를 맴돌았다. 딴생각을 해보려고 안간힘을 쓰다가 문득 내가 써야 하는 괴담이 떠올랐다. 지겹도록 풀리지 않던 괴담! 아! 내가 오늘 밤 두려움에 떨었듯 독자들을 떨게 하는 이야기를 쓸 수 있다면 얼마나 좋을까!

불현듯 어떤 생각이 빛의 속도로 환하게 번뜩였다. '찾았어! 내가 이렇게 무섭다면 다른 사람도 무섭겠지. 밤새 나의 베개를 떠나지 않던 환영을 글로 옮기면 돼.' 이튿날 나는 **이 야기가 떠올랐다**고 발표했다. 그러고는 당장 "11월의 어느 을 씨년스러운 밤이었습니다"라고 적은 뒤 공포로 가득한 음침한 공상을 글로 옮기기 시작했다.

처음에는 몇 쪽짜리 단편을 생각했는데 남편이 좀 더 긴 이야기로 만들어보라고 권했다. 작품에 나오는 사건이나 감정 가운데 남편의 도움을 받은 것은 하나도 없지만 그가 부추기지 않았더라면 이 이야기는 결코 지금과 같은 형태로 세상에 나오지 못했을 것이다. 단 서문은 예외다. 내가 기억하기로 서문은 온전히 남편이 썼다.

이제 다시 한번 내 오싹한 이야기를 세상에 내보내며 성공을 기원한다. 내가 이 작품에 유독 애정을 갖는 이유는 죽음이나 슬픔이라는 말이 가슴에 절절하게 와닿지 않던 행복한 시절에 탄생한 녀석이기 때문이다. 내가 혼자가 되기 전, 이제 이생에서는 다시 만나지 못할 나의 동반자가 살아 있던 시절에 우리가 즐겼던 수많은 산책과 여행, 대화가 이 책의 많은 지면을 장식했다. 물론 이것은 오롯이 나의 추억일 뿐 독자들에게는 아무런 의미가 없는 이야기다.

수정한 부분에 대해 한마디만 덧붙이겠다. 수정은 주로 문체를 고쳤을 뿐 줄거리는 전혀 바꾸지 않았고 새로운 발상이나 상황을 추가하지도 않았다. 서사의 흥미를 떨어뜨리는 단조로운 표현을 수정했고, 그마저도 주로 제1부 도입부에 국한했다. 전반적으로 줄거리의 흐름에 큰 영향을 미치지 않는 부분만 수정했으며 이야기의 주요 골자는 건드리지 않았다.

1831년 10월 15일, 런던에서

메리 셸리

부록

《프랑켄슈타인》에 대하여
—퍼시 비시 셸리

《프랑켄슈타인: 현대의 프로메테우스》는 창작 소설로서는 단연코 오늘날 가장 독창적이고 완전한 작품의 반열에 든다. 수많은 모티프와 사건이 훌륭하게 조합된 방식과 이야기의 중심이 되는 충격적인 비극을 읽으면서 우리는 작가의 머릿속에서 대체 어떤 사고의 흐름이 일어났을까, 어떤 이례적인 경험이 그런 생각을 자극했을까 하는 의문을 떨쳐낼 수 없다. 중요하지 않은 몇몇 대목에서 첫 작품이란 티가 날지도 모르겠다. 하지만 이러한 판단을 위해서는 뛰어난 안목이 필요한 법이니 어쩌면 이는 그저 우리의 오판일 수도 있다. 사실 이 작품은 시종일관 탄탄하고 안정적으로 전개된다. 갈수록 흥미를 더하는 이야기는 막바지로 향할수록 마치 산에서 굴러떨어지는 돌처럼 가속도가 붙는다. 긴장과 연민, 첩첩이 쌓여가는 사건들과 끊임없이 이어지는 울분에 숨이 찰 지경이다.

"멈춰! 그만! 이제 그만!" 하고 소리쳐도 아직 끝나지 않았다. 작품 속의 희생자처럼 더는 견딜 수 없을 것 같지만 여전히 무언가가 남아 있다. 올림포스산 위에 오사산을 쌓아 올리고 오사산 위에 펠리온산을 쌓아 올린 꼴이다. 텅 빈 수평선이 끝없이 펼쳐질 때까지 알프스를 한없이 오르기라도 한 듯 머리가 빙글빙글 돌고 다리가 후들거린다.

이 소설은 강렬하고 심오한 감정을 근간으로 삼는다. 인간의 기본적인 감정이 낱낱이 파헤쳐지지만 그런 감정의 원인과 경향을 깊이 사유해온 사람만이 그에 따른 행동에 온전히 공감할 수 있을 것이다. 그러나 인간 본성에 뿌리를 내리고 있으므로 새로운 사랑 이야기만 찾는 독자가 아니라면 누구든 심금을 울리는 느낌을 받을 것이다. 애정과 순수한 정서가 흐를 뿐 아니라 가정사를 묘사하는 장면들도 지극히 소박하고 정이 넘친다(이 기이한 이야기의 부수적인 인물들은 모두 기품 있고 온화한 성품을 지녔다). 그래서인지 작품 전반에서 저항할 수 없이 깊은 페이소스가 느껴진다. 피조물의 위협적이고 엄청난 범죄와 악행조차도 설명할 수 없는 악의 소산이 아니라 지극히 합당한 이유에서 나온 불가피한 행동이다. 다시 말해 필연과 인간 본성의 산물이라는 얘기다. 그것이 이 작품의 직접적인 교훈이며, 아마도 본보기를 통해 강제할 수 있는 도덕을 통틀어 가장 중요하고 가장 보편적으로 적용되는 법칙일 것이다. 적절한 대우를 받지 못하면 사악해진다는 것. 애정을 경멸로 되받고 어떤 이유로든 동족에게 거부당하며 사회에서 고립된 사회적 존재에게는 저항할 수 없는 의무가 지워진다. 바로 증오와 이기심이다. 이렇듯 사회에 이바지하거나 세상에 빛을 더해줄 자질이 충분한 사람들이 우연한 계기로 경멸의 대상으로 낙인찍혀 멸시와 고독 속에서 결국 골칫거리로, 저주받은 낙오자로 전락하는 사례는 수없이 많다.

《프랑켄슈타인》의 피조물은 분명 무시무시한 존재다. 따라서 그가 인간들에게 받은 대우는 필연적이었다. 그리고 결국 그가 인간 세상으로 나왔을 때 참혹한 결과를 낳았다. 그는 비정상적인 존재, 실패작이었다. 세상에 대한 첫인상을 통해 정 많고 도덕적인 성품을 갖게 되지만, 그가 존재하는 상황이 워낙 지독하고 기이하다보니 그것이 행동을 지배하게 되고 결국에는 선한 성품이 점차 염세적이고 복수에 불타는 성격으로 변한다. 괴물과 시각장애인 드라세가 만나는 장면은 가장 깊고 비범한 페이소스를 자아내는 대목 중 하나다. 두 사람의 대화를 읽다보면 가슴이 내려앉고 절로 눈물이 흐른다(그 밖에도 이와 비슷한 성격의 장면이 여러 번 나온다)! 프랑켄슈타인과 괴물이 얼음 바다에서 만나 언쟁을 벌이는 장면은 케일럽 윌리엄스와 포클런드가 충언을 주고받는 장면과도 비슷하다.● 이 대목은 저자가 자신의 책을 헌정했을 뿐 아니라 그 저작들을 공부한 듯 보이는 저명한 작가의 문체와 인물을 연상케 한다.

다만 딱 한 대목, 즉 프랑켄슈타인이 아일랜드에 갔을 때 벌어지는 사건들을 다룬 대목에서 어렴풋이나마 모방의 흔적이 엿보인다. 그러나 전반적으로 지금껏 이와 비슷한 이야기는 어디에도 없었다. 엘리자베트가 죽고 난 이후로 소설은 마치 물살이 빨라지고 수심이 깊어지는 냇물처럼 급격하게 엄숙해지는 동시에 폭풍 같은 속도와 흡인력을 보여준다.

프랑켄슈타인이 제네바를 떠나 타타르 지방을 거쳐 얼어붙은 바다로 떠나기 전 가족의 묘에 들르는 장면은 오싹한 시체의 부활과 함께 초자연적인 혼령의 작용을 동시에 소환한다. 월턴의 선실 장면은 프랑켄슈타인의 피조물이 희생자의 시신 앞에서 늘어놓는 열성적이고 장엄한 연설도 인상적이지만 이와 더불어 비할 데 없는 지성과 상상력을 보여준다는 점을 독자도 부인할 수 없을 것이다.

● 케일럽 윌리엄스와 포클런드는 윌리엄 고드윈의 소설 《케일럽 윌리엄스의 모험》에 등장하는 인물이다.

해설

자신의 내면을 들여다보는 공포

    고전문학이 주는 색다른 묘미는 텍스트를 에워싼 콘텍스트가 또 한 편의 이야기를 이룬다는 점이다. 상상으로만 접할 수 있는 시대의 콘텍스트도 매혹적이지만, 작품이 오랜 세월 많은 사람에게 읽히고 논의되며 소통해온 과정도 흥미로운 또 하나의 이야기가 된다. 이런 맥락에서 《프랑켄슈타인》은 어떤 고전 작품에도 뒤지지 않을 만큼 역동적인 삶을 살아온 이야기의 주인공이다.

    1818년 익명으로 처음 발표된 《프랑켄슈타인》은 주로 '괴물'이라는 괴상하고 기이한 소재로 반향을 불러일으켰다. 당시의 평자들은 윌리엄 고드윈에게 헌정된 이 책의 저자를 그의 제자 중 한 사람으로 추정했고, 당연히 남자라고 생각했다. 몇 년 뒤 공개된 작가의 정체는 경악과 비판, 무시, 오독을 포함해 작품에 관한 다양한 해석과 사유에 불을 지폈다.

당시 영국을 비롯한 유럽 전역은 18세기 산업혁명과 프랑스 혁명의 여파에 사로잡혀 있었다. 과학과 기술 문명의 급격한 발전이 재앙을 가져올지 모른다는 우려가 팽배했고, 혁명의 정신과 함께 '자연권'에 관한 인식도 점차 높아지고 있었다. 《프랑켄슈타인》은 이러한 시대적 분위기를 포착해 무분별한 과학의 발전에 경종을 울린 공상과학소설의 효시로 간주됐다. 그러나 다양한 해석의 여지를 켜켜이 담고 있는 이 작품은 시대에 따라 변화하는 인간의 가치와 끊임없이 관계 맺으며 수많은 담론에 양식을 제공해왔고, 200여 년이 지난 오늘날까지도 시대와의 관련성을 잃지 않았다.

다양한 방식으로 작품이 시각화되면서 톡톡한 유명세도 치러야 했다. 19세기 전반에 걸쳐 여러 번 연극으로 상연돼 성공을 거둔 《프랑켄슈타인》은 세기가 바뀌면서 영화 제작자들의 상상력과 창작욕을 자극했다. 1931년 제임스 웨일 감독이 제작한 동명의 영화는 이 흐름의 선두에서 프랑켄슈타인의 괴물을 희화화하는 데 가장 크게 기여했다. 이 영화에서 보리스 칼로프가 연기한 프랑켄슈타인의 괴물은 윗머리가 납작하고 목에는 나사가 박혀 있으며 인간의 말을 한마디도 하지 못하는 둔한 거인의 모습으로 강렬한 인상을 남겼다. 이후 B급 영화나 코미디 영화를 포함해 직간접적으로 이 소설을 토대로 만들어진 영화는 수백 편에 달했고, 그러는 사이 괴물은 어느새 창조자인 프랑켄슈타인의 이름을 가로채기에 이르렀다.

시각이라는 인간의 감각은 프랑켄슈타인의 괴물에게 그러했듯이 그 효용성만큼이나 유독한 영향력을 끼치기도 한다. 이제 많은 사람의 머릿속에 프랑켄슈타인은 괴기스럽고 멍청한 괴물이나 미치광이 과학자로 각인됐고, 이와 더불어 원작의 내용을 잘 알고 있다는 착각을 심어주었다. 시각으로 말미암은 허위와 편견은 소설 속 괴물의 언어뿐 아니라 텍스트의 언어까지 집어삼켰다. 인간에게 무해한 피조물은 악마가 됐고, 작품의 아름다움은 우스꽝스러운 이미지로 얼룩졌다.

막연히 이런 괴물의 이미지를 상상하며 책을 펼쳐 든 독자도 있을 것이다. 그러나 나는 작품을 번역하면서 작가의 삶이라는 콘텍스트에 좀 더 매료됐다. 문학작품을 다른 언어로 옮기는 일은 단순한 단어의 치환으로 해결되지 않는다. 한 편의 문학작품은 기본적으로 하나의 세계다. 그것을 새로운 언어의 환경으로 가져와 일관성과 정합성을 갖춘 온전한 세계로 다시 축조하려면 한동안 그 안에 몸을 담은 채 보이는 것뿐만 아니라 보이지 않는 것까지, 행간과 맥락, 고의적인 침묵, 여백으로 담긴 의미까지 살펴야 한다. 번역을 끝내고 이 책을 내려놓았을 때 나는 작품 속의 세상보다는 열아홉 살 메리 셸리의 삶을 '감히' 체험한 기분이었다. 1831년판 저자 서문에서 작가는 "창작이 무(無)에서 만들어지는 것이 아니라 혼돈에서 나오는 것"이라고 단언했다. 과연 이 소설은 여러 측면에서 남달랐던 그의 19년 인생을 '갈아 넣은' 듯했다.

문학작품에 작가의 삶이 이러저러하게 녹아드는 것은 자연스러운 일이다. 이 작품 역시 여러 평자에 의해 메리 셸리의 삶과 결부돼 해석됐다. 그러나 작품을 번역하면서 유달리 절절하게 와닿았던 두 가지 감정은 바로 '고독'과 '죄책감'이었다. 때로는 미묘하게, 때로는 노골적으로 곳곳에 드러난 빅토르 프랑켄슈타인과 괴물의 고독과 죄책감은 작가가 경험해보지 않고는 표현할 수 없는 깊이와 현실감을 담고 있었다. 200여 년이란 시간적 거리를 고려하더라도 열아홉 살 작가의 상상력에서 나왔다고는 믿기 어려운 감정들을 되도록이면 놓치지 않고 전달하기 위해 끊임없이 그녀의 삶을 떠올려보았다.

　　메리 셸리의 어머니인 메리 울스턴크래프트는 여성해방운동의 선구자로 여성의 교육권과 참정권을 맹렬히 주장한 대담한 인물이었지만, 메리 셸리를 낳고 며칠 만에 산욕열로 세상을 떠났다. 급진적인 정치사상가이자 저술가로 명성을 떨친 메리 셸리의 아버지 윌리엄 고드윈은 4년 뒤 두 자녀를 둔 여자와 재혼하지만, 두 번째 부인은 전처의 자식과 원만한 관계를 쌓지 못했다. 이들 부부 사이에 아들이 한 명 더 태어나면서 메리 셸리는 어머니가 혼전에 낳은 언니까지 포함해 네 명의 형제자매를 갖게 된다. 그러나 그 가운데 메리 셸리와 친부모가 같은 사람은 없었다. 어머니의 무덤을 자주 찾아가 자신의 근원을 홀로 탐구했던 메리 셸리는 고독과 함께 자신을 출산한 '대가로' 목숨을 잃은 어머니에 대한 죄책감까지 자연스레 내면화했을 것이다. 이런 모습은 스스로 언어를 배워 자신의 근원을 찾으려 했던 작품 속의 괴물과도 겹쳐진다.

메리 셸리가 《프랑켄슈타인》의 기괴한 소재를 떠올린 것은 인생에 한바탕 광풍이 몰아친 뒤였다. 이 광풍을 몰고 온 사람은 훗날 남편이 되는 퍼시 비시 셸리였다. 메리 셸리는 아버지의 남다른 교육관 덕분에 어릴 때부터 남자들과 평등하게 교육받았고, 아버지를 찾아오던 지식인들과도 자연스레 교류했다. 시인이었던 퍼시 비시 셸리도 그중 한 사람이었다. 메리 셸리는 당시 자식을 둔 유부남이었던 그와 사랑에 빠졌고, 1814년 함께 떠난 도피 여행에서 임신한다. 그러나 예정일보다 일찍 세상에 나온 딸은 며칠 만에 숨을 거두고 만다. 오래 지나지 않아 두 번째 아이를 갖지만, 1816년 《프랑켄슈타인》의 집필을 시작한 지 얼마 안 됐을 때 이부 언니와 퍼시 비시 셸리의 부인이 연이어 자살한다. 산욕열로 세상을 떠난 어머니와 조산한 딸의 죽음, 그리고 만삭의 상태에서 주검으로 발견된 연인의 부인은 프랑켄슈타인과 그의 피조물이 '마음에 품은 지옥'의 원형이 됐을 것이다. 메리 셸리의 삶에서 새로운 생명의 잉태와 탄생은 언제나 죽음과 맞물려 있었다. 이 역시 전기 자극을 통해 근육의 수축을 일으킬 수 있다는 '갈바니즘'과 함께 무덤에서 탄생한 프랑켄슈타인의 괴물의 원료가 됐을지 모른다.

빅토르 프랑켄슈타인의 눈먼 야망은 신의 영역에 도전하려는 인간의 시도로 해석되기도 하고, 여성의 출산을 배제하고 인간을 창조하려는 남성적 욕망의 표출로 여겨지기도 한다. 그러나 지독한 열정에 사로잡혀 자신을 돌보지 않고 몇 달 동안 괴물을 만들어가는 모습에는 무엇보다도 메리 셸리의 첫 임신 경험이 투영된 듯하다. 한 번도 모성을 경험해보지 못한 메리 셸리는 어린 나이에 불같은 사랑으로 아이를 잉태한 뒤 막연한 두려움에 시달렸을 것이다. 프랑켄슈타인은 자신의 피조물이 눈을 뜨자 달아나버렸고, 다시 돌아와 괴물이 사라진 것을 깨닫고는 몹시 안도하며 미치광이처럼 기쁨을 표출한다. 이 기묘한 광경은 어째서인지 일종의 고해처럼 느껴진다. 아이를 잃은 참담함은 이루 말할 수 없었을 테지만 임신과 출산, 모성에 대한 공포가 조금은 안도감으로 바뀌어 어린 엄마의 마음 한구석에 자리하지 않았을까 조심스레 추측해본다.

작품에 등장하는 가족이 하나같이 '어머니의 부재'라는 공통점을 갖고 있다는 점도 시사적이다. 프랑켄슈타인뿐 아니라 그의 어머니 카롤린, 앙리, 엘리자베트, 펠릭스, 사피는 모두 일찌감치 어머니를 여의었고, 쥐스틴은 어머니 때문에 고통받다 어머니가 숨을 거둔 뒤에야 비로소 행복을 찾은 듯 묘사된다. 심지어 배려심과 온정이 넘치는 이상적인 가족의 전형처럼 그려지는 드라세의 가족도 물질적인 결핍으로 괴로워할 뿐 어머니의 부재에 대해서는 조금도 불편해하지 않는다. 새어머니와 좋은 관계를 쌓지 못한 메리 셸리에게는 어쩌면 어머니가 부재하는 가족의 형태가 더 편안하게 느껴졌는지도 모른다. 아버지를 우상으로 여기고 존경했던 만큼 새어머니는 부녀의 관계를 방해하는 존재로 여겨졌을 것이다.

빅토르 프랑켄슈타인의 눈먼 열정과 그것이 불러온 참담한 결과, 뒤이은 깊은 회한과 뉘우침은 자연을 거스르는 무분별한 기술 발전에 대한 준엄한 경고로 볼 수도 있지만, 한편으로는 작가가 뼈아프게 경험한 여러 감정의 표출처럼 보인다. 폭풍처럼 찾아온 사랑에 눈멀어 아버지를 저버리고 떠났던 메리 셸리는 이 작품을 쓸 무렵 몇 가지 비극적인 사건과 세상의 따가운 눈총을 견디며 쓰라린 후회에 시달렸을 것이다. 소설 속의 아름다운 가족들은 결국 하나같이 파멸에 이른다. 가족들의 화목한 삶을 부자연스러울 만큼 강조한 것도 이 낙차를 부각하기 위한 장치였는지 모른다. 이 모든 비극의 전조처럼 묘사된 프랑켄슈타인의 어머니의 죽음은 하필 친딸과 다름없었던 엘리자베트의 전염병이 원인이었다. 맹목적인 자식 사랑이 불러온 죽음이라는 설정은 작가 자신이 어머니에게 갖고 있던 죄책감의 고해처럼 보이기도 한다.

어머니의 목숨을 대가로 태어난 메리 셸리에게는 죽음이 살아 있지 '않은' 부정적인 상태가 아니었을지도 모른다. 프랑켄슈타인과 그의 피조물의 입을 통해 작가는 수없이 죽음을 갈구하는 듯하다. 마치 살아 있는 것이 죽지 '못한' 상태인 것처럼. 죽음은 (죄책감의) 지옥을 벗어나는 탈출구이자 모든 고난의 해결책처럼 제시된다. 열아홉 살 작가의 인생에 찾아온 여러 번의 죽음은 단테의 '납 망토'처럼 생존자의 가슴을 짓눌렀을 것이다. 메리 셸리에게 생존이란 주변의 아름다운 것들이 하나둘 쓰러지는 모습을 참고 견뎌야 하는 형벌이었는지도 모른다.

월턴 선장이 프랑켄슈타인의 이야기를 전하는 편지의 수신인인 마거릿 월턴 새빌은 작가의 이름인 메리 울스턴크래프트 셸리와 머리글자(M. W. S.)가 같다. 어쩌면 메리 셸리는 제네바 여행에서 자신을 찾아온 이야기를 통해 스스로에게 띄우는 고해서를 쓴 것이 아닐까. 생존자로 버티기 위해서, 그리고 아름다워 보이는 모든 것의 이면에 숨은 위험을 경계하기 위해서. 모든 것을 잃고 오로지 복수심을 불태우며 괴물을 쫓는 프랑켄슈타인은 선한 정령들이 자신을 돕고 있다고 믿었다. 그러나 그것이 사실은 악마의 덫이었을지도 모른다고 작가는 스스로에게 일깨우고 싶었는지도 모른다.

텍스트와 콘텍스트가 아무리 흥미롭고 매혹적이라 해도 《프랑켄슈타인》이 200여 년이 지난 지금까지 강력한 호소력을 갖는 가장 큰 이유는 바로 우리의 모습을 담고 있기 때문일 것이다. 작가 자신이 투사된 작품 속의 인물들은 우리를 비추는 거울이기도 하다. 누구나 한 번쯤은 어리석은 욕망이

나 야망에 휘둘렸을 것이고, 크고 작은 일로 가책이나 후회에
시달려봤을 것이다. 그리고 우리는 누구나 사회적 고립을 두
려워한다. 자신의 내면을 들여다보는 것보다 더 '공포스러운'
일이 있을까? 1831년 실명으로 다시 한번 자신의 "오싹한 이
야기"를 세상에 내보내며 성공을 기원했던 작가는 과연 이
이야기가 이토록 오랫동안 살아남으리라는 것을 알았을까?
파란만장했던 삶의 경험을 인간 본성에 관한 깊은 통찰의 이
야기로 바꿔 인류에게 전한 메리 셸리는 결국 빅토르 프랑켄
슈타인의 좌절된 야망을 성취한 셈이다. 이러한 성취에 조금
이나마 힘을 보태었기를 감히 바란다.

박아람

휴머니스트 세계문학 001

프랑켄슈타인

1판 1쇄 발행일 2022년 2월 7일
1판 3쇄 발행일 2025년 6월 20일

지은이 메리 셸리
옮긴이 박아람

발행인 김학원
발행처 (주)휴머니스트출판그룹
출판등록 제313-2007-000007호(2007년 1월 5일)
주소 (03991) 서울시 마포구 동교로23길 76(연남동)
전화 02-335-4422 **팩스** 02-334-3427
저자·독자 서비스 humanist@humanistbooks.com
홈페이지 www.humanistbooks.com
유튜브 youtube.com/user/humanistma
페이스북 facebook.com/hmcv2001
인스타그램 @boooook.h

편집주간 황서현 **편집** 이성근 이은서 김선경 **디자인** 김태형
조판 이희수com. **용지** 화인페이퍼 **인쇄·제본** 정민문화사

ISBN 979-11-6080-786-8 04840
       979-11-6080-785-1 (세트)

휴머니스트 세계문학